瀕死 II

NEAR-DEATH II

THE TRUTH

真相

作者
鍾灼輝

目錄

第一章　氣場

四肢健全、身體健康的人也不一定過得特別快樂，就像一帆風順的人生也未必別具意義一樣。

在醫院的實習職務被暫停後，逸辰的生活回復了難得的平靜，也好一段時間不再做白衣少年的噩夢。

在這段被強迫休假的日子裡，他一直窩在家裡讀小說，幾乎都沒有出門。他已經很久沒試過不為任何目的而純粹閱讀，沒有行程日誌而單純地生活了。不知道從什麼時候開始，每天的生活都像被編排了特定目的性似的。原來在沒有既定目的的日子下過活，是會帶給人隱隱不安與空洞的感覺，當中所需要的適應力，遠比排得密密麻麻的生活要高很多。

逸辰放下了手上的小說，感到有點餓，到廚房弄了蛋炒飯與青木瓜沙拉。吃完午餐，他換上新的T恤、棉長褲與球鞋，出門朝老頭咖啡店方向走去。雖然說是初夏，但陽光卻異常猛烈明亮，走不到五分鐘，腋窩及背部已經開始冒汗，即使喝了一整瓶礦泉水，喉嚨中還有乾涸的感覺。此刻，他的身體除了對水以外，對咖啡也同樣感到飢渴，很想喝一杯老頭親手沖泡的咖啡。

走了大概四十五分鐘，他到達了老頭咖啡店。咖啡店裡如常地只有老頭一個人。他依舊點了耶加雪菲。老頭開始專注地沖泡咖啡。在過程中照例一句話也不說，只關心熱水如何在咖啡粉中滾動融和，咖啡的色香味是否已全數釋出。這既是他的專長，也同是他的缺陷，在同一時間裡不能被兩件事情需要或占據著。兩人像約定般保持著安靜，彷彿連呼吸聲也故意收斂起來。

老頭把剛沖泡好的咖啡在壺中順時鐘搖勻，確定咖啡顏色的深度與亮度都沒問題後，再把鼻子湊近聞了聞。過了大約五秒鐘，他的臉上露出了滿意的表情。他把耶加雪菲倒在白色的英式瓷骨杯裡，小心翼翼地端到逸辰的面前。整個過程就像是一種儀式。

逸辰拿起咖啡杯，本想馬上一口喝下去，但他把本能衝動壓住了，先合起雙眼，調整呼吸，再把鼻子湊近深深一聞，細心品嚐耶加雪菲獨特的花香及檸檬柑橘調性。他喝下一小口咖啡，並沒有即時吞進喉嚨，讓咖啡在口腔及舌頭來回盪漾，品味那細緻的回甘與活躍酸性。他的心裡再一次感到踏實起來。老頭的咖啡就是擁有讓人回到大地的地心力量。

「今天的耶加跟之前的有些不一樣，不但水果調性明顯了，質感也更添醇厚。」逸辰說。

「因為知道你喜歡耶加雪菲，所以引進了一款不同製法的豆子。」

「這款日曬豆比之前的水洗豆風味更加優勝。」逸辰輕輕舉杯向老頭道謝示意。

之後，老頭也為自己沖泡了一杯相同的咖啡。

逸辰把整杯咖啡喝光，忽然想到了瀕死安慰劑的事情。「你有沒有聽過什麼生物是很想要尋死的？」逸辰忽然問老頭。

老頭瞪大了眼睛，重複他的問題，「就是很想要自殺的生物嗎？」

「不光只是想，而是具有很堅強尋死意志的生物。」逸辰知道這種問題就只能問老頭，如果其他人聽到，肯定會以為他是瘋了，又或是有某種自殺傾向。

老頭閉上眼睛認真地想了一想，隔了十秒鐘左右，他再次張開雙眼。「你知道挪威的鮭魚嗎？」

「鮭魚？就是常拿來做生魚片及壽司的鮭魚嗎？」

老頭輕輕地點頭，「我之前在一個生態紀錄片中看到，鮭魚似乎是一種很奇怪的魚類，每年一到夏天，成年鮭魚會由原來生活的海洋，迴游至出生時的內陸河流。牠們不管多麼艱難，甚至耗盡生命，也必須回到出生的河流上產卵。有時候迴游的距離更可能達到數千公里，途中需經過激流和瀑布，牠們會逆流而上，等終於到達出生地時，牠們身上都已經布滿擦傷及割裂的傷口，魚鰭受到相當程度的破損，身體的養分也差不多耗光了。因此在產卵後不久，絕大部分的鮭魚就只有落得死亡的下場，屍體常是一大群一大群地堆積在河流或湖泊中。」

「這種迴游遷徙，確實有點像是自殺行為。牠們不惜耗盡畢生所有氣力，也要逆向迴游到出生地並死在那裡。」

「而且這並不是一般的意志，是跟求生一樣堅強的尋死意志啊。」老頭補充說。

兩人一陣沉默，各自在思考鮭魚的死亡過程，鮭魚選擇回到了出生地，產卵製造了生命，卻又隨即死亡，結束自己的一生。這樣做，到底是為了什麼？這是一種生命的傳承延續，或者只是生命的重複輪迴？

逸辰不知道在哪裡可以看到鮭魚迴游，如果他可以親眼見到，他會問鮭魚：「如何才能像你那樣勇敢地死去？」

也許，鮭魚會這樣回答他：「只要拚命地往出生的方向走就對了。」

在接近黃昏的時候，逸辰離開了老頭咖啡店，朝醫院的方向走去。陽光已經沒有之前熾烈，只剩一些餘暉，從密布的高樓縫隙中，穿透過來。逸辰故意避開醫院的正門，從副樓的側門進去。心理治療部位於醫院西翼後方的最右側，他穿越一道又一道的大樓連接通路，抵達精神醫科大樓。有別於一般的病人，精神病患者常遭受到排斥與歧視，所以連治療的地方，也像有意無意間被分隔開來。他在地下大堂乘搭專用電梯，到達頂層的精神病科。

當經過候診大堂時，逸辰忽然停下了腳步，他像被什麼東西吸引似的。他把眼鏡摘下，定睛看著那裡的候診病人好一會兒。之後，他繼續往心理治療部走去。

自那次溺水意外後，逸辰就多了一種特異能力，他可以看見人身體上散發出的獨有顏色光譜。起初他還以為眼睛出了毛病，後來才知道那些顏色光譜叫做「氣場」。簡單來說，氣場就是身體細胞所發出的生物能量頻譜，透過不同顏色及亮度，反射出各主要器官及生理系統的運作狀況。這好比是能看出身體健康與否的一面鏡子。

逸辰發現精神科病人跟醫院其他科別的病人不同，他們身上並沒有散發出異常的氣場顏色。應該說，他們的氣場跟健康的正常人都沒有分別。逸辰在想，是自己的特異能力失靈了嗎？還是他就只能看見人體的生理方面的問題，而不包括心理或精神上的異常狀況。

他到達心理治療部時，接待處的職員已經下班了。他只好按照門房號碼逐一查找，終於在走廊盡處的房間找到了靖樹的名字。

靖樹已經完成了手頭上的工作，從書架上找來《罪與罰》那本書，剛好讀到一半，突然有人在外敲門。她看一看手錶，時間已經是六時三十分，大家都應該離開了。有誰會在這時間來訪？

她打開房門，看見逸辰站在門外。雖然這已經算是他們第三次見面，但是逸辰的突然出現，不知為何，還是會令她有些不知所措。

「不好意思，沒有跟妳先預約便跑了過來。」逸辰先向靖樹賠不是。

「沒關係，反正我只是閒著在閱讀而已。」靖樹回過神來。「你先進來再說吧。」

靖樹的心理治療室是個布置溫馨的小房間，牆身顏色以暖黃色為主調，四處都放了一些常綠小盆栽，中央的橢圓型木茶几上，放了一束盛放的太陽花。

「我有一件事情想跟妳說，是關於妳戴著的聖甲蟲吊飾的。」逸辰說出來訪的目的。

「你怎會知道這個聖甲蟲？」靖樹很驚訝他會知道聖甲蟲的事情。

「之前，我以為是自己看錯了，所以還在猶豫要否跟妳說。但是，現在我看得很清楚，我可以肯定那就是張老伯的聖甲蟲護身符。」逸辰凝視著靖樹的胸前。

靖樹想起來了，張伯伯說過替他急救的是急診室一位實習醫生。難道那位實習醫生就是逸辰嗎？

「我在急診室為張老伯急救時，看到他瀕臨垂死，也緊緊抓住這條頸鏈不放，我便知道那一定是對他很重要的東西。後來，我到腫瘤科探望老伯，並且親手把頸鏈交還給他，於是老伯跟我說了聖甲蟲的故事。如果我沒有猜錯，妳應該就是老伯口中的鄰家小孫女。」

「謝謝你那時把張伯伯救回來，讓我還有機會見他最後一面，並且能夠跟他好好道別。他算是我在這個世上最後的一個親人了。」靖樹說話時有點哽咽。

「很對不起，其實我根本沒有能力救活老伯，而且好像明知他已經活不下去，還硬要把他拉回來，徒增添了老伯的痛苦。」對於自己的無能為力，逸辰感到有點沮喪。「有時候，我甚至懷疑自己是否做了錯誤的決定。」

「醫生的職責只是盡力救回每個病人，能否繼續活下去只能是看病人的命運了。」靖樹反倒過來安慰他。因為靖樹知道，人的生死根本就不是醫生說了算的東西，在死亡面前，醫生可能是感到最無力的一群。

「老伯清醒後，對我說了他的瀕死經歷，而且更說看到他太太拿著一大束太陽花來接他離開。看來老伯所說的話都是真的。」逸辰看著茶几上的太陽花說。

「嗯，張伯伯也有跟我說過。他說在經歷瀕死時，已經跟太太相認了，所以他希望把這個聖甲蟲交給我。」

「現在，這個聖甲蟲彷彿變成了我們相認的信物。」逸辰看著靖樹笑笑說。

靖樹忽然感到一陣臉紅，連忙說：「張伯伯本來就是個老頑童，到離開時還想要跟我們鬧著玩。」

靖樹好奇地問逸辰：「不論在急救前或急救後，為什麼你都好像知道張伯伯一定活不過來似的？」

「如果我說我能看見人身上的氣場，你相信嗎？」

逸辰覺得事到如今，他也已經沒有什麼好隱瞞了，所以決定在瀕死實驗進行前，坦白地對靖樹說。雖然他從來沒有對誰提過這件事情。

「氣場？人身上的氣場嗎？」靖樹想再次確認自己沒有聽錯。

「自從小時候那次瀕死康復後，我開始可以看見人身上散發出的一些奇怪顏色與光暈。起初我還以為自己眼睛出了毛病，但是在做了各種視力檢查後，醫生只說視錐細胞和視桿細胞比較活躍，會令視網膜的感光靈敏度增加，也許是因此出現了奇怪的錯視現象。醫生說這可能是手術後的短暫影響，他們並沒有什麼可以做的，或許過一陣子便會恢復正常。只是過了很久，這個怪現象都沒有消退，反而變得越來越嚴重。」

說到氣場，靖樹唯一想到的就是中醫。「我知道中醫學說也有『氣』的概念，所指的氣不是呼吸的氧氣，而是具更深層意義的元氣或真氣，一直被視為是生命的本源能量。」

中醫認為氣不但具有生命活動的功能，是人體臟腑傳出的生命訊息，也可以看成一種與生俱來的液相壓力變化，是生物能量的一種。有謂氣聚則生，氣散則亡。而西方醫學界稱氣為『生物能』，是人體器官產生的生理波。當器官發生病變時，細胞之間的電位差會出現改變，從而影響細胞膜的通透性。只要利用先進科學測量儀，便可檢測到血液流動速度，並計算出細胞間隙的帶電組織液流動。這證實了人體裡氣的流動及氣道的存在。

「小時候，每次我只要說到誰會生病、誰可能會死掉，就馬上會被責罵，好像是我在詛咒別人一樣。後來我就學乖了，不再隨便亂說，反正說了也不能改變什麼，也免得為自己帶來不必要的麻煩。」

逸辰知道這種事有點叫人難以相信，最好的方法就是給靖樹一些證明。「如果我沒有看錯，無雙的腸胃之前應該出了些問題，她消化系統的氣場顏色變得十分薄弱。相反，妳最近的身體都十分健康正常。」

「無雙因為想要到急診室作實地調查，故意喝了過期的牛奶，沒想到真的變成了食物中毒。她真是亂來的。」

「她並沒有什麼大礙，只是消化系統仍在恢復中。」

靖樹知道逸辰故意這樣說，是想要給她證明。「其實我一直都相信你的話。」

「謝謝你。」

「你有跟教授說過氣場的事嗎？」靖樹問。

逸辰點頭。「教授說氣場其實是一種電磁能量運動，存在於一切物質的周圍。不管是人還是動物，甚至是一棵樹、一塊石頭，都擁有屬於自己的氣場。只是生命體比非生命體的電磁運動更加活躍，因此動植物及人類的氣場會更容易被觀察得到。」

「氣場到底是怎樣的？」靖樹也感到十分好奇。

「每次只要集中精神去看，就可以看到人身上散發著一種七色光暈，光暈以人的身體為中心，向四面八方延伸，並環繞在身體周圍，像個橢圓或雞蛋形狀的東西。只是光暈的顏色與亮度各有所不同，不但不同人有不同的組成光暈，即使是同一人，在不同時候也有不同的光暈。我由最初感到煩擾，慢慢變成了好奇，花了很長時間去研究，找了很多資料，才知道那叫做『氣場』。簡單來說，就是身體能量頻率及健康狀況的一種反射反照。」逸辰已盡可能地簡單說明。

靖樹在想像每個人身上都穿著一件發光的七彩衣服，那景象應該是蠻漂亮有趣的。「這應該也算是瀕死體驗帶給你的一種特異能力吧。」

「其實我們每人也有看見氣場的本能，只是這感官知覺卻一直未被開啟。教授相信是瀕死時的某種刺激，令這本能重新甦醒過來。」

「瀕死時的某種刺激？」靖樹不明白。

「被推進手術室前，我已經完全失去了意識，並陷入垂死邊緣。但突然間，我像被手術台上的強烈照射燈弄醒了，大量的白色光線同時間湧進眼眶，令我感到一陣目盲。我的眼睛從未看過如此光亮的世界，跟著靈魂便離開了身體。之後，我的靈魂再次被拉回進身體，但這次手術台的燈光卻變成同一時間熄滅，我像瞬間掉進極端的黑暗世界，再度失去了知覺。

「教授解釋，眼睛的視錐細胞和視桿細胞就只發揮了全部功能的十五～二十%，所以絕大部分人都看不見氣場散發的微弱光芒。但在極端光明和極端黑暗的環境，視網膜的光敏度可以調整五十萬到一百萬次，這種調整是根據光線變化而自動作出。所以很可能是瀕死體驗時的視覺刺激，令眼睛可以感知的光譜範圍大大擴張了。」

「你選擇當醫生也是跟這特異能力有關嗎？」靖樹猜想。

「或者有些人會渴望有這個能力，但最讓我感到痛苦的，就是看見親人生病及死亡。面對陌生人我仍可裝作視而不見，但當看見弟弟身上的氣場一點一滴地消失褪色，我不但無能為力，更不敢直視看他。對此，我感到無比的悲痛與無奈，這個能力更變成了一種折磨、一種詛咒。所以在弟弟死後，我決定與其逃避所看見的，倒不如好好張開眼睛正視所看見的東西。這也許是我當醫生的一個原因。」

「那妳為什麼當心理醫生？」逸辰反過來問她。

「我的家人從我出生開始，便一個接一個的離世。在十二歲那年，我已經變成了不折不扣的孤兒，在這世界上再沒有血緣關係的親人。親人的不辭而別就像是一道一道看不見的傷痕，雖然外表看起我仍然是個健康正常的少女，但內心某處卻一直在淌血啊。只是不會有人看見而已。」

逸辰馬上想到在精神科的候診病人。「所以內心的傷痛與生病是眼睛看不見、儀器檢測不來的。」

「那時候我就明白到一個重要事情，原來人除了身體以外，還有一個看不見的內心世界。四肢健全、身體健康的人也不一定過得特別快樂，就像一帆風順的人生也未必別具意義一樣。活著的重點彷彿不在身體，而是在人的內心。所以我決定去當心理醫生。」靖樹也少有地向一個陌生人如此坦白。

「剛才經過精神科時，我發現病人身上的氣場都沒有出現異常，這多少說明了他們的身體機能沒有問題。因為身體是最誠實的。」

「你說得沒錯，身體一向是最誠實可靠的。」這也是靖樹在身體符號研究上的結論。

「到底正常與精神或心理病患的分別在那裡？」逸辰很想知道答案。

「這可不是一個簡單的問題啊。」靖樹想了一想。「但我知道誰可以給你答案。這個星期天下午有空嗎？」

「我在急診室的職務被暫時解除了，所以時間都空著。」

「為什麼職務被解除了？」

「那是另一個故事。」逸辰苦笑說。

「那我們星期天下午二時，在開心公園的老白樺樹見面好嗎？」

「好的，到時見。」

逸辰離開後，靖樹在房間裡繼續閱讀，直至把書看完為止。她把書合上，放回原來的位置。她已經找到了想要的答案。

第二章　尋找黃金時代

也許每個年代都有每個年代被默許的生活方式。但是你所喜歡的方式，剛好不是大家希望看到、甚至是不歡迎的。

星期天的下午，逸辰比預定時間早了三十分鐘到達開心公園。開心公園其實是個小廣場，中央位置種著一棵枝葉茂盛的老白樺樹。老樹已有上百年歷史，它的樹蔭覆蓋面十分廣闊，大家都喜歡在樹下的木座椅集散。剛進大學時，逸辰也常見到學生在大樹下看書，但取而代之，現在大家都只在低頭看手機或平板電腦。紙本書的年代正逐漸沒落，圖書館最後也可能變成書籍博物館了。但他慶幸自己出生在一個有書本的年代，因他喜歡觸摸到紙張的獨有質感，還有聽到翻頁時紙張發出的聲音。

逸辰站在老樹下一直想著紙本書的事情，稍一回神，靖樹已經走到他的面前。靖樹穿著一件白色圓領毛衣，藍色牛仔褲，雖然沒有化妝，但一雙漆黑潤澤的眼睛，閃亮亮像會說話一樣。她走路時薄毛衣緊貼著纖幼的身軀，顯露出優美的乳房形狀，十分引人注目。逸辰為避免上次的尷尬，故意把視線移到她胸部以外的任何一個地方。

「你到很久了嗎？想什麼事情想得如此入神？」靖樹好奇地問。

「我剛在想紙本書消失的事情。」逸辰如實回答。

「圖書館也快淪為博物館了。」靖樹打趣著說。

逸辰驚訝她也有一樣的想法，「妳也這麼認為嗎？」

「愛書的人都會有這樣的擔憂啊。」

「可能我沒有認識太多愛書的人。」逸辰想不出身邊任何愛書人的名字。

「你為什麼不先坐下來等？還是你習慣站著想事情的？」靖樹看見樹下的木長椅都是空著的，一個人也沒有。

「如果我說不喜歡跟陌生人同坐，你會覺得我的心理有問題嗎？」逸辰認真地問。

「那得看是到什麼程度啊。如果只是單純的不喜歡，那當然沒問題。但如果是無論如何都無法坐下去的話，那就變成了相當棘手的問題。」靖樹也認真地回答。

「並沒有到強迫症那種的地步。只是如果可以讓我選擇的話。」

「我可沒你這樣的體力一直站著說話啊。」靖樹半開玩笑說。「現在還有一點時間，不如到圖書館後的星巴克喝杯咖啡好嗎？」靖樹提議。

今天是不用上課的日子，所有學生都跑光了，咖啡店回復難得的清靜。逸辰走在前面，很自然地挑了最後一排的角落位置坐下。

「從你選坐位的喜好，便知道你不喜歡跟人靠得太近。」靖樹喝一口黑咖啡說。

逸辰倒沒有留意自己在坐位上的偏好。「大家都說跟心理學家做朋友是一件危險事情。因為他們好像就連你上廁所喜歡站什麼位置，也會拿來分析比較一番。」逸辰同樣點了美式黑咖啡。

「我倒有做過這樣的研究啊。那你是喜歡一進門的，中間的，還是最後靠牆的位置？」

逸辰認真地回想了一下。「我應該……」

「跟你說笑的。我可不想知道你喜歡站什麼位置啊。」靖樹示意他不用回答。「其實心理學家也不是變態的，只是我們不會單純從表面去看一個行為，因為行為本身並沒有什麼意義。相反，每個行為背後都隱藏著動機與心因，那才是行為的目的所在。」

「看得太清楚不是挺累人嗎？有時候更會為自己或別人添麻煩。」逸辰想到能看見氣場的事情。

「這倒是真的。但是只是看你願不願意接受真相吧。」靖樹知道他在想什麼。

「怪不得古人都說難得糊塗。」逸辰笑笑回應。

靖樹忽然好奇地問。「為什麼你不喜歡跟人靠近？」

「也許，每一個人都是渴望得到他人的認同，害怕被遺忘、害怕孤獨，所以每當一群人聚在一起時，每個人不是在努力表現自己，便是在努力討好別人。當聚會越是盛大，彼此間所需要的協調遷就也就越大，所涉及的話題也越無聊空洞。」逸辰最討厭的，就是這種為了擺脫孤獨，卻更顯內心孤獨的無聊聚會。

「你說得好像一天到晚都在為別人的眼睛耳朵做牛做馬似的。」靖樹笑他。

「其實孤獨也沒有什麼不好。孤獨的最大好處是可以做回自己，享受難得的自在與寧靜。」

「從社會心理學角度，沒有人在身旁的自己，跟與別人在一起的自己，其實是兩個人來的。」

靖樹同意他的說法。

「至少不用顧及自己形象，也不需費力考慮別人感受與期望。這兩件都是很費力的事情，而且也不是努力就能辦好的事。」逸辰用力按壓自己的太陽穴。

「只是，你喜歡的生活方式跟大部分人不同啊。」靖樹像在看稀有動物般看著他。「也許每個年代都有每個年代被默許的生活方式。但是你所喜歡的方式，剛好不是大家希望看到、甚至是不歡迎的。這種錯配一定為你帶來很大的煩惱。」

逸辰很驚訝靖樹像是能閱讀他的思想一樣。他有時候也會感覺自己像投生在錯誤的年代或地點。雖然他一點也不覺得自己做了什麼不好的事情，但是站在別人的立場上，卻變成了怎樣也不能接受，彷彿在說他這個人的存在，本身就是一個讓人頭痛的問題。

「這並不是對錯或好壞的問題，而是喜好與差別的問題。你剛好跌落在極少數的籃子裡面。」

逸辰想到自己跟老頭都是籃子裡的鄰居。

「你有看過伍迪．艾倫的電影《午夜巴黎》嗎？」靖樹忽然覺得逸辰跟電影中的男主角十分相似。

「當然有啊。我很喜歡這部復古浪漫的電影，我甚至覺得這是活地亞倫近十年來最棒的作品。」

電影中的男主角蓋爾，因為厭倦做一個沒有靈魂的好萊塢電影編劇，想要當個真正的作家，寫自己喜歡的小說，所以想要留在巴黎。但是他勢利的未婚妻及未來岳父母堅決反對，認為這是不切實際的幼稚想法。蓋爾從一場豪門品酒會逃離，迷失在巴黎街頭，意外地搭上一輛復古車，來到一九二〇年代的巴黎。蓋爾每天晚上在巴黎時空穿梭漫遊，從夜色巴黎走到午夜巴黎，再從清晨巴黎走到雨夜巴黎，伴隨著科爾．波特的幽美爵士樂曲。在奇幻的巴黎漫遊中，他先後遇上了海明威、費茲傑羅夫妻、畢卡索、達利，還有性感神祕的法籍謬斯女神亞得利亞娜。他跟這些文藝大師邂逅成為密友，流連在酒館派對，分享彼此對寫作及生活的想法。最後發現原來每個人都在尋找心目中所嚮往的黃金歲月。

「電影裡，每位不同年代的主角都在尋找自己心目中的黃金時代，總覺得所活的當下，不及從前。亞得利亞娜渴望回到一八九〇年代的巴黎，竇加和高更則嚮往有米開朗基羅和提香的文藝復興年代。」靖樹說。

「雖然每位主角對黃金時代的解讀有所不同，但是有一點他們是共通的，就是對於各自所處的現世都感到厭倦，渴望有朝一日可以逃離。」逸辰每天晚上也會漫無目的在街上散步，所以對電影的男主角蓋爾特別有共鳴。

「在電影尾段，蓋爾曾對亞得利亞娜說：『如果妳留在這裡，這裡就變成妳的現在；不久以後，妳就會開始想像另一個時代才是黃金歲月。這才是現實，不盡如人意；因為生活本來就是不盡如人意的。』」靖樹對這段對白留有很深的印象。

「所以每個人多少也有這種錯配的感覺。這也是妳想對我說的話嗎？」逸辰明白她的意思。

「應該說是對你、對我，及對所有人。」靖樹再喝一口黑咖啡。

「我還記得書評家葛楚史坦曾對蓋爾說：『不要害怕死亡，別這麼失敗主義，藝術家就是要想辦法找出那個時代空虛的解藥。』可能對於教授來說，我們這一代空虛的解藥就是瀕死體驗。」逸辰回應說。

「的確很可能是這樣啊。」

「妳也有所嚮往的黃金歲月嗎？」逸辰忍不住好奇地問。

「當然有啦，因為我也是一個活在現世的人啊。」

「那你嚮往的是哪個年代或哪個地方？」

「我也喜歡浪漫的巴黎。」靖樹回答。

逸辰想了一想。「海明威曾這樣寫道：如果你有幸在年輕時到過巴黎，那麼以後不管你到那裡去，它都會跟著你一生一世。因為巴黎就是一場流動的盛宴。」

「一個流動的黃金時代，很棒啊！」靖樹笑笑。「但是巴黎暫時就去不了，或者我們可以去動物園。」

「動物園？」逸辰以為自己聽錯了。

「對啊，因為我也喜歡看動物。」

逸辰忽然想起了小時候的夢。他把猩猩大冒險的夢境告訴靖樹。

靖樹聽了之後，有感而發地說，「也許現世的生活就是需要不斷努力適應的。所謂的成長，就是在過程中慢慢被調教馴養，只要一旦適應了，便能在社會裡得心應手做事。」

「有些事情即使想破頭腦也沒有用啊。只有適度調整，甘心接受，繼續努力地活下去。」靖樹像是為彼此打氣似地說。

「那我們找一天一起去動物園，我也很久沒有看見猩猩了。」

「但是，我們現在先要到另一個地方。」

靖樹帶逸辰到另一個地方，原來是城裡的大劇院。

「到了，時間剛好趕上。我們要找的答案就在裡頭。」靖樹在劇院大門前對逸辰說。

「什麼答案？」逸辰一臉疑惑地問著。

「你不是想知道『正常』與『不正常』的分別嗎？」

逸辰差點忘記了上次兩人未完的對話。他看到劇院門前張貼著一幅大型海報，正在上演的戲劇名叫《EQUUS 馬》。

靖樹從衣袋把門票拿出交給入口處的票務員。「這一齣劇我已經想看很久了，這個星期剛好它巡迴到香港公演。這是英國劇作家彼得・謝弗所寫的戲劇，主要講述心理醫生與病人之間的微妙複雜關係，不但利用了心理治療作布局，更透過時空交錯的敘事方式及大量隱喻，帶出當中的最大反思：到底何謂『正常』？」靖樹向他介紹這齣劇的由來。

「我覺得故事是最好、最有效的方法讓人去思索尋找答案。」原來靖樹是想透過戲劇的情節給逸辰一些啟發。

布幕拉開，戲劇正式開始。二人都在聚精會神觀看。

飾演病患的十七歲青年在一夜間刺瞎了六匹馬，表面上他犯下了變態的滔天惡行，被關進精神病院強迫接受治療。劇中的心理醫生彷如偵探一樣，抽絲剝繭般揭開青年的神祕內心世界。原來青年對馬有極端的癖愛，甚至把對馬的激情變成另類的個人精神崇拜與信仰。每隔三個星期，他都偷偷地在半夜策馬於草原奔馳，以赤裸的身體跟馬合一進行祭拜儀式，作為靈與慾的唯一發洩。同時間，年輕的馬廄女工對青年百般挑逗，最終他抵受不住女工的肉體誘惑，躲在神聖的馬廄中跟女工偷偷做愛。但是在強烈的罪疚感及眾馬的監視下，他居然無法順利進入女工的身體。在極端的恐懼及憤怒下，他拿起鋒利的蹄勾戳瞎了六匹馬的眼睛，目的就是為了躲開外界道德的枷鎖與監控。

在心理治療過程中，青年對馬匹的熱情鍾愛，逐漸喚醒了醫生對生命的潛藏激情，醫生既妒忌又羨慕青年的「病態」精神生活，他感到活得正常的自己，反而像行屍走肉一樣，只能不斷在執行連自己都不相信的心理治療。青年雖被一致判別為不正常，但是他卻擁有屬於自己的信仰與豐盛的精神生活。醫生不停地在激烈掙扎，猶豫應否奪走青年的精神信仰，令青年變成一個循規蹈矩、沒有熱情、沒有想像的社會大眾。

醫生做了一個噩夢，看見自己變成一個戴著金色面具的大祭師，負責執行劏小朋友的祭祀儀式。他擁有高超的劏肚技術，手起刀落的由心口劏下去，把內裡的腸臟抽起丟掉。他每劏一個小孩就越覺得不舒服，但是為了掩飾，他唯有更加賣力拚命地去劏。他說：「如果我稍有遲疑，便會被身旁兩個孔武有力的副祭師知道，我在懷疑、甚至根本不相信這種血腥祭禮。那下一個被劏的，將會是我了。」

布幕落下，全場觀眾報以熱烈掌聲。演員逐一出來謝幕，兩人跟其他觀眾一樣，再三站立鼓掌。

離開劇場時，兩人並沒有說話，彼此都在消化劇中所帶出的訊息。同是身為醫者，兩人各自腦海裡都充斥著一大堆疑問與感悟。他們一邊朝海濱長廊走去，一邊聊天。

逸辰首先想到的是現實世界對於正常的定義。如果以正常來衡量物件，定義就簡單得多了，凡是符合物理性的安全標準，都可納入正常的範圍，例如正常的高度、寬度，或負載等。但是，如果是針對人的行為和心態，到底應該由誰去界定正常的標準？是大多數人嗎？或只是一小撮的主事者？正常，從什麼時候開始變得如此重要？不正常，又究竟會為誰帶來危險？以及什麼樣的危險？

靖樹給了他一個有趣答案，「大概是從工業革命年代開始吧，正常這件事，才會變得如此重要，甚至成了唯一可接受的標準。」

「因為社會的生產模式改變了，人的工作變得越來越單調統一，系統化的分工不容許些毫差異，專業、高效亦成了最高目標。」逸辰想到自己在醫院的工作就是這樣。

「由於所屬環境不同，所以生存條件也起了根本性的變化。人的思想與生活模式也無可避免地被迫改變，由原來的多元變化，變成現在的統一相同。」靖樹說。

「這不是喜不喜歡，而是單純的適應問題，就像把野外的猩猩，投放進動物園裡，或者動物園裡的猩猩不小心走掉到野外一樣。這些東西除非一開始就徹底接受，否則以後就不可能順利適應了。」逸辰忽然想起了夢中的叻仔。

「所以我們是從小就開始被統一同化，被規範在一個極度狹窄的標準範圍裡。看看我們的教育制度便知道了，學校都在倒模標準答案，塑造出同樣的學生。即使長大後，社會也不斷在告訴大家何謂正常的工作、正常的生活，甚至是正常的婚姻與家庭模式。如果偏離了，結果就只會給淘汰或被邊緣化。」靖樹也想起自己跟木棉樹的對話。

「從前去旅行是為了看不同的文化生活，但現在整個世界都趨於一致，每個城市、甚至是城市裡的人，也變得越來越一樣。」逸辰嘆一口氣。

「以前是迷失於陌生的國度、異國的風情，現在是迷茫在相似的城市、熟悉的街道裡。」靖樹覺得這是一件十分諷刺的事情。

「你有否發現《馬》劇中被歸類為正常的人，都活得像沒有靈魂一樣。青年的父母看似生活正常，但父親卻只靠偷看色情電影獲得性慾上的快感；醫生夫婦的關係表現正常，但是彼此卻隔著不能跨越的鴻溝，醫生六年來也沒有吻過妻子。也許他們才是真正患病的一群。」逸辰說。

「很多時候，精神病只不過是用來形容人格或價值的差異，而非精神功能或生理機能出現異常。也許那些病者選擇了一種絕大部分人都不能理解、甚至不接受的生活方式，雖然他們的存在沒有對別人或社會構成障礙或威脅，但是為了社會的穩定及一致性，還是有迫切需要被治療及糾正。」靖樹說。

怪不得逸辰看見醫院裡很多的精神或心理病人，他們身上的氣場都沒有出現異常。「所謂的正常彷彿存在著一種矛盾，一方面讓人有效生存，但是另一方面卻剝奪了人活著的感覺。到底人在現代社會裡活得有多自由？是否真的可以選擇自己喜歡的生活方式？」

「如何平衡個人內在跟外在社會的需要，不只是病人的疑問，更是我們作為醫者的難題。」靖樹有感而發說，「劇終時，雖然狄醫生把青年治好了，將他變成一個普通人，但他卻從此過著沒有靈魂的生活。作為一個醫生，也只能遵守既定的專業治療指引。」

「你是否害怕有朝一日也會變成劇中的狄醫生，需要執行連自己都不相信的心理治療？」

「我的確是有這樣的憂慮。」靖樹承認。「這個故事正好讓人反思，正常是否一定能帶給人完美完整，不正常又應否被取締改造。」

「如果人失去了獨特性及激情，跟一台只懂工作及繁殖的機器又有什麼分別？人還需要有名字、身分嗎？」

靖樹記得狄醫生把青年回復為正常的普通人後，青年對生命失去熱情的那份空白，最後便是由狄醫生所繼承了。「也許心理治療已經走到一個不能跨越的盡頭，只能為人帶來短暫的心理健康，但卻不能讓人的靈魂得到解放及自由。而那份空虛亦只會一直延續傳承下去。」

「所以妳是希望透過瀕死經驗找到這解藥。」逸辰明白靖樹為何參予教授的瀕死研究。

「這只是一半的原因。」靖樹欲言又止似的說。

那另外的一半是什麼？這句話逸辰並沒有說出口。

「先不要想了，我的肚子很餓啊。」

「我知道海濱路旁有一間很棒的西班牙餐廳。我們去好好吃一頓吧。」逸辰提議說。

兩人在靠窗的角落坐下。逸辰點了西班牙海鮮飯、辣肉腸及炸洋蔥圈，靖樹則叫了馬鈴薯蛋餅和奶油豌豆湯。

「你的胃口好像很不錯啊。該不會是沒有吃午餐吧？」靖樹看他把盤中的食物吃得一滴不剩。

「真慚愧，我午餐其實已經吃了不少。」逸辰有點不好意思。「最近噩夢都沒有再出現，連帶著睡眠與胃口也都改善了。」

「看來那個噩夢真的很困擾你啊。」

「是有一點。」逸辰坦白承認。

靖樹覺得逸辰是個彎抽離的人，世上能夠困擾他的事應該不會太多。白衣少年的出現也許牽動了他內心深處某些不可動搖的東西，否則他的身體反應不會如此敏感。天台上的驚恐發作已經是一個不可忽視的警號。但那些不可動搖的東西到底是什麼？如果教授沒有猜錯，一定是跟他自身的陰影有關。

「你在想些什麼？」逸辰看她凝視著空氣中的一點好一會兒。

靖樹回過神來。「我在想要不要喝一點水果酒。」靖樹平時很少主動想喝酒的。

「你的心情好像也不錯。」

「天氣好，環境好，也不及心情好嘛。若無閑事掛心頭，便是人間好時節。」靖樹笑說。

「這倒是真的。」逸辰也笑著回應。

逸辰向女服務生多點了一瓶西班牙水果酒Sangria。女服務生在兩人面前即席製作水果酒，先端來兩個闊身的玻璃酒杯，將柳橙和檸檬切片放進杯內，再倒入預先冷藏二十四小時的水果酒至七分滿，然後加入天然氣泡礦泉水，最後放上一枚新鮮的薄荷綠葉作提味及點綴。

靖樹拿起玻璃酒杯輕輕搖晃，色彩鮮艷的水果載浮載沉地也跟著轉動起來，有藍莓、草莓、水梨、蘋果、柳橙、桃子、葡萄、哈木瓜、鳳梨等等。她先喝一口，感覺把整個水果共和國一起喝進胃裡。

「謝謝你今天的安排。我很喜歡這齣戲劇。」逸辰也拿起玻璃杯喝了一口。

「希望你有找到想要的答案。」

之後他們把杯中的水果酒喝光，暫且不再說這沉重的話題。兩人一起說說笑笑，享受了一個美好的晚上。

在兩人準備結帳離開時，靖樹突然收到一通神祕電話。

第三章　中邪

幹我們這一行的，一般不主動跟人握手，因為有些人十分忌諱。我們也很少笑，這也是職業上的需要與習慣。客人需要我們，同時卻又很避諱我們。

靖樹看看手機的顯示屏幕，此時已經是接近午夜時分，來電者是一個不在通訊人名單的陌生號碼。到底有誰會在這個時間打給自己？她實在猜不出來。但這種電話通常只會在兩種情況下收到，第一種是來自家人或情人的奪命追魂電話，提醒你回家的時間已經到了，只是這兩類人目前都暫時不存在她的生命裡。第二種是來自那些專門傳遞壞消息的傢伙，像警察、消防員或醫院職員等等，更糟糕的可能是一個變態或詐騙的。總之不管怎樣，那都不像是會讓人高興或帶來好運的電話。這一點，從電話鈴聲的響法已經可以分辨出來。

靖樹帶著不祥的預感接聽電話。聽筒裡傳來的是一個從未聽過的陌生男人聲音。

「請問妳是靖樹小姐嗎？」那男人像身處一個極其空洞的環境下說話。

「請問你是哪一位？」靖樹皺一皺眉。

「我們互不認識的，所以即使我說了名字，妳也不會對我有任何印象。但是請不用擔心，這並不是什麼惡作劇或詐騙集團打來的電話。簡單來說，我是代無雙小姐打給妳的。」陌生男人希望在被掛斷電話之前，盡快道明來電意圖。

「無雙？她怎麼了？為什麼她不是自己打過來？」靖樹擔心了起來。

「無雙小姐出了點狀況，所以不能親自打給妳。靖樹小姐，妳能現在過來一趟嗎？雖然這聽起來像是一個不合理及不禮貌的請求，特別是在這個時間，但是無論如何也要請妳過來一趟。」

「是無雙出了什麼的狀況嗎？」靖樹緊張地問。

「無雙小姐應該是出現了中邪現象。」陌生男人停頓了一下，「雖然我也不能夠很肯定，但是從她的表現，我也找不到其他更合適的說法。」

「什麼？中了邪？」靖樹驚訝地說。

「當然我也知道這聽起來是一件很不科學，甚至是難以置信的事情，但是世間上確實存在不少令人難以相信的事。如果我去找警察或醫生幫忙，他們只會把事情弄得更糟、更複雜。大概也是基於這個原因，無雙小姐才會把妳的電話預先交給我，說要是她遇到什麼突發狀況，就馬上打給妳。她一定是相信妳會有更好的解決辦法。」

換成是別人身上發生這樣的事，靖樹肯定不會相信。如果是發生在無雙身上，這的確是很有可能的事情。「無雙怎麼會突然中邪的？」

「嚴格來說，她是在儀式舉行過程中，突然變成這樣的。雖然人看起來像是清醒一樣，但卻怎樣也喚不醒她。」陌生男人感覺要在電話中說明這種事情還是十分吃力。

無雙到底在進行什麼儀式啊？而且什麼是像清醒卻又喚不醒的狀態？無論如何，靖樹必須馬上趕去看無雙。「她現在人在那裡？我馬上過去。」

「她現在是在市郊的安樂火葬場。我會在火葬場的殯儀館大堂等你到來。」陌生男人說完後便掛斷了電話。聽筒裡只剩下繼續傳來空洞而重複的嘟嘟……聲音。

靖樹拿著手機呆了半响。安樂火葬場。是自己聽錯了嗎？無雙是怎麼會跑到那種地方去的？

「發生了什麼事情嗎？」逸辰看見靖樹的面色相當難看。「如果有需要，我可以幫忙的。」

「你能陪我到一個地方嗎？我在路上再跟你好好說明。」靖樹在想，畢竟逸辰是醫生，要是無雙真的出了什麼狀況，至少他可以幫忙處理。

離開餐廳後，二人步出海濱大道等候計程車。在等候的過程中，靖樹把從電話中得到的全部訊息告訴了逸辰，雖然說是全部，但是其實跟什麼都沒說沒太大差別，因為她其實對於實際情況仍是一頭霧水。等了五分鐘左右，一輛計程車在兩人面前停下，兩人很快上了車。

「請問要到那裡？」司機問。

「安樂火葬場。」靖樹回答。

司機聽到地點時，先是愣了一下。然後，他從後照鏡中快速打量了身後的兩名乘客，像是想要確定乘客是否是正常人似的。畢竟在午夜時間會去那種地方的正常人並不是太多，加上兩人身上都帶有酒精的氣味，很難不讓司機產生各種奇怪的幻想與猜測。

「是安樂火葬場嗎？」司機再次複述目的地一遍。

「沒錯。」靖樹說。「因為朋友碰到了突發的狀況。」

司機抿著嘴輕輕地點頭，並沒有多說些什麼。他的身體語言像是說：「我明白的，誰也不想在這種時間去那種地方啊，但是事情發生了也得接受。」他按下乘車錶，以極其穩定的技術與速度開始駕駛，即使上了高速公路，也沒有轉換車檔。

靖樹及逸辰坐在後座都沒有說話。司機為了緩和緊繃的氣氛，打開了汽車的收音機。

逸辰攪低車窗讓清涼的晚風吹進車廂，清醒一下帶有酒精的腦袋。一把沙啞的嗓音，配搭優美的銅管小號響起，收音機裡正在播放著路易．阿姆斯壯的爵士樂曲《多麼美好的世界 What a wonderful world》。

I see skies of blue…… Clouds of white. The bright blessed day…… the dark sacred night. And I think to myself…… What a wonderful world……

兩人一邊吹著涼風，一邊聽著音樂，心情多少放鬆下來了。這確是一個十分適合播放爵士樂的晚上。

逸辰好奇地從倒後鏡中偷看了司機一眼。司機是個其貌不揚的中年瘦削男人，頭已經禿了一大半，就只剩下耳朵後兩側的一小撮毛髮。他像是很享受開計程車的工作，雖然這並不算什麼了不起的工作，但是能滿足乘客要求，安全地把客人帶到想去的地方，感覺就是一件能替人消災解難的重要事情。

「妳知道這首歌曲的歷史背景嗎？」逸辰問靖樹。

靖樹輕輕地搖頭。

「這首歌是寫於二十世紀初的美國紐奧良，當時黑人與白人種族關係緊張，矛盾仇恨日漸加深，導致政治及軍事動盪，全城人心惶惶。當時，岩士唐選擇了以新生嬰兒誕生為題，以充滿激情與樂觀精神的旋律，寫出自己對新生活的希望，與對美好未來的憧憬。」

「他的歌聲很棒，像是穿透了整個以物欲建構的空虛城市，不但撫慰了居民的靈魂，更體貼著大家低微而脆弱的心靈。」靖樹也很喜愛這首爵士曲。

「這樂曲令我想到狄更斯的小說《雙城記》。小說以法國大革命作為時代背景，小說開頭的一段這樣寫道：『這是最好的時代，也是最壞的時代；是智慧的時代，也是愚蠢的時代；是信仰的時代，也是懷疑的時代；是光明的季節，也是黑暗的季節；是希望的春天，也是令人絕望的冬天。我們的前途擁有一切，我們的前途一無所有；我們正走向天堂，我們也走向地獄。』」

靖樹想到之前與逸辰談論有關黃金時代的對話，「如果狄更斯還活著，對他來說，二百年前跟二百年後，時代真的有分別嗎？我們到底又活在一個怎樣的世代？也許每個世代的人都在提出同樣問題。」

「或許就如妳說，不管身處哪個世代，總會有人說這是最好的，但同樣也會有人抱怨這是最壞的。但不管喜不喜歡，願不願意，時間也不會因此而停下來。一個世代過去，另一世代進來。至於哪個才是我們的黃金時代？又或者所謂的黃金時代根本並不存在，可能這只是每一代人想要逃避進去的幻想世界。」

「因為相信還有這樣的一個世界，人的心靈才得到慰藉，才有動力與希望，才可以繼續生存下去啊。」

靖樹始終相信，潘朵拉盒子裡遺留著的是人類最後的「希望」。這也是她參予瀕死實驗的另一半原因，想要尋找這樣的一個世界，可以讓她有繼續生存下去的動力與憧憬。

下了高速公路後，計程車駛經一個舊式老城區，之後便沿一條上坡小路，駛進一處荒蕪的小山丘，車子最後在一座貌似小型倉庫的大樓前停下來了。靖樹付過車資後下車，在昏暗的路燈映照下，隱約能看見大樓的木牌匾上寫著「安樂火葬場」。火葬場四周漆黑一片，聽到任何風吹草動，也會不禁讓人渾身起雞皮疙瘩。靖樹緊緊靠在逸辰身旁，也不敢四處張望，只敢朝著大樓門前的燈光走去。順利進入大樓後，靖樹總算舒一口氣。

在大堂的正中央，站著一個身形修長的中年男人身影。男人穿著一件黑色長衫，臉上一派祥和，卻不帶半點笑容或表情。他的雙手交疊在小腹前，完全遮蔽在兩個寬大的衣袖裡頭。

「妳就是靖樹小姐吧。我是剛才跟你通電話的那位先生。」黑衫男人微微向前彎身，先開口對靖樹說。

靖樹禮貌地點頭回應，對黑衫男人仍保有戒心。

「不好意思，不是我沒有禮貌，但是幹我們這一行的，一般不主動跟人握手，因為有些人十分忌諱。我們也很少笑，這也是職業上的需要與習慣。客人需要我們，同時卻很避諱我們。」黑衫男人主動解釋。

「先生是火葬場裡的人？」靖樹問。

「我是殯儀館的火化主官，負責火葬儀式及操控火化鍋爐。許多人一生也沒到訪過火葬場地，所以多少會對這地方存有不真實的恐懼。」

「這多少也是源於人對死亡的恐懼吧。越不認識就越是可怕。」靖樹回應。

「看起來小姐像對生死也有不少經歷。」黑衫男人以奇異的目光看著靖樹。

「在我的記憶之中，也到過火葬場三次了。雖然都不是很好的經驗。」靖樹帶點無奈地說。

「小姐跟家人緣薄，今年要萬事小心。中國人有一句老話：萬般皆是命，半點不由人。」黑衫男人似在暗示什麼似的。

突然間，靖樹再次想起印度 Guru 的死亡預言。按時間推算，她的死亡應該很快便到來。到底命運是早已註定，還是真的可以改變？靖樹唯一可以做的，就只有把自己留在未知的世界裡。但是現在還是先不要想這些了。

「先生剛才說，無雙是在儀式過程中發生了狀況嗎？」靖樹問。

黑衫男人不帶表情地輕輕點頭。「幹我們這一行，就是負責人在世上的最後送別儀式。」

最後送別儀式？無雙肯定是為了尋找瀕死安慰劑而來的。

「因為沒辦法在電話中好好說明，所以只好急著請妳過來。看見了無雙小姐，妳自然會明白一切。」

「她現在人在哪裡啊？」靖樹心急地問。

「無雙小姐仍在火化儀式的房間。或者請兩位先跟我入內後再說。」

黑衫男人走在前面引路。三人穿過一條白色長廊，長廊有點老舊，牆壁上油漆斑駁的痕跡清晰可見。相比起外面，長廊的溫度好像要低三、四度，加上天花一排排白色的光管，更令人感到氣氛異常冰冷沉重。三人每走一步，都能聽見鞋底踩在木地板上發出的吱吱摩擦聲響，聲音到達走廊盡頭又再迴轉到耳邊。越深入裡面，越嗅到一股嗆鼻的煙熏氣味，但是那並不是焚燒屍體的味道，而是像燒香紙錢之類的東西。

在快到走廊盡頭前，三人經過一個重門深鎖的房間，黑衫男人解釋這是個停屍間。「裡頭停放了七、八具遺體，都是明天準備火化用的。也許一般人以為火化一具遺體，需要很長的時間，其實由推屍進焗爐到火化成灰燼，前後不過三十分鐘。」

在火化過程中，遺體先被送入火爐，噴上柴油汽油後開始點火燃燒。毛髮等易燃部分會最先被燒掉，之後皮膚會被燒得吱吱作響，肌肉和內臟會慢慢融化變成火團。眼睛被燒光後，頭顱便會露出兩個深黑的眼眶洞，直到皮膚肌肉組織也燒得差不多時，身體骨骼頭也會清晰地暴露出來。大概三十分鐘後，遺體的所有有機物質全都被燒光，就只剩下一堆白色灰燼。

雖然當時年紀還小，但是靖樹對點火的一刻卻留下了不可磨滅的烙印。眼看家人的身體瞬間被熊熊烈焰所吞噬，那時候她才知道，原來要令一個人在世上徹底地消失，所需要的動作，就只是那麼輕輕的一按而已。

黑衫男人繼續說著，「由於迷信關係，中國人對入爐燒屍的日子和時辰十分講究，在高峰繁忙時期，這裡一天就要處理三十多具遺體，可說是一整天都在盯著屍體與鍋爐。」

三人在走道盡頭的一間房間門前停下。門並沒有上鎖，黑衫男人推門進去。房內空蕩蕩什麼也沒有，只放了一具木棺材在房中央，還有一位穿著黃色長袍的老道士。老道士已白髮稀疏，臉上布滿深深的皺紋，看上去已年近七十。他手持桃木劍，像個守衛般一動不動的站在棺木旁邊。他看似正在看守躺在裡面的什麼似的，表情有點凝重。

靖樹及逸辰走近棺材，看見地上有個鐵火盤，盤裡仍殘留有黑色灰燼及未燃盡的紙錢。而圍繞著棺材的四周地上，留有不多不少的九塊破碎瓦片。而躺在棺材裡頭的，竟然正是無雙！此時的無雙，張大了眼睛，像看著前方空氣的某一點，目光完全沒有焦點可言。她的嘴巴並沒有完全合上，整個人像一個蠟像公仔般木無表情。

「無雙……她……」靖樹無法理解眼前的情況。

「她可能是中邪了。」旁邊的老道士說。

中邪？這件事在醫學上並不成立。「先讓我看看她。」逸辰馬上為無雙作初步的檢查。從她輕微起伏的胸口，可以感覺到她的呼吸，雖然心跳與血壓維持在低水平，但是並沒有即時危險，嘴唇、牙齒、指甲亦沒有呈現中毒跡象。他脫下眼鏡再仔細觀看無雙的身體，她身上的氣場完好無缺。但唯一的問題，就是她對外部的刺激，缺乏了應有的認知反應。

「雖然她並沒有陷入完全的昏迷，卻是處於嚴重喪失意識的狀態，對於光線、聲音或觸碰都沒有反應。簡單來說，她大腦對外界的感應暫時關掉了，彷彿正張著眼睛睡覺做夢一樣。」逸辰亦難以理解這種奇怪的狀況。

「她是失心慌，三魂七魄不齊全。三魂可能在地獄門走失了，現在只留七魄在陽間的身體裡。」老道士解釋。

兩人完全聽不懂道士所說的話。無雙正處於一種精神異常狀態，既像是清醒，又像是深深地睡著了。

「先生，無雙是怎麼會來到火葬場的？」靖樹問。

「無雙小姐一大清早跑來，不停地查問有關死亡儀式的事情。她說自己是大學心理系研究員，正在進行一項死亡研究，希望可以了解，並親身感受一次死後的度亡儀式。」黑衫男人憶述著。「我只告訴了她火葬時的儀式過程，拒絕了讓她在火葬場體驗儀式的要求，因為這樣做有違行規禮儀，傳統上亦可能對生者有所損耗。」

靖樹大概也能猜到，無雙是在尋找自己所相信的死亡方法，她是希望透過送別儀式進入瀕死時的精神狀態。但是靖樹有一點不明白，她一直最不相信的就是茅山道術，怎麼會突然變成她現在所相信的東西？她到底在想什麼啊。

黑衫男人繼續說，「雖然我再三拒絕她的請求，但她還是堅持不肯放棄，怎樣也不肯離開。」

這確實是無雙的作風，特別是對靈異研究的那份執著。

「為了化解僵持的局面，那時候我對無雙小姐說：『除非妳能給我一個非答應不可的理由。』」

無雙想了一會，最後說出一件隱藏在心裡多年的事情。

「在十歲的時候，我曾經來過這個火葬場，當時是為了送別我的奶奶。奶奶從小就很疼我，不管到哪裡，都會把我帶在身邊。我實在接受不了她的突然離開。當時的我，感到很悲傷，堅持要去奶奶的火葬儀式，只是家人說我年紀太小，怕會留下不好的心理陰影，不允許我參加。於是我兩天兩夜不吃飯，直到家人肯讓步同意為止。

「那天，我看見奶奶安靜地躺在棺材裡，只是沒有張開過眼睛，沒有說過話，看起來就跟熟睡了沒有兩樣。火葬儀式正式開始後，道士先是一邊喃喃誦經，一邊在火盤燒香蠋紙錢。過了一會兒，道士拿起一把木劍揮來舞去，並踏著奇怪的步伐，在棺材前來回穿梭。道士將地上的瓦片一塊一塊砸破。我看得像是著了魔似的，整個人被儀式深深所吸引著。當最後一塊瓦片也被砸碎時，道士大喊了一聲，之後不可思議的事情發生了。」

「不可思議的事情？」黑衫男人問。

無雙竟然看見奶奶突然張開眼睛，並在棺材坐起身，像剛睡醒了一樣。

「我脫口喊了一聲：『奶奶！』奶奶竟然聽到我的聲音，轉身向著我微笑。道士只繼續唸經做法事，家人也在一旁燒元寶紙錢，根本就沒有一個人看得見她。奶奶弓著背，跨步走出棺材，步履蹣跚地走到我面前，笑著跟我說，這裡只有我能看見她、聽見她。我問奶奶為什麼，奶奶說因為大家都不相信靈魂，所以看見靈魂的能力便消失了。

「我拉住奶奶的手，嚷著不讓她離開，不讓她死掉。奶奶知道我自小個性固執，跟我說：『我只是到另一個世界，並沒有真正的離開，我會在那裡一直看著妳、守護妳的。』

「我問奶奶：『什麼是另一個世界啊？我也可以去嗎？』

「奶奶回答：『那是一個妳意想不到的世界。但是奶奶無法帶妳去啊，要等妳像奶奶一樣老才可以來的。』

「我對奶奶說：『那等太久了！我一定會找到方法來看妳的。』

「之後奶奶便在我面前像煙霧一樣消失了。我大聲連喊了幾聲『奶奶』，最後一聲終於發出聲音來，而且驚動了在旁的家人。家人看我兩眼發白，整個人像呆了一樣一動不動地站著。爸爸趕快把我抱起，不停的喊：『小雙！小雙！』最後我才像從做夢般醒過來。我對家人說剛才看見了奶奶，只是沒有人相信我說的話。之後，醫生檢查我的狀況，說我可能是因為傷心情緒，加上之前沒好好進食，才引致身體血糖過低，出現了這樣的幻覺。但是，我深信那不是幻覺，我確實看見了奶奶的靈魂。」

聽完無雙的故事，黑衫男人回應：「我多少能體會你的心情。逝者已矣，生者如斯。當時是真實或是幻覺，又何須執著。」

無雙回答：「我並不是執著奶奶的離開，我只是執著找到真相。從事靈異心理的研究工作，就是希望可以讓人消除不真實的幻想與害怕，特別是對死亡的迷思。人除了身體以外，是否真的擁有更高層次的靈魂？靈魂到底又是什麼一回事？這些都是我渴望找到的真相。」

黑衫男人輕嘆了一口氣。「即使我同意，但是懂得做那種度亡法事的師父，已經所剩無幾了。」

怎知道就在這個時候，火化工老王從焗爐房走出來了。無雙小姐一看見老王馬上臉色一變，「他就是當年為奶奶做度亡儀式的那位道士啊。」無雙驚訝地說。

「事情竟有如此巧合。」黑衫男人也不得不信世事冥冥中早有安排，一切皆有定數。

於是，無雙小姐請求老王為她做一場當年的度亡法事，而老王也欣然答應了。

黑衫男人把整件事情的始末向靖樹詳細地說出。

第四章　破地獄

世界會因妳的改變，而變得不再一樣。所以妳千萬不要小看自己。

靖樹問黑衫男人，「你所說的度亡法事到底是什麼儀式？」

「老王做的是『破地獄』。」黑衫男人回答。

破地獄是道教重要的度亡儀式，從南宋時代開始已經存在，是道教獨有的科儀法事。有說法事起源於一民間故事「目連救母」，目連羅漢因見亡母於地獄受苦，請求佛祖幫助，目連以佛祖法仗打破地獄之門，進入地獄並救出母親亡魂。

「破地獄的意思是超拔地獄裡的亡靈，脫離痛苦。」老王在旁解說整個破地獄儀式。「破就是指破穢，在法事中道士需打破九幽地獄中的穢氣，令穢氣不能阻礙死者亡靈超升，以幫助亡者得到超度醒悟。在儀式過程中，道士會以魚貫躡步及穿走花紋步法，遊走通往地獄，引導及超拔亡者。道士更需逐一擊破地上九塊瓦片，象徵打破九幽地獄之門。」

聽完整個儀式後，靖樹大概知道無雙的中邪是什麼一回事。

「無雙不是中邪。她是被催眠了，而且是進入了深度的催眠狀態，即是所謂的出神意識。」

「妳是說她正處於催眠狀態的出神意識嗎？」逸辰問。

靖樹肯定地點頭。「在道士的眼裡，無雙無疑是中了邪，但是從心理學家的角度，她只是被催眠了，而且是一次瀕死催眠。」

「就像面對同一個身體狀況，中醫跟西醫會有不一樣的解讀，對於相同的病徵病狀也有不同的診斷及治療方法。」逸辰比喻說。

逸辰之前也試過被教授催眠的經驗，雖然自己是在全然不知情的狀況下進入了催眠狀態，但是至少也需要一個催眠師在現場啊。「無雙到底是被誰催眠了？」逸辰還是不明白其中道理。

「其實，這是無雙自製的一場自我催眠，無雙既是催眠師，也同是被催眠的對象。」靖樹再次仔細打量整個場所，終於明白無雙為何一定要來到火葬場。「這裡確實是一個最佳的催眠舞台。」

「自我催眠？她是如何辦到的？」逸辰有點不可置信。

「一般人都以為催眠現象是由催眠師所誘發的，但是，其實所有催眠都是自我催眠。催眠師真正的工作，只是利用場景、各種工具或語言暗示，導引受試者自我誘發催眠現象。」靖樹解釋。「在日常生活中，大家也時常經驗這種自我誘發的催眠狀態，例如：當看書看得入神時，或想事情想到發呆時，好像整個人完全投進了忘我的內心世界。這便是由於身體放鬆及精神集中所自然引發的失神狀態。即使別人在喊你，或身邊發生什麼事情，你也完全不會察覺得到。」

「但是這個火化房間又陰森又冷，一點也不能讓人放鬆，怎麼會是一個最佳的催眠場所？」

「催眠可以在任何地方、任何時候進行。無雙就是利用了火葬場的環境氣氛，製造出所需要的死亡暗示。」靖樹試著舉一些例子做說明。「如果在睡房看到熟悉的床枕，聽到放鬆的大自然音樂，你會聯想起什麼念頭？」

「當然是睡眠，身體會自然湧起一陣睡意。」逸辰回答。

「如果置身在運動上，聽到觀眾席上熱烈的歡呼，看見隨風飄揚的打氣旗幟，你又會有想什麼感覺？」

「想起競技比賽，整個人也會變得鬥志激昂，充滿爭勝的決心。」

「同樣地，假如置身於火葬場，人躺在棺材裡，感覺四周陰森冷凍，聞到焚燒香燭的氣味，看到飄散的紙錢，又會想到什麼？」

「死亡。」逸辰恍然大悟。「這裡到處都是充滿死亡的象徵暗示。」

靖樹點點頭，「所以說沒有比這裡更適合進行瀕死催眠了。無雙借助了火葬場的環境元素，從視覺、嗅覺、觸覺、聽覺等刺激，營造出死亡的暗示訊息。加上她小時候曾在這地方看見奶奶的亡靈，重回舊地更容易使人觸景傷情。她可以說是連自己的經歷記憶，也拿來了作另類的死亡暗示。」

逸辰忽然間明白了催眠的竅門。催眠時所用的躺椅，催眠師手上拿著的懷錶，還有那些蠟燭、沙漏等，全都只不過是掩眼的道具而已，其真正作用是讓人聯想起「被催眠」這個信念。既然大家早已對這些東西跟催眠建立了根深蒂固的催眠聯想，催眠師便投其所好，乾脆利用大家所相信的東西作為催眠導入暗示。

「但是自我催眠亦有一個極大的難題需要克服，就是同時間要分演兩個矛盾角色，既要保留部分意識當催眠師引導自己；同時又要放空意識當被催眠者，以便進入催眠狀態。如果當催眠師的意識過強，便會難以放鬆身心，不能進入催眠狀態。相反，如當催眠師的意識過於薄弱，便難以進行引導，甚至一下子便落入睡眠狀態。」靖樹解釋說。

「所以自我催眠時，一方面要保持清醒專注，另一方面又要讓身心極度放鬆。」

「這一點，即使是有經驗的催眠師亦不容易辦到。只是無雙卻想到了一個解決方法。」

「什麼解決方法？」

「她把老王變成了催眠師。」靖樹看一看老王。

「老王？」

靖樹繼續解釋，「宗教儀式本身就是一種古老的催眠術，許多時透過獨特的舞蹈、音樂、咒語或儀軌，令人自然地進入忘我的出神境界。所以巫師術士可說是最早期的催眠師。無雙聰明地借用了破地獄儀式作催眠導入，變相由老王來主理整個導入程序，這便可以大大減輕她當催眠師的意識負擔。而老王需要做的，亦只是如常執行破地獄法事而已。」

「這的確是一個聰明的辦法。」逸辰終於明白無雙的自我催眠是如何操作了。

「我仔細分析過老王所描述的破地獄儀式，過程中確實齊集了催眠導入所需的各項元素。」靖樹分解了整個破地獄儀式。

「首先道士不斷地喃喃誦咒，這種單調而重複的聲音刺激，最容易令人昏昏欲睡。另外，焚燒元寶紙錢時所產生的煙霧與氣味，正好給人一種撲朔迷離的感覺，有效地將現實世界的界線模糊掉。至於儀式中的舞劍及穿梭舞步，就像一場另類的藝術表演，能有效吸引觀眾的注意力，使人看得忘我入神。接著的破瓦更是導入儀式中的高潮，像是催眠時採用的漸進式倒數，由一至九，每破一瓦便越深入遞進人的內心世界。而道士最後的大喊，簡直就是完美的出神暗示，喻意破開地獄大門的同時，也破開了潛意識通往死亡的精神大門。」

「既然事情一直都是依照無雙的計畫進行，為何結果卻變成現在這樣？」

「催眠大致可分成三個重要步驟，分別為催眠導入、死亡暗示與清醒導出。雖然無雙成功跨越了頭兩個步驟，但是最後的導出，卻是她唯一無法有效掌控的部分。一旦進入深層潛意識，情況就如墜進了無盡的虛空夢境，如果沒法將她導出喚醒，她便會被困於跟外界隔絕的真空狀態之中。」

「就像現在一樣，對一切的外界刺激缺乏反應，亦即是老王口中的中邪。」逸辰回應。

「如果強行以藥物或外在手段把她弄醒，會有什麼嚴重後果嗎？」逸辰知道一些令麻醉病人清醒的方法。

「那得看她所進入的催眠深度。以她現在的情況，雖然不至於對身體帶來永久傷害，但肯定會對她的記憶與精神造成混沌、甚至錯亂。如非必要，我暫不建議這樣做。」

「那可以替她做催眠導出嗎？」

「是可以，但必須知道她預設的清醒暗示是什麼。這就像是重新打開潛意識大門所需的咒語一樣。當受催眠者聽到指定的導出暗示，便會自動從內在意識中抽離，重新返回清醒的現實世界。」

逸辰想起電影情節中的催眠師，常在催眠結束前打響指頭或說些特定句語，這可能就是靖樹說的清醒暗示。

靖樹嘗試深呼吸，冷靜地重頭再想一次，當中一定有什麼錯過或遺留的細節。無雙不可能沒有留下導出暗示，來以防萬一的。導出暗示到底是什麼？這應該是在儀式完結時，一些可讓她清醒過來的動作或語句……

「老王師傅，無雙有沒有在儀式前說過或寫下什麼，像口訊或字條之類的東西？」靖樹轉身問老王。

老王皺著眉頭認真想了一想。「我只叫過她把亡靈的名字寫在一張黃色符文上，除此以外就沒有了。」

「黃色符文現在那裡啊？」靖樹緊張地問。

「已經燒掉了。」老王解釋。「度亡者的名字需要寫在符文上，並放在火盤裡燒掉，這是俗稱的『開位』，讓陰司使者找到亡魂。」

「燒掉了？」靖樹趕快查看一下地上的火盤，不要說符文，連黑色的灰燼也燒得所餘無幾。

這時黑衫男人插口說：「開始前，無雙小姐對我說過：『要是發生什麼事情，就去找靖樹，她知道我的亡靈名字，能夠把我叫醒的。』」黑衫男人重複當時無雙的說話。

她的亡靈名字？無雙一定是回去找她的奶奶……對了！奶奶！把無雙召回來的暗語一定是這個！靖樹像喃喃自語似的說。

靖樹跟老王說：「可以再重頭做一次破地獄儀式嗎？我有辦法把無雙的靈魂召喚回來。」

老王點頭答應。他整理好身上的黃色道袍，戴上頭冠，在棺材四周重新放上九塊瓦片。一切準備好後，他開始燃點香燭，在火盤燒元寶紙錢，象徵買通各路陰差、牛鬼蛇神，打開通往陰司之路。整個房間迅速彌漫著白色的濃煙，加上艷紅的閃爍火光，煙霧，現場確實有幾分陰森詭異。此時，老王一面手搖銅鈴，發出「叮、叮、叮」聲響，一面喃喃誦咒，聲音單調而重複，就如靖樹所說的催眠導入語一樣。過了大約十分鐘，老王放下銅鈴換上一柄桃木劍，一面揮劍、一面以魚貫躡步行走。老王的劍越舞越急，之後換上另一種步法，按九宮八卦圖穿梭行走。儀式進入高潮，他開始像倒數般逐一擊破地上的瓦片，九、八、七、六、五、四、三、二……

老王用木劍指向棺材，對著躺在裡頭的人說：「如今地獄門破開，引領亡魂得超度。」他用力把最後一塊瓦片砸破，發出清脆的「咔嚓」一聲，響遍整個靜寂的房間。再大喝一聲「破！」。之後一切歸於寧靜，只留下空洞的回音在眾人的耳朵裡，當中也包括了無雙。

無雙的潛意識大門已再次開啟，要趁這機會給予清醒暗示，遲了也許就起不了作用。如果靖樹沒有猜錯，導出的暗語，應該就是奶奶給她的小名。
靖樹走上前，對著躺在棺材裡的無雙喊道：「小雙！小雙！回來啊！小雙！快回來！」
靖樹喊了好一會，可是無雙一點反應也沒有。

此際，真正的無雙卻仍活在另一個時空裡。在第一次破地獄儀式，無雙最後聽到的是瓦片破碎的聲音，然後聲音逐漸遠去，她感到眼前一黑，瞬間失去了知覺意識。再次醒來，她已經變回十歲時候的自己，回到了奶奶火葬告別的當天。奶奶閉上了眼睛，安詳地睡在棺材裡，而她則站在棺材旁邊。她輕輕喊道：「奶奶！奶奶！妳聽得見我嗎？」

奶奶像睡醒了一樣，張開眼睛，看著她溫柔地微笑。奶奶微笑時，眼角與嘴角都會牽起深刻的笑紋。「小雙，妳真的來找奶奶了。奶奶很想念妳啊！」奶奶坐起來緊緊地擁抱著她。
「奶奶！我也很想妳啊。」無雙以她的小手環抱著奶奶的脖子。
「妳來找奶奶是不是發生了什麼事情？」
「我把看見妳的事情告訴爸媽及醫生，可是沒有人願意相信我，要不說是幻覺，要不說我在搞惡作劇。」無雙抿著嘴一副很委屈的樣子。
奶奶用手撫摸她的頭髮安慰她。
無雙跨步進棺材裡，靠在奶奶身邊坐著。「奶奶，其實自從那次以後，我還看見了其他鬼魂呢。」
在奶奶過身後的兩星期，有一次無雙放學回家，當經過下高速的交流道口時，她看見一輛私家車失控撞上路旁的紅綠燈，私家車車頭凹陷變形，擋風玻璃碎裂並散落一地。幾個好心的路人圍著涉事車輛，想要幫忙拉開撞得扭曲的車門。無雙因為害怕，一直站在對面路口不敢橫過馬路。這時她見到一名太太獨自坐在路肩，額頭及衣服上均沾了一些血漬。

「小妹妹，你看得見我嗎？」太太向她招手。

無雙奇怪地看著她。「太太，你的額頭流血啊。」

「你看得見我太好了！小妹妹，可不可以幫我一個忙。」

「什麼事情啊？」無雙一臉不惑。

「幫我跟車上的男人說，我已經原諒了他。」太太指著車禍中的私家車。

無雙有點害怕。「為什麼妳不自己告訴他？」

「我已經走不動了。拜託妳啊。」太太懇求說。

無雙只好勉強答應。她橫過馬路走近私家車，突然幾個救護員把車上的一名女傷者抬出。無雙一看，嚇得差點跌倒在地上，因為那女傷者就是剛才的太太。怎……怎麼可能的。無雙再回頭看，那位太太已經不在了。圍在路旁的人都在議論紛紛，她聽到有途人說那女傷者救出時已經當場死亡。原來她剛看到的是女傷者的鬼魂！她感到背部一涼，雙腳發麻，本想馬上跑回家去，但害怕如沒有遵守承諾，會被那太太的鬼魂纏身、甚至懲罰。

她唯有硬著頭皮，悄悄地走到車上的中年男人旁邊。那男人只受了一點皮外傷，坐在司機位上等待救護員替他治理。他悲慟得掩著臉在自言自語：「老婆，你不要離開我……都是我不好，只顧工作，對不起啊……」

無雙輕力地敲一敲車門。「叔叔，你太太叫我跟你說，她已經原諒你了。她沒辦法跟你說，之後她就消失了。」

那男人聽到後像遭電擊一樣，猛地抬起頭，想要伸手抓住無雙。「小妹妹，求妳帶我去看我太太！她在哪裡啊？」

無雙嚇得一臉鐵青，轉身跑回家去。她不敢對任何人說出這件事，更因此病了整整一個星期。

另一次，無雙陪媽媽到醫院做身體檢查，她獨個兒坐在病房門外的長椅上等候，突然看見兩個穿白色醫院服的病人向她走來，並坐到她的左右身旁。她感到了一陣寒意，馬上察覺到有什麼不對勁。她不敢抬頭去看，只一直低著頭，不敢動也不敢說話。只是無雙卻發現那女病人的胸口穿了一個大洞，那洞更像貫穿了身體，一直流出紅色的血液。而另外的男病人，他的喉嚨像被利器割開了，正一面呼吸、一面發出像氣球洩氣的「沙沙」聲音。無雙知道那一男一女並不是病人，而是醫院裡的鬼魂。

怎知道那女的竟低聲在她耳邊說：「小妹妹，可不可以幫我拿個東西給家人啊！求你幫幫忙啊！」無雙還未及反應，那男的也搶著說：「可以幫我傳個口訊給我老爸嗎？」

無雙雙手掩著耳朵，立即從椅子上跳下來，開門衝進了病房。媽媽及醫生都被嚇了一跳。「怎麼了啦小雙？發生了什麼事？」媽媽驚奇的問。

「外面……外面有兩個鬼魂啊！有鬼魂在跟我說話啊！」無雙指著房門外的長椅。

媽媽一臉尷尬，以為她又在胡鬧，馬上開門到走廊查看，但整條走廊卻空空如也。醫生也詢問過樓層的當值護士，誰都沒有見過無雙所說的一男一女病人。為此醫生曾一度懷疑她可能精神出現錯亂，以致常產生見鬼的幻覺。只是所有的檢查結果都一致顯示正常。媽媽也試過帶她到廟宇拜拜，找來高僧道士替她作法驅鬼。她被舞得團團亂轉，更被迫喝下像符水之類的怪東西。自那次慘痛經歷後，她明白了一個事實，就是那江湖術士都是騙人的，不要說根本不懂什麼降魔驅鬼，就連鬼魂長得什麼樣都沒見過。他們只是在利用人的無知與害怕來騙錢而已。也許是這個原因，她才這麼討厭那些江湖術士。

無雙曾跑到奶奶的墳前，哭著說：「奶奶，我再不要看見那些靈魂了。根本就沒有人相信我，我也不想相信有靈魂啊！」就是自那次起，無雙便再沒有見過靈魂了。

無雙把那段封藏已久的經歷告訴奶奶。「奶奶，到底應該如何去相信大家都不相信的東西啊？而那些所謂相信的人，卻全都不是真心相信的！」這種事情一直令無雙感到十分苦惱，而這正是她的心結所在。

「小雙，奶奶知道你一直渴望找出各種事情的真相，這或許就是妳畢生的課題。只是每個人所看到的真相都不一樣啊！但這也沒有相干，反正每個人都只能透過自己的眼睛看世界，所以你不用說服別人，也不用被別人說服啊。」

「但是找到真相又如何啊？」

「看清了真相，人才會遠離無明，才能做出真正的選擇，人也就自由了。」

「那世界會因此而改變嗎？」

「當然啊。因為世界會因妳的改變，而變得不再一樣。所以妳千萬不要小看自己。」

「奶奶，我想我懂了。我會努力找出生命的真相，找到自己所相信的東西。」

此際，遠處突然傳來一陣呼喊聲：小雙！小雙！回來啊！小雙！快回來！

「妳的朋友已經在等妳了，趕快回去吧。」

「謝謝妳，奶奶。」無雙緊緊地抱住奶奶。

「即使在路上感到孤獨，也不可以懷疑自己啊。」奶奶最後對她說。

「再見了，奶奶。」

第五章　賞善罰惡

晴有時，雨有時，變幻有時；哭有時，笑有時，悲歡有時；生有時，死有時，聚散有時。人生總有別離時。

靖樹開始變得焦急起來。

「小雙！小雙！快回來！小雙！快清醒過來啊！」靖樹對著躺在棺木裡的無雙大聲再喊一次。

無雙突然眨一眨眼睛，她已經再次回到了現實世界。她倒吸了一口大氣，眼睛的焦點終於回來了。

「看來導出暗示真的奏效了！」逸辰也感到鬆一口氣。

無雙的樣子，看上去就像上課時不小心睡著了那樣，而且還做了一個很長很長的夢。

「無雙，妳知道自己在那裡嗎？」靖樹試探地問。

「這裡是火葬場。很對不起讓你們擔心了。」無雙感到十分抱歉說。

「妳能起來嗎？」逸辰問她。

無雙先活動一下自己十根手指，確定氣力與意志都已恢復回來。她慢慢坐起身，讓腦部先適應血液循環的變化，再以雙手按著棺材邊沿，用力撐起整個身體。靖樹攙扶著她的雙臂，幫她從棺材中跨步出來。無雙環視四周，一切就跟儀式進行前一樣。

「妳剛才就像失去了意識一樣，對外界刺激毫無反應，嚇壞了大家。」靖樹對無雙說。

「我擔心妳是中邪了，靈魂給地獄使者勾走了。」老王手上還拿著木劍，像隨時準備要跟鬼怪搏鬥一樣。

「老王師傅不用擔心，我的靈魂才捨不得離開我呢，到現在還緊緊黏著我！」

「還會說笑，就證明她已經沒事了。」靖樹白她一眼。

「最重要是人沒事。回來就好了，其他都是小事情。」黑衫男人並沒有一點生氣。他是一個十分有修養的人。

「先生、老王師傅，因為我的任性，給你們添帶麻煩了。真的很對不起！」無雙知道自己差點闖禍，誠心地向二人鞠躬道歉。

「無雙小姐不必介懷，一切皆是緣分。都說佛度有緣人。」黑衫男人說。「不如各位先回內堂喝杯熱茶，順道替無雙小姐壓一壓驚。」

「但是時間已經很晚了，我們實在不好意思再打攪。」靖樹客氣地說。

「反正這裡地處偏遠，召計程車也至少要等三十分鐘啊。」無雙拉一拉靖樹的衣袖。她老實不客氣地說：「就喝一杯嘛，我一整天還沒喝過一滴水啊。」

之後，黑衫男人領大家到內堂旁坐下。雖說是內堂，這裡更像是個喫茶室，四周都以道教的禪修作裝飾，配上簡樸的木家具，滲出幾分淡雅的味道。靠牆的木架子上，更放滿了紫砂茶壺與青白花瓷茶具。看來黑衫男人是個愛茶之人。

黑衫男人捲起衣袖，開始為大家泡茶。他一面煮水，一面準備茶席，每件茶器都排得依次有序。他將茶葉置入青花茶碗內，以逆時針方向往碗內注水，直至大概八分滿的位置。再把蓋子合上，故意留下一道隙縫，讓空氣可以跟茶水交流。安靜等待三個呼吸後，再提起蓋碗倒茶，沉碗提手，茶湯隨手部的高低起伏，點點灑落。他的動作像鳳凰點頭，優雅自然。

「先生的泡茶功夫真是了得啊。」無雙讚歎。

靖樹也和應。「茶還沒喝，呼吸與心神都已安定下來了。」

「人法地、地法天、天法道、道法自然。茶水乃大自然之物，我只是遵循自然而然的規律。」

無雙歪著頭努力地想。「這好像是某個古代皇帝或聖人說過的話，但一時記不起是誰了！」她急不等待的拿起茶杯大喝一口。「反正茶好喝就是了！」她露出一副滿足的樣子。

靖樹沒好氣的說：「是老子在《道德經》所說的話啊。」她也忍不住細嚐了一口，感覺茶湯醇厚，回甘生津，陳香撲鼻。真是難得的好茶。

「這是陳年的老普洱茶，茶樹已有過百年了。可能因為曾經滄海，所以特別醇厚。」黑衫男人突然問無雙。「無雙小姐，妳可有找到妳想要的東西嗎？」

無雙認真地點頭。「我回到了事情的源頭，總算解開了我多年的心結。」

「找到就好了。」黑衫男人回應。

雖然不知道無雙經歷了些什麼，但回來後，她身體深處的某個部分好像正發出一陣奇異的氣場光芒。至於是什麼變得不一樣了？逸辰一時間也說不上來。

喝完茶後，黑衫男人跟老王送三人到大樓門外等候計程車。山上刮起了清勁的涼風，老王在旁咳嗽得相當厲害。

「風有點涼，你們趕快進屋子吧。」靖樹要他們先行回去。

「老王師傅，你要小心身體啊。」無雙擔心老王著涼了。

「沒事、沒事，都是老毛病。這是規矩，客人一定要送出門的，不送不吉利。」老王堅持。

逸辰像看見一些不好的狀況，猶豫了一下說：「老王師傅，你右邊的肺部問題頗嚴重的。」

「年輕醫生，你的醫術真高明啊，光聽咳嗽聲便知道我的問題所在。」老王稱讚說。

「你不能再拖了，一定要到醫院才行。」逸辰擔心地說。

「你的好意心領了。癌症都已經擴散，治不了。」

「老王師傅，你千萬不要放棄啊！」無雙鼓勵說。

「說實在的，我不希望我的最後人生是天天在醫院病床上度過，吃一大堆化療毒藥，身上插滿喉管。」

三人聽到老王師傅的說話，心裡感到一陣難過，都不知道該說些什麼。

黑衫男人說：「中國《書經》上所謂的五福，包括了長壽、富貴、康寧、好德，以及最後一福善終。善終的意思就是離開時無怨、無悔、無憾，安詳及有尊嚴的離去。」

黑衫男人繼續說：「記得有一次我問老王：『如果生命只剩下三個月時間，還有什麼最後想要做的事情嗎？』老王想也沒想便回答我：『我每天都做著想要做的事情啊，當個火化工，好好送別每位逝者的最後一程。』雖然火化工聽起來不是什麼偉大的工作，但對老王來說卻是很有意義的事情。而且我相信除了老王以外，沒有人能把這工作做得更好了。」

聽完黑衫男人的話，三人覺得老王師傅找到了生命中不可替代的位置，確是一件死而無憾的事情。

靖樹有感而說，「與其執著生命長短，倒不如聚焦看生活過得有否意義。把每一天當成是生命的最後一天來過，未嘗不是件簡單又幸福的事情。」

「其實老王師傅並沒有放棄什麼。相反地，他比醫院裡的病人都要正面及豁達。」逸辰回應說。

他回想起張老伯的最後日子，是在腫瘤科的監控病房度過，這肯定不是他的意願。有時候放棄治療，可能只是放棄貪生。

無雙點點頭。「他朝君體也相同啊。」

老王笑笑對大家說，「晴有時，雨有時，變幻有時；哭有時，笑有時，悲歡有時；生有時，死有時，聚散有時。人生總有別離時。」

直至計程車到來之前，大家都沒有再說話。即使坐上計程車後，三人也各自若有所思的沉默著。今天的生活已夠精采刺激了，大家都需要黑夜的寧靜。

臨分別前，三人約好明天黃昏在 Soul Room 咖啡室再次碰面。

第二天早上，靖樹回到醫院的心理治療室。她打開精神科醫生送來的醫療紀錄，報告上說：曉曼沒有走出交通意外陰影，拒絕接受未婚夫的突然離世，所以把自己封鎖在書寫世界裡。曉曼一方面是在逃避現實，另一方面製造出未婚夫仍然活著的妄想。由於她不能承受巨大傷痛，潛意識出現了病態的自我保護機制，以致出現精神錯亂及溝通障礙。

但如果真的是這樣，那收信人不應就是她的未婚夫嗎？只是現在卻變成了不知道的誰。如此推斷，她寫信絕不只是單純的傳達思念，而是被更深層的內在需要所驅使。她不像是在逃避現實，反而更像是被囚禁在書寫的世界裡。就像卡夫卡所說，文字是一種懲罰工具，能把人的思想吸乾。

靖樹把醫療報告合起放進抽屜裡，再拿出紙及筆放好在桌上，等候曉曼的到來。踏正九時，敲門聲溫柔的響起來了。

曉曼如上次會面時那樣，胸前掛著一枝原字筆，手上拿著原稿紙簿。

靖樹跟她打過招呼，然後說：「這一次我們都以文字來對答好嗎？」

曉曼輕輕點頭，欣然的答應。

靖樹看見曉曼在把弄胸前的原子筆，突然被那枝原子筆深深吸引住了。

靖樹：現在已經很少看到這種雙色原子筆。

曉曼：可能只有老師才會使用了。黑色是用來書寫，紅色是改錯用的。

當寫到「改錯」二字時，她吞嚥了一下口水，筆桿稍為遲疑了。

吞嚥口水雖然是極其細微動作，但卻反映了一種不受心理控制的複雜情緒。吞嚥口水是一個非常複雜的過程，需要口水腺、口腔肌肉、舌頭、食道、咽喉等多個器官互相協調配合，才能完成整個運動。所以除非是在進食後，或遇到強烈的情緒波動，否則身體很少會作出這種多餘動作。只是每當心理受刺激，如感到恐懼、尷尬或興奮時，身體便會情不自禁地吞嚥口水，這動作能有助舒緩緊張情緒，是一種自我安慰的本能反應。

靖樹：讀書時，老師都會把我的錯處用紅筆圈起，然後罰抄改正。因為我的中文不好，所以習作簿通常都被塗得滿江紅似的。

曉曼：我也是這樣替學生改錯的。

靖樹：我記起有位男同學，他有個非常厲害的能力，就是左右手能同時寫字。所以他一點都不怕被老師罰抄。

說時，靖樹不小心把筆弄掉到地上，筆就剛好滾落在曉曼的左腳旁邊。曉曼俯身幫忙把筆拾回給靖樹。接過筆時，靖樹留意到她的左手尾字到手腕部分，同樣染了墨跡，不過顏色不是烏黑而是暗紅，因為跟膚色比較接近，所以不易被擦覺。看來她是一個能用左右手寫字的人，左手以黑筆寫信求救，右手以紅筆改錯受罰。她不停書寫的另一目的，就是要接受懲罰。

靖樹：謝謝。能不能讓我看看妳的簿冊？

曉曼顯得有點猶豫。

靖樹：我並不是要查閱裡面的內容。只是想看一看而已。

曉曼把簿冊遞給靖樹。靖樹快速地從頭到尾翻閱簿冊，看見原稿紙上填滿了密密麻麻的文字，就連一個空格也找不到。如果把文字也當成一種符號看，她得出的感覺是一種無聲的吶喊。

她再把簿冊還給曉曼。

靖樹：我可以問一下那場意外的事情嗎？

曉曼輕輕點頭，情緒表現得相對平靜。

靖樹：車禍發生時，妳的最後記憶是什麼？

曉曼：當時我牽著未婚夫的手。他正要飄走了，我一隻手用力捉緊他，但是另一隻手卻被汽車安全帶牽扯住。最後因為氣力不夠，我不小心把手鬆開了。他就這樣消失離開了。

靖樹：未婚夫飄走了？是什麼意思？

曉曼：或者妳不會相信，但事實真的是這樣。我看到未婚夫的靈魂從他身體剝離出去。

靖樹：我不是不相信妳，但妳肯定那不是幻象嗎？

曉曼：是真的！我的左手當時一直拉緊著他的靈魂。

曉曼盯著自己的左手，像是再次確認。就是這隻手啊！不論大小及形狀，都不可能弄錯的。

靖樹意識到，曉曼並沒有出現精神錯亂或妄想，而是在車禍時發生了瀕死體驗。

靖樹：所以妳覺得他的離開是你的責任？

曉曼：至少有一部分是。

靖樹：因此要接受懲罰？

長期自虐的行為通常都是為了贖罪。因為要彌補內心不能被原諒的罪行，所以作出傷害性的自殘行為，以抵消罪咎感覺。這也是潛意識的一種自我保護機制。

曉曼：我的罪不只是這樣。瀕死時，我還看到更多的畫面，是從小到大我一直違背約定的畫面。我不只背棄了家人、朋友、夢想與未婚夫，我還背棄了自己與真正的所愛。我其實是個懦弱的背叛者……

靖樹忽然間明白了一切，就像零散的碎片重新湊合在一起。曉曼從小到大一直違背自己內心意願及約定，這種沒被自己原諒的罪咎感一直累積抑壓。而在瀕死剎那，她像打開了埋在潛意識底下的潘朵拉盒子，釋放出自己不能承受的原罪陰影。瀕死經歷真的不可思議。

曉曼為了得到原諒及赦免，只好不斷地懲罰自己，把書寫變成比死亡還要沉重的工作。而文字的用途像是一種處罰，吸乾她的語言，剝奪她的思想與自由。那個不知道是誰的收信人，除了是她的未婚夫外，也包括所有曾被她違背的人，以及她自己。每次背離約定的同時，其實也背離了她自己的內心，做成一種無可挽救的缺欠。如此同時，書寫變成了她唯一的希望，她透過不斷寫信，渴望建立另類的聯繫方式，迫使所有被背棄者作出回應。因為只有這樣，她才能得到赦免、得到救贖，尋回遺失的內心，變回一個完整的人。

靖樹：寫到這裡已經足夠了，可以停止了。老師懲罰學生的真正目的，是希望學生可以勇於改過。原諒自己比原諒別人重要。

寫到這裡，曉曼的手開始抖震，再也寫不下去了。她把簿子合上，把筆掛回脖子上。她再也按捺不住，雙手掩著臉，放聲號啕大哭起來。這是她三年來第一次發聲哭喊。

靖樹讓她依靠在肩膀，輕拍她的背，像是說：沒事的，想哭就盡量哭吧。淚水不要往心裡灌，要往外流，這才是淚水的流向。

曉曼臨離開前，靖樹把一張字條遞給曉曼。字條上寫著：下一次給我寄一封信好嗎？信上寫「我很好」就足夠了。

曉曼回復了臉上的微笑，並以帶點沙啞的聲音開口說道：「好的。」

靖樹期待在不久的將來收到她的信。

中午時分，逸辰一個人走進大學附近的西餐廳。他點了海鮮意大利麵，把餐牌交還給服務生時，忽然多點了一杯勃根地 Chablis 葡萄酒。他一般很少在白天喝帶有酒精的飲料，但今天卻很想要喝一杯醒胃的高酸度白葡萄酒。他凝視著酒杯中的淡黃色液體，想像什麼才是自己相信的死亡方式，想過各式各樣痛苦與不痛苦的自殺方法，但是好像沒有一種是自己喜歡或相信的。

在大學這麼多年，他都是在努力學習如何救活病人的身體，如何令人好好地死去並不是他的專長。最後，他放棄了思考，又點了續杯的白葡萄酒。

黃昏的時候，他到達 Soul Room 咖啡室，看見那雙泥黃色的旅行靴子，醒目地掛在大門旁邊。靖樹和無雙已經在裡面了。

逸辰在兩人對面的空座位坐下。「這咖啡室十分特別，店主一定是一個很有個性的人。」逸辰環視咖啡店一圈說著。

「對啊！靴子先生是個充滿故事的人。」無雙也喜歡 Soul Room 咖啡室。

「想喝些什麼嗎？我去幫你們下單。」靖樹像是仍在這裡工作的服務生。

「美式黑咖啡就好了，謝謝。」逸辰說。

「嘿，又是一個愛喝黑咖啡的。你兩個苦傢伙真匹配啊。」無雙故意這樣說。

兩人互望了一眼，顯得有點不自然。

靖樹岔開話題，對無雙說：「幫妳點有酒精的就是了。」說完，便馬上走到工作台找靴子先生。

之後，三人一邊喝咖啡，一個邊討論瀕死體驗的事情。

無雙將前晚在火葬場的經歷詳細說出，「我第一次接觸到死亡、看見靈魂，就是在奶奶的度亡儀式上。所以才想到要將度亡儀式跟催眠結合。」

一切就如靖樹所推測那樣，無雙是透過破地獄儀式作自我催眠手段，藉此進入瀕死的精神意境。教授說過，最重要的是找到自己所相信的死亡方法。而在心理層面上，利用象徵死亡的儀式確實是一個很好的方法。

「但是單靠催眠，真的就能達到瀕死時的精神效果嗎？」這是靖樹心裡的最大疑問。

「之前教授替我做過一次催眠，他說催眠可以讓人進入深層潛意識，回溯陰影的源頭。但是如想要越過瀕死的精神界線，催眠卻不能做到。」逸辰把之前的催眠經歷說出。

「坦白說，我並沒有感受到瀕死時的那種奇妙意境。很有可能這只是一次深度的催眠回溯及與故人對話而已。」無雙沮喪地說。

「那妳有看到生命中的陰影是什麼嗎？」靖樹回想起曉曼的瀕死經歷。

無雙閉上眼認真地想了一想。「我發現了多年來一直困擾我的心結，亦得到很大程度的紓解與療癒。但是我知道那心結底下，還埋藏著一些我更恐懼的東西。」

「雖然跟陰影的距離這麼接近，但卻看不見，觸摸不到。」靖樹感覺兩者像是隔著一道單向玻璃或雙面鏡，光線只可於其中一方穿透，但以另一方向行進的光線則被反射阻擋了。黑暗那方可以看到光明的一方，但光明的一方只能看到自己。

「這次的瀕死催眠與真正的瀕死體驗確實十分相似，只是當中像欠缺了什麼似的。到底要怎樣才能穿越那道縫隙，進入真正的瀕死世界。」無雙顯得苦無頭緒。

「我並不懂得心理層面的事情，但如果說在瀕死過程中有所忽略遺留的，應該就是身體吧。」逸辰突然這樣說。

靖樹與無雙互望了一眼，像突然被敲醒了一樣。

「對啊！我們完全忽略了身體的部分。瀕死不只是一種奇特的心理狀態，還是一種極端的生理反應，兩者是相輔相成、缺一不可的。」無雙知道了問題所在。

靖樹也恍然大悟。「因為身體根本沒有相信已進入死亡狀態，所以產生出一種抽離感或是自我保護距離。情形就如心理醫生並沒有真實相信自己正經歷病患的遭遇，即使再多的同理心與想像力，也不可能做到真正的感同身受。那份痛楚是經過過濾的。」

「所以我們真正要找的是瀕死的安慰劑，必須要騙過身心，產生出真實的瀕死反應。」逸辰回應說。

「現在距離瀕死實驗的日子只剩兩個多星期，不如我們明天中午一起找教授，把這些想法及體驗告訴他，說不定他會給我們什麼啟示。」無雙提議說。

「這樣也好，總比我們亂碰亂撞安全得多。」靖樹白了無雙一眼，怕她又在亂來。

第六章　密室消失之迷

失蹤這種事情，有時候就像是一種需要。這就像在暗示只要某些人存在，就足以對另外一些人造成傷害或不便。所以讓某些人失蹤，就變成是有必要及再合理不過的事情了。

中午時份，三人約好在開心公園碰面，然後一同去找教授。當他們到達卡夫卡死囚室時，發現房門虛掩著，而且門鎖更有被強行撬開的跡象。三人互望了一眼，心裡同時泛起一陣不祥的預感。

這時，突然有人把門打開，只是開門的並不是教授，而是一個陌生的中年男人。男人不像是大學裡的職員，年齡大約四十多歲，眉毛略帶三角形狀，臉上的鬍子沒有完全刮乾淨。他的膚色黝黑，體格強壯結實，眼神帶有某種壓迫人的氣勢。

「你們是什麼人？是來找教授的嗎？」三角眉男人像獵犬在搜索食物般快速上下打量三人。

「我是大學心理研究院的職員。」無雙先站出來說。

「這裡發生了一些事情。你們先進來再說吧。」三角眉男人示意他們走進教授的工作室內。

除了三角眉男人之外，教授的工作室裡還站著另一個陌生男人。

「這裡到底發生什麼事了？你們又是什麼人？怎麼會出現在教授的工作室裡？教授人呢？」無雙見這二人都來者不善的樣子，於是也就不客氣地問。

「我是警察，專門負責失蹤調查的。」三角眉男人說，「我在這裡的原因只有一個，就是教授失蹤了。」

教授突然失蹤了？怎麼可能？三人露出一副驚訝無比的表情，一時間全接不上話來。

這時，另一個陌生男人走上前。那男人五官標緻，個子不算高大，皮膚非常白皙，像是很少外出曬太陽或做戶外活動的樣子。他戴著一副玳瑁框眼鏡，穿著筆直熨貼的白色襯袖，外加深灰色的山羊絨毛衣，是一個典型的學者模樣。雖然他的外表斯文有禮，卻給人深沉冷漠，不容易親近的感覺。

兩人一個粗獷，一個斯文，但是看起來並不似是一伙的。

白皙男人開口自我介紹。「我是新來的心理系主任，兩天前才從中央科學研究所調派過來，接替剛剛退休的系主任。」

「系主任不是要到年底才退休嗎？」無雙對這突如其來的消息不解地問。

「系主任因為突然患上重病，所以提前向大學請辭了。」白皙男人語調不帶一絲感情的說。

系主任之前還精神奕奕的，怎麼會無故患病？無雙及靖樹感到事情十分可疑，一切來得太突然、太巧合了。

白皙男人繼續說，「大學一直聯絡不上教授，擔心他出了什麼意外，所以特地派保安員到他的工作室查看，只是房門卻被人從裡頭反鎖住了。為了安全起見，保安員只好強行把門鎖打破後進入查看，卻發現房內空無一人，並沒有找到教授的蹤影。於是，大學只好報警求助。」

「教授之前有跟你們說過什麼奇怪的話嗎？有沒有提過要急著要去什麼地方？又或者，有任何不尋常的舉動？」三角眉警察接著問。

「我們兩個星期前在這裡見過教授。當時，教授沒說過什麼奇怪的話或做過不尋常事情，所以我們根本就不知道發生了什麼事。」無雙如實地回答。

三角眉警察快速地打量了三人，像是要看是否有人在說謊。「我翻查過閉路電視系統，並沒有發現教授曾離開大樓或學校的影象紀錄。他的車子從一星期前起，便沒有開動過，一直停泊在大學本部的停車場裡。而他的個人財物，包括錢包、電話、鑰匙等，全部仍留在辦公桌的抽屜內。嚴格來說，他並沒有離開過房間的跡象。而房間除了這道大門以外，根本沒有窗戶或其他出入口。如果門是從裡頭反鎖的話，難道是說教授在這個封死的密室突然消失了？」

「從密室裡消失？」無雙感覺又是一樁靈異事件似的。

三角眉警察拿出記事冊。「根據電訊局的通話紀錄，在上星期二晚上九時一刻，教授向外打了一通神祕電話，我推斷那可能亦是教授最後出現在這個房間的時間。」

「神祕電話？」無雙問。

「那號碼根本就是一個空號。一個沒有登記，並不存在的電話號碼。」

無雙在想，如果那是一個空號，教授幹嘛要費事打這通電話？

「為什麼那可能是教授最後出現在房間的時間？」靖樹不明白三角眉警察為何有這樣的推論。

「因為房間裡出現了一些不尋常的場景。」三角眉警察並沒有進一步解釋。「你們現在所看到的場景，很可能就是教授消失前一刻的模樣。一切就原封不動的靜止著，只有教授不見了。」

無雙也注意到那個不尋常的場景。「因為書桌上的座檯鐘與牆上的掛鐘都停止了轉動，並巧合地停留在九時一刻這個時點上。」

「而且我相信教授是自願地從這封閉房間裡消失的。」三角眉警察轉身看著無雙說。

「因為房間並沒有被闖入、打鬥或搜掠痕跡，所以不似是尋仇或一般的綁架，唯一的可能就是教授是自願地從這封閉房間裡消失的。」無雙解釋說。

「妳的觀察力十分敏銳，很有當警察的天分啊。」三角眉警察讚歎的說道。

「凡走過的，必留下痕跡。」無雙說。

「妳也相信羅卡定律。」三角眉警察嘴角微微向上牽動著。

「但是一個人總不可能無故從密室裡消失的吧？」靖樹追問。

對於這個問題，無雙跟三角眉警察都沒有即時回答。靖樹留意到兩人的眼球都下意識地朝辦公桌上的咖啡杯瞄了一下。這個身體符號像在暗示說：關鍵就在那咖啡杯裡。

「這個到底是如何發生的，我還需要繼續調查。」三角眉警察只匆匆地回應過去。

靖樹藉故走近辦公桌，仔細地觀察桌上的那咖啡杯。她發現咖啡應該是剛泡好的，杯緣四周十分乾淨，看來是一口都沒有碰過。但是除此以外，並沒有什麼特別啊。

這時白皙男人突然開口說，「教授有沒有向你們三人提及有關瀕死實驗的事情？你們有參與教授的研究嗎？」

三人互望了一眼，然後不約而同地搖頭。此刻，三人心裡明白，在沒弄清楚情況前，最好什麼也不要透露，誰也不要相信。

「關於教授的事情，你們真的什麼也不知道嗎？」三角眉警察咪細眼睛看著三人。

「教授的什麼事情啊？」無雙裝傻地問。

三角眉警察想了一想，然後說，「反正這已經是公開的消息，說給你們聽也無妨。教授是在三個月前離開中央科學院的，在他離開後，他的幾名研究隊員都分別遇上離奇失蹤事件。警方相信這背後或許有著什麼重大陰謀，很有可能是跟教授的『生命之鑰』瀕死研究有關。」

生命之鑰瀕死研究？研究隊員離奇失蹤？三人開始感到事情的複雜性與嚴重性。

「那些隊員最後有被找回來嗎？」靖樹好奇的問。

「他們在失蹤數天後都自行回家了。只是，他們身上都出現了一些不能解釋的奇怪現象。」三角眉警察回答。

「什麼奇怪現象？」逸辰追問。

「怎麼說呢，我可不是這方面的專家啊，所以很難詳細說明。」三角眉警察皺著眉，真的像很苦惱的樣子。「首先，他們都對自己曾經失蹤這事毫不知情，那幾天到底去過哪裡？做過什麼？完全沒有印象，那段時間的記憶可說是遺失了一樣。」

「這可能只是受驚嚇後的選擇性失憶啊。」靖樹試著從心理學的角度分析。

「但是他們都不約而同地重複做著同一個噩夢啊。而且那不是普通的做夢，是比夢境真實許多的恐怖記憶。」

逸辰吞了一下口水。「重複做著相同的噩夢。就好像睡覺醒來時，突然多出了某些不屬於自己的記憶，而且是很恐怖但很真實的記憶。」逸辰重複三角眉警察的意思。

「情況大概是這樣，真是十分耐人尋味的奇怪現象。」三角眉警察把頭歪向一邊說。

逸辰幾乎可以肯定，隊員身上都出現了不屬於自己的陰影記憶，情況就如他在噩夢中看見陌生的墜樓少年一樣。

這時，三角眉警察突然把視線轉向白皙男人。「系主任，你也是從中央科學院調任過來的，應該有聽聞過教授的事情吧？」

「我並沒有參與教授的瀕死研究，對於研究人員失蹤的事情也不太清楚。我只聽說研究人員在進行瀕死實驗時產生了不良的副作用，以致出現精神錯亂及妄想等症狀。」白皙男人避重就輕地回答，只重複了中央科學院的公開說明。

「真的沒有什麼其他內情嗎？你可是中央科學院的高層人員啊。」三角眉警察的語氣彷彿是在試探白皙男人。

「我不知道你所說的內情是指什麼。」白皙男人一臉不悅地回答。

三角眉警察毫不客氣地說，「失蹤這種事情，有時候就像是一種需要。這就像在暗示只要某些人存在，就足以對另外一些人造成傷害或不便。所以讓某些人失蹤，就變成是有必要及再合理不過的事情了。」

「無論如何，請你一定要把教授找出來。」靖樹擔心起教授的安危，緊張地對三角眉警察說。

「你們放心吧，我一定會找到教授的。而且我已經掌握到重要的線索。」三角眉警察自信地說。

「如果有需要，我會再找你們問話。現在你們先行回去吧，我還有事情要向系主任查問。」

之後，三人離開了卡夫卡死囚室，回到圖書館門外的開心公園坐下。

靖樹先開口說，「教授為何會突然失蹤的？而且整件事好像是預先計畫好似的。」

「事情也許遠比我們想像的複雜。」無雙把在研究院聽到的八卦說出來。「我從大學教職員部聽到檯面下的小道消息，聽說教授的名字並沒有列在教職員的名單上。教授只是以訪問學者的身分進行短暫性的學術交流，但是邀請函並不是由心理系或大學正式發出，而是由系主任以私人研究名義作登記。所以教授的存在就像鬼魂一樣，系裡的人全都沒有看見過他，也找不到任何正式紀錄。」

「現在連系主任都突然被辭退了，當中肯定隱藏著什麼不可告人的陰謀。」靖樹實在想不通這到底是什麼一回事，現在連大學都變得不安全，中央科學院也不能相信。

「你們不覺得整件事情越想越可疑嗎？教授是世界頂尖的瀕死心理研究專家，以他的資歷與能力，大可選擇到任何一流學府教學或當個研究顧問啊。只是他卻偏偏選擇待在這裡，並且他一個人祕密地進行研究，就連實驗室的位置，也特別設在卡夫卡死囚室裡。這些行徑都像暗示教授想要躲避什麼似的。」無雙在瞎猜說。

但是無雙的瞎猜，卻讓靖樹對這次瀕死實驗有了不一樣的解讀。她像是重新看到事情的一些始末。她第一次遇見教授是在她的畢業口試。當日她碰巧遇上了交通事故，靈魂曾經離開身體，因而有了短暫的預視能力。她成功避開那扇壞掉的門，因而引起了教授的注意。教授發現她除擁有讀心能力外，還對瀕死有某種特別的天賦觸覺，這可說是對於研究瀕死一個不可多得的條件。

教授曾經說過，瀕死體驗超越了現今的科學及心理範疇，講求的並不是臨床經驗或心理知識，而是對精神體驗的解讀能力。正因為這個原因，教授才會邀請她及無雙加入這次的瀕死實驗。

靖樹像是恍然大悟似的說，「我終於明白，教授為何故意選卡夫卡死囚室做實驗室了。除了因為這是大樓裡最僻靜的房間之外，亦是唯一一個沒有無線網路及閉路電視覆蓋的地方。整個房間沒有對外窗戶，從樓梯到走廊也只有一個出入口。這裡是一個完全與外隔絕的地下室，恐怕亦是大學裡唯一一個能符合密室消失條件的房間。再加上這裡曾經死過人及鬧過鬼，即使發生什麼離奇失蹤事件也再合理不過。教授早就計畫好了這一切，目的就是在危急的時候，讓他可以自動消失。」

「這或許是教授想到的唯一辦法，甚至是自製的逃生出口。」無雙同意靖樹的推測。「教授要逃避的人背景十分不簡單啊。瀕死研究的最終目的到底是什麼？為什麼大家對教授的研究都虎視眈眈的？」

「有些事也許妳們並不知道。」逸辰突然開口說道，「其實，教授已經成功研究出『瀕死容器』，他可以透過科學及心理方法令人進入瀕死時的精神世界。」

「什麼瀕死容器？」靖樹及無雙都異口同聲地追問。

「我只知道那是一個可以讓人瞬間進入瀕死狀態的儀器，詳情我也不清楚。」逸辰繼續說，「如果我沒有猜錯，實驗的最終目的，是要在瀕死過程中找出潛意識轉移的祕密管道。」逸辰終於明白自己在實驗中的角色與功能了。

「難道那就是所謂的『生命之鑰』嗎？」無雙猜說。「怪不得逸辰是瀕死實驗的關鍵所在。」

「從逸辰身上發生的事情，我隱約看到生命之鑰的真正意義是什麼。教授想要找出連接所有人類生命體的能量管道。那就像是一把能接通人類集體潛意識的生命鑰匙，可透過瀕死體驗把人的精神靈體連接起來，甚至是進行潛意識轉移。」靖樹推斷說。

逸辰回想起曾在夢境中經歷過的神祕梯間。那梯間以無數的螺旋梯級組成，像是個沒有維度、沒有時間的奇異空間。也許，他跟墜樓少年就是透過那神祕梯間連接起來的。有了鑰匙，就能打開通往梯間的門了。

靖樹想到了在卡夫卡死囚室看見的神祕黑洞。那黑洞有如是連接整個平行宇宙的「時空門」或「蟲洞」，能把所有的生命體吞噬並消化其中。也許，她的所有親人都在裡頭。有了鑰匙，就能打開通往黑洞的洞穴入口了。

無雙則看到一道奈何橋。那橋是通往陰曹地府的唯一出入口，亦是亡魂準備投胎轉世的必經之地。所有亡魂走過渡口時，必須喝下一碗孟婆湯，把今生的記憶傳承後，再把一切徹底忘掉。有了鑰匙，就能打開通往橋的閘鎖了。

「如果生命之鑰真的研究成功，人類的經驗、智慧與潛能就可以共享了，這肯定會為世界帶來翻天覆地的轉變啊。」無雙興奮地說。

「如果研究成果能適當地應用，這無疑是對人類文明發展的一次史無前例躍升。但只要稍一應用不當，便有可能為世界帶來殲滅性的人為災難。」靖樹大概看出教授的憂慮。

「這就像火藥的發明一樣。」逸辰比喻說。「妳們知道火藥是如何發明出來嗎？在七世紀的中國，中國術士為了煉製長生不老藥，把不同的礦物混研提煉，雖然最後長生不老藥沒有煉成，但卻意外地製造出火藥這副產品。之後，火藥在人類世界廣泛被應用，為生命與建設創造了無限的可能。但同時間，火藥也被製成史上最強的武器，毀掉了無數家園及殺害了無數生命。」

「但是力量本身根本沒有好壞之分，既可用作創造，也可用於破壞，分別只在於使用者的手上。我記得教授說過，我們做研究的就是要探索生命的無限可能，努力發掘出生命的真相。我們不應該考慮真相會為誰帶來利益、為誰帶來傷害，因為真相永遠是真相，不是誰可以肆意取走或阻擋的。」無雙說出自己相信的觀點。

「我同意無雙所說的。真相並不只屬於我們這一代人，而是屬於地球上所有生命。」靖樹支持無雙的觀點。

逸辰也有感而說，「世界上最可怕的霸權，就是把真相囚禁、把真理禁聲的霸權。教授曾經說過，對於瀕死的追求，就是要解救被陰影、被無明所禁錮的靈魂，想尋求自由解脫的終極方法。」

「所以大家都決定要繼續進行這個瀕死實驗嗎？」無雙詢問大家的意向。

靖樹想了想說，「雖然教授突然失蹤了，但是我感覺，這是教授想要我們去做的一個選擇，看我們是決定要離開或者是留下。」靖樹回想起Guru說，人生就是一場又一場的選擇，最難的不是在作出選擇的瞬間，而是如何好好留在選擇裡。

逸辰首先回答，「有些事情一旦發生了，就沒辦法回到原來的位置，或者再繼續原來的生活。」

「我也有跟靖樹類似的感覺。或許，這是我們唯一能從這件事情抽身的最後機會。」無雙回應。我早已下定決心要參與這次的瀕死實驗，一方面找出白衣少年噩夢背後的真相，另一方面也為解救自己的靈魂。」

「我也不打算退出。我早就被預言會於今年碰上死亡啊，所以不管如何選擇，終究還是無法走出既定好的命運藍圖。既然我的課題都在死亡，我更應該向著它勇往直前。」靖樹也下定了決心。

「看我這副德性，就知道不可能不參與。否則我的好奇心，一定會把我折磨到死的。」無雙像是挖苦自己般說。

「但是，即使我們想要繼續，瀕死實驗還有可能如期進行嗎？」逸辰疑問地說。

「是有這樣的可能。」無雙解釋說，「我在卡夫卡死囚室發現了教授留下的重要訊息。」

「什麼重要訊息？」逸辰緊張地追問。

「是跟桌上的咖啡杯有關嗎？」靖樹猜想著說。

無雙輕輕地點頭，「你們有沒有注意到咖啡杯旁邊的那只小湯匙？那湯匙好像有那裡不對勁似的，當我仔細一看，才發現是被人故意扭曲折彎了一圈。雖然表面看起來似是一種特色設計，但是，其實那是被人用念力扭曲而成的。」

「念力？湯匙？教授不是在研討會上也示範過這技巧嗎。」逸辰回應說。

「如果是運用念力，便有可能把門栓從外推回去了。這樣的話，想要從密室裡消失也不是沒有可能的事情。」靖樹同意無雙的推測。

「那湯匙看起來像是一個箭頭，而且直指著大門的門鎖方向。」無雙說。

「如果這是一個象徵性的暗示，那到底代表什麼？」逸辰問。

「可能就是生命之鑰的意思。」靖樹說。

「如果我沒有解讀錯誤，教授一定會在約定的實驗日子，再次現身的。而且時間就是晚上的九時一刻。」無雙說。

「既然我們都決定要繼續往前走，那麼，在接下來的兩星期，我們必須先製造出瀕死安慰劑。一切就只能靠我們自己了。」靖樹說。

三人在開心公園傾談期間，無雙感到突然有許多的陌生臉孔在校園出沒。從那些人的衣著與行為舉止，無雙可以肯定他們並不是大學裡的學生或教職員。無雙把聲音壓低說，「你們有沒有發現，大學的氣氛變得怪怪的，四周都有一些不知從那裡來的陌生人，那些人的身材明顯比學生魁梧，而且衣著也要光鮮得多。」

靖樹向四周快速地打量了一下。「妳說得對。他們的表情僵硬，走路時四處張望，看書時又沒有認真在看書。他們好像是在進行監控或收集情報之類的工作。」

「是啊，這個年頭有誰走路不是低頭看手機的。他們也太露餡了吧！」無雙說。

「我們還是先離開吧，大學很有可能已經被他們滲透了。」逸辰不安地說。

「為免張揚，我們分頭離開吧，各自回到自己原來所屬的地方。今晚七點，我們在Soul Room咖啡室碰面。」說畢，無雙便轉身離開，獨自返回靈異實驗室工作。

靖樹跟逸辰一同朝大學的東門離去，兩人在分岔路口上告別。靖樹回到醫院的心理治療部繼續看診，而逸辰則到了老頭咖啡店。

第七章　死亡之藤

在還無法看清楚問題的情況下，想要尋找答案其實是很困難的。她不能找別人幫忙，只能孤獨地面對。她必須一個人尋找答案，靠自己的力量去解決事情。

逸辰到達Soul Room咖啡店時，只見無雙獨自坐在裡頭的角落位置。逸辰坐在無雙的對面，他還沒開口說話，無雙便突然把頭湊近，並咪細眼睛盯著他問：「帥哥醫生，我問你一個問題。你是不是喜歡靖樹呀？」無雙認識靖樹那麼久了，第六感告訴她，這兩個人的關係似乎有點曖昧。

突然被無雙這樣一問，逸辰完全不懂如何反應，他下意識地吞了一下口水。「她……她是一個很善解人意的女生，個性好，人也很漂亮。」他並未有正面回答。

「還有她的身材也很棒吧，而且胸部也很大呢！」無雙故意這麼逗逸辰，因為她記得第一次遇到逸辰時，逸辰當時就是一直盯住靖樹的胸口看的。

逸辰頓時感到有點尷尬。本來想為那次誤會解釋些什麼的，但是仔細想想，自己確實也有被靖樹的身材所吸引，所以就沒有多說什麼了，只能靦腆地笑笑。

「要是你真的喜歡靖樹，那也是很正常的事情啊！如果我是男生，也一定會喜歡她的。」

「男生會喜歡她，應該也是一件很自然的事情。」逸辰點頭表示贊同。

「你說得好像你不是男生似的啊。你該不會是同性戀的吧？」

「我想，我應該不是。」逸辰補充說：「之前我也交過幾個女朋友，雖然交往不算太順利，但是也不是因為這方面原因導致分手的。」

「其實這個年頭，是不是同性戀也沒關係啊，雙性戀的、喜歡吹氣娃娃的，也大有人在。」

「吹氣娃娃？」逸辰瞪大了眼睛，他沒想到無雙談起這種事情，尺度極大。

「我只是舉個極端的例子而已。這個不重要啦。」無雙停頓了一下。「不過，如果你真的是喜歡她，我反而擔心靖樹會因此受到傷害。」無雙的表情忽然變得認真了起來。

這番話令逸辰感到十分愕然，「你的意思是，如果我喜歡她，我可能會讓她受到傷害？」逸辰再次複述她的意思。

無雙從短褲口袋拿出煙盒，把一根薄荷香菸含在嘴裡，用打火機點燃。她把菸用力吸進肺部深處，然後再猛力吐出。「也許到最後真的會變成這樣。」

逸辰注視著空氣中煙團的變化，像是在等待無雙進一步說明。

「詳情我也不是太清楚。」無雙輕輕地搖頭。「我只知道她有一個連醫生都沒辦法解決的問題。所以在她找到解決辦法之前，最好不要讓她也喜歡上你。」

從靖樹身上散發的氣場來看，肯定不是身體出了什麼問題。所以當無雙說連醫生也解決不了，逸辰一時覺得有點難以理解。「難道是心理上的問題？但她本身也是個心理醫生啊。」

無雙無奈地說，「而且是個比我更厲害、更有天分的心理專家。只是還無法看清楚問題的情況下，想要尋找答案其實是很困難的。她不能找別人幫忙，只能孤獨地面對，她必須一個人尋找答案，靠自己的力量去解決事情。」

「說的也是。」這就像是逸辰在面對白衣少年事件時，所感受的無力感。

無雙把菸蒂弄熄在煙灰缸裡，「靖樹一直為這件事而煩惱。但是你在這事情上並沒有責任，所以你只要什麼都不用做就行了。」

雖然逸辰不知道靖樹正在面對什麼樣的問題，但是能讓她安心地解決，是他現在唯一可以做的。「我明白了。我會注意，並且會盡量配合的。」

「這樣就已經很足夠了。雖然是很過分的要求，但是請你相信我，我是出於善意的。」無雙難得流露出一種傷感的神情。

兩人暫時保持沉默，都沒有再說些什麼。

這時候，靖樹推門進來，她才剛坐下，便察覺到氣氛有些怪怪的。「你們怎麼了？是在討論什麼沉重的話題嗎？兩人的表情看起來都有點凝重。」

無雙知道靖樹對身體語言十分敏感，所以開始把話題扯到別的事情上，否則是很難騙過善於讀心的靖樹。「沒有什麼啦。只是剛說到老王師傅可能很快會死去，心裡感到有點難過。」這是無雙唯一可以馬上聯想到令她傷感的事情。

而逸辰則選擇不作回應，因為他知道自己不擅於說謊。然而，把想法及說話擱在心裡，對他來說卻是一件十分容易的事。

靖樹皺著眉回應：「看著一個人逐漸死去，確實是很難接受。」

「但是我很敬佩老王師傅的精神，他可以每天都做著自己死前最想做的事。」無雙說。

「對啊，比我們處境艱難的人，都表現得比我們還要樂觀，所以大家都提起精神吧。」靖樹用鼓勵的語氣說著。

這時，靴子先生拿著剛沖泡好的咖啡走過來。

「沒有打擾到你們吧。這是一個老朋友之前送來的山地咖啡豆，你們有沒有興趣試一試？」

「好啊。」無雙自是不客氣地說。她一手接過咖啡，馬上喝了一口。「嘩，很苦澀呢！」無雙伸一伸舌頭，她本來就喝不慣黑咖啡。

靖樹則是細嚐了一口，這種甘苦味，有點像爺爺愛喝的茶檔黑咖啡，所以她倒是蠻喜歡的。

逸辰也喝了一口，他猜測著說，「這或許是秘魯安第斯山區來的咖啡豆？」

「你說得沒錯。你的味覺十分靈敏。」靴子先生稱讚說。

「靴子先生，你有到過秘魯嗎？」靖樹好奇地問。

「很多年前，我曾慕名去過那裡，那時主要是去看印加文明。」靴子先生一直是遠古代文明的愛好者。

秘魯是南美洲西部一個國家，是孕育美洲最早人類文明的重要地方。在西元十五世紀，印加人在安第斯山脈上建立了印加帝國，成為美洲三大文明印加文明的締造者。

「為什麼古文明會這麼吸引靴子先生啊？」無雙好奇地問。

「現代文明之中，有的是知識與科技，而古文明著重的，卻是智慧。」靴子先生簡單地回答。

「知識與智慧不是同一樣東西嗎？分別在哪啊？」無雙一臉茫然。

「知識是比較形而下的東西，是指世界萬物的實質存在；而智慧則是形而上的東西，泛指作為世界萬物運動變化的規律與法則。」

無雙臉上出現了比之前更多的問號，只是她不好意思再追問下去，怕顯得自己太過無知。

靴子先生嘗試進一步解釋，「這有點像是科學與哲學的分別。形而上學的問題，通常都是充滿爭議性的，嘗試闡明人類用以理解世界的基本概念，例如存在、空間、時間、因果和可能性等，並且關注於所有真實存在的意義和目的。」

「所以，也會特別談到生死的議題嗎？」靖樹問。

「當然，古代人對生死的探索，恐怕要比現代人走得更前更遠。」
「那當中有沒有是關於死亡體驗的東西？」無雙靈機一動地問。
靴子先生點起一根香菸，深深地抽一口，在腦海中努力思索著。
「在一眾古文明之中，薩滿教派也許是觸及最多生死體驗的一支。薩滿教傳統始於史前時代，並且遍布整個歐亞及美洲大陸，薩滿常被稱為神與人之間的中介者，能夠以個人軀體作為與鬼神之間的訊息溝通媒介。薩滿巫師能夠通過神祕的特定儀式，讓人表現出昏迷、失語、神志恍惚或極度興奮等生理狀態，這些神祕的儀式被稱為薩滿昏迷術。」
「薩滿昏迷術聽起來跟現代的催眠術十分相似啊。催眠師主要透過暗示及隱喻，而薩滿巫師則通過儀式中的舞蹈、擊鼓或歌唱等，讓人進入深層的潛意識狀態，誘發出更大的精神力量。」無雙說。
「薩滿巫師不單單只是古代的催眠師，他們更被認為擁有控制天氣、預言、解夢、占星，以及穿越生死的能力。」靴子先生說。
穿越生死的能力？三人的眼睛頓時亮了起來。
「其實薩滿人真正追求的，是以各種高層精神方式，探索生命的祕密及掌握超級生命形態的特異能力。」
這聽起來就跟瀕死研究的目的簡直是一樣的。靖樹在心裡驚嘆著。
「我曾經到訪過亞馬遜河流域的薩滿印弟安部落，當地巫師利用一種生長在南美亞馬遜河流域中的藤蔓，製成特殊的湯藥，用做治邪袪病。但是採集及製作時，必須通過特定的宗教儀式，否則便會危及自身和他人，只有部落的巫師才懂得如何製作。原始印第安人稱那藤蔓為森林的臍帶或死亡之藤（Ayahuasca）。」

「死亡之藤？這名字很特別啊。」靖樹說。

「因為藤蔓的外形結構有點像 DNA 的螺旋分子，所以被視為是神聖的象徵。據說死亡之藤含有迷幻作用，跟服食麻醉劑或迷幻藥有點相似。服用後，有些人說看見了奇怪亮光、甚至是前世幻象，也有些說靈魂像突然飄離了身體，遇見了神靈。而薩滿巫師就是利用死藤水來達至通靈境界，穿越生死，甚至是預知未來。」

「這聽起來跟瀕死時發生的精神體驗十分相似，怪不得被稱為死亡之藤。」靖樹說。

「我也親身喝過一次死藤水，味道異常苦澀，可算是我記憶中喝過最難喝的飲料。但是效果真的很不可思議，就如同別人描述的那樣。我有問過當地的醫生朋友，醫生朋友說，那是因為死亡之藤裡含有一種很特別的分子物質。」靴子先生憶述。

「特別的分子物質？你知道那是什麼嗎？」逸辰問。

「好像叫 DMT 分子。」

「如果是 DMT，那就有合理解釋了。」逸辰像恍然大悟似地說。「DMT 是一種致幻神經物質，它的分子結構跟血清素或 LSD 十分相近，不僅是生於某些罕見的植物裡，也會在大腦的松果體內產生。」

松果體是人體中最小的器官，亦被稱為人類的第三眼，因為它跟做夢時所產生的視覺現象有極大關連。曾經有報告指出，當人經歷瀕死邊緣時，DMT 會被大量分泌釋出。

「你懷疑瀕死時的生理反應跟 DMT 有關？」靖樹直接問逸辰。

「從藥理上看來，的確有這個可能。」逸辰解釋說，「DMT 的效果非常迅速，它的影響可在兩分鐘內到達高峰，使血壓、心率、體溫、瞳孔直徑大幅上升，並且令人造成輕微的癱瘓。如果 DMT 跟腦神經的血清素結合，更會在極短時間內產生迷幻視覺效果。」

「DMT 能在瞬間產生極端的瀕死生理反應，很可能就是我們要找的安慰劑。」靖樹直覺認為找到了製造瀕死體驗的關鍵因素。「如果把 DMT 跟死亡催眠儀式互相結合，應該就可以把身心騙進死亡狀態了。」

「為什麼你們這麼想要了解關於死亡之藤的事情？」靴子先生感到三人對死亡之藤的興趣，已經超越一般的好奇心。

「我們正在做有關瀕死方面的心理研究，想要尋找可以讓人類進入死亡狀態的方法。」靖樹如實地回答。「靴子先生，你知道在哪裡可以體驗到薩滿教派的死亡之藤儀式嗎？」

「近年，死亡之藤儀式，在亞馬遜河流域十分盛行，當中以哥倫比亞、厄瓜多爾、巴西及秘魯最為普遍。但這都只屬玩票性質，跟傳統的薩滿儀式相比，完全是兩碼子的事。如果想喝到真正的死藤水及體驗薩滿的死亡儀式，就必須通過考驗，擁有跟樹木溝通的能力，並且找到原始部落的巫醫。」

「原始的靈魂部落……」靖樹像是突然遭電擊似的，她回想起 Guru 曾說過：「如果妳想要知道答案，就需要回到本源，回到妳的靈魂部落去。」木棉樹也曾跟她說過類似的話：「如果妳以後遇到什麼問題，只要記得，能找到大樹的地方，就能連接到本源了。」這麼說來，她想要找的答案，很可能是跟薩滿族的死亡之藤有關。

「怎麼樣才可以找到原始部落的巫醫啊？」靖樹著急地問。

靴子先生再點起另一根香菸含在嘴裡，「原始部落都隱藏在森林深處及沼澤裡頭，一般人是找不到的。即使讓你找到了，巫醫也絕對不會接見部落以外的人的。」

「但是，我真的很想親自體驗一次死藤水儀式。」靖樹像是已下定決心地說。

「我看還是算了吧，這樣做太危險了！要是遇上心術不正的巫醫，後果可能更不堪設想。」無雙擔心地說。

「我相信，我一定可以通過瀕死考驗的。」靖樹莫名地感覺到，這就是她必須去走的路。

無雙望向逸辰，希望他也說點什麼來阻止靖樹。

豈料，逸辰反倒過來支持靖樹，「我也相信你一定可以做到的。」

「我明白了。」靴子先生把菸抽完弄熄，像是突然想到什麼似的。「靖樹，你還記得皮魯先生嗎？」

「當然記得啦。皮魯先生每次到來都是披著一件漂亮的駝羊毛斗篷。」所以靖樹稱皮魯為斗篷先生。

「皮魯是我住在印弟安部落時認識的好朋友，他現在秘魯山區種植咖啡豆。剛才你們喝的咖啡豆就是他特別寄過來的。」靴子先生喝一口咖啡後繼續說著。「皮魯是秘魯當地的原住民，雖然他已離開了原始部落，但他的弟弟阿圖羅是部落的領袖，說不定可以請他帶你進森林去見巫醫。」

「真的嗎？」靖樹像是看到了曙光，表情豁然一亮。

「我可以問問看，是否幫得上忙，就要看命運安排了。」

「謝謝你，靴子先生。」

「也許，世界上並沒有偶然巧合的事情。當所有偶然的事情都跑在一起，結果就是注定了。」

靖樹想起了張伯伯說過的話。

第二天一早，靖樹就接到了靴子先生的電話，說部落將在三天後舉行一年一度的死亡之藤祭典，如果她想要參加，就必須馬上起程動身。靖樹想也不想地就一口答應了。她回到辦公室把手頭上的工作處理好，再跟心理治療部主管申請了幾天緊急事假。下班之後，她便帶著簡單的輕便行李，直接出發到機場。一直到登機前的一刻，她原本想要打一通電話，可是猶豫了半刻，最終還是放棄了。

經過二十個小時的輾轉航程，靖樹終於抵達秘魯的庫斯科。這裡是海拔三千四百公尺，被安第斯山脈環繞，相傳是古老印加帝國的搖籃。靖樹背著旅行背包，穿著運動球鞋，快步地走出機場。她依照靴子先生的指示，乘搭長途巴士到鄰近的 Pisac 小鎮。Pisac 是通往聖域馬丘比丘的重要古道，四周都是翠綠山巒，空氣特別清新乾淨。她深深地用力吸一口氣，眼睛與頭腦彷彿從未如此清晰過。

她順利抵達預訂好的旅館，先洗了一個熱水澡，再換上乾淨的衣服，迫不及待地走進旅館餐廳用餐。經過長時間的飛行及顛簸路途，身體的能量像是已消耗殆盡，再加上高原反應，她的手腳及頭皮出現了輕度發麻，腸胃也有很深的空洞感覺。她很想要飽餐一頓，讓體力盡快恢復過來。

她下單點了檸檬醃生魚，還有安第斯山種的白色大玉米及黃色馬鈴薯。檸檬醃生魚是當地最著名的菜色，將新鮮的白肉魚浸入檸檬汁，以酸味把生魚的蛋白質變性，除了作為殺菌消毒外，還能製造出類似煮熟的口感，就像是把魚肉被醃熟了一樣。她嚐了一口生魚片，好吃地差點掉下眼淚來。而玉米與馬鈴薯都是當地山區栽種的，味道特別鮮甜清新。不消一刻鐘，她已把枱上的食物一掃而空了。只是肚子裡空洞的感覺，仍沒有被完全填滿。

旁邊一桌正坐著一對二十出頭的外國青年男女，他們看見靖樹獨自在用餐，向她露出了親切的笑容，並且主動前來搭訕。在聊天期間，靖樹發現兩人都是來學習身心靈治療的，而且來 Pisac 已經快三個月了。旅館老板跟她說過，Pisac 因為地處聖谷流域，所以吸引了很多靈修人士前來打坐冥想或練習瑜伽。

「妳知道嗎，這裡的原住民一旦生病了，都不是去找醫生，而是到部落裡找薩滿巫醫醫治。原住民根本不相信西方那套醫學概念。」長髮青年說。

「那些巫醫可真厲害，不但懂得各種植物的藥用價值，而且能夠跟叢林裡的植物溝通。巫醫認為，神靈的力量會通過大自然的植物呈現，只要能跟草藥合一，便可成為神靈的使者，替人療癒疾病。」旁邊的金髮美女讚歎地說。

「巫醫的治療理念是怎樣的？」靖樹問。

「巫醫注重靈性層面上的治療，特別是身心與靈性的和諧統合，還有就是人與天地自然間的微妙關係。」金髮美女回答。

「感覺上，這跟西醫或中醫的理念都不一樣。西醫只著重盡快地移除身體上的病徵，而中醫則講求人體的陰陽五行平衡。而且西醫的重點都只落在人的身體上，把病的成因歸咎於個體裡出現的異常，並不考慮靈性或宇宙自然的部分。」靖樹猜測著回應。

「對於現代醫學來說，談靈性是不科學的事，就跟談論鬼神之說沒有分別啊。然而對於巫醫來說，人不單單只有身心部分，還有更高精神層次的靈性存在。而且靈性才是人的能量與健康本源。」金髮美女說。

「那麼，妳是來靈修，還是來治病的？」長髮青年好奇地問。「通常會出現在這個小鎮的，最多的就是這兩類人。」長髮青年說。

「兩者都不算吧。我是專程來體驗死亡之藤儀式的。」靖樹回答。

「啊，原來你是為了死藤而來的。」長髮青年覺得這是理所當然的事情。「你知道嗎？死藤是雨林裡的植物王者，更被原住民奉為雨林中的聖藥。只有得到死藤的允許，才有資格成為薩滿的植物治療師，並擁有跟植物溝通的能力。」

「聽說巫醫也會利用死藤治病，令病者產生奇異的幻覺，讓病者的靈魂得到淨化與解脫，從而達到療癒效果。」金髮美女說。

「那麼你們都有體驗過死亡之藤儀式嗎？」靖樹問。

「我們只有喝過幾次死藤湯藥，但是並沒有試過真正的死藤儀式。」金髮美女回答。

「其實在這小鎮上，到處都可以嚐到死藤湯藥，在這裡要找死藤湯藥，比找可口可樂更加普遍呢。如果想要體驗傳統的死藤儀式，就一定要到原始部落去找薩滿巫醫。」長髮青年說。

「但是，外人根本就不可能進入部落，更別說要見到巫醫。」金髮美女語帶遺憾地說著。

「你是不是有特別原因想要喝死藤湯藥？還是聽過太多死藤的神奇傳說了？」長髮青年好奇地

問。

「其實我是一位心理醫生，我正在做有關於瀕死的心理研究。」靖樹回答。

「噢，那妳真的是找對了！有些人說喝過死藤湯藥後，會感受到類似死亡的精神狀態，不但靈魂跑出來了，更彷彿進入一個時空交錯的異次元空間，可以同時看見過去、現在，甚至是未來的自己。還有些人說看見了神呢！並在跟神靈接觸後，獲得了某種超自然的能力。」長髮青年說。

靖樹在飛機上閱讀了大量有關死亡之藤的研究資料。資料上顯示，這些精神現象，很可能是由死藤中的 **DMT** 分子所造成。**DMT** 能有效調整大腦的接受頻率波段，令意識產生不可思議的迅速轉換，由三維的線性時空轉化到多維的平行宇宙。當意識進入高層次的維度次元後，感知感覺也將超脫物理上的限制，讓人體驗到有如天人合一的身心靈境界，並且更能遊走於過去、現在與未來的時空。靖樹把看到的這些研究結果跟二人分享。

「但是，我覺得那些人把死藤湯藥的效用誇大，甚至是神化了。」金髮美女坦白說。

靖樹試著解釋其中原因，「因為聽多了、想多了湯藥的神奇效用，就會變成潛意識中的一種強烈暗示，結果把自己期望所看到、所得到的東西全展現出來。這跟催眠或安慰劑效應其實沒有太大分別。」

「雖然很多人對死藤感到興趣，但是大多數人都只是鬧著玩的，而且有些人更把湯藥當做逃避現實的精神藥物。」金髮美女感嘆著說。

「其實，喝死藤湯藥最重要的，是要有一顆善良與純潔的心。」長髮青年雙手合十地說。

「你說得一點也沒錯啊。」金髮美女點頭同意。

之後，二人向靖樹分享了更多喝死藤湯藥的經歷與感受。

「雖然每個人服用死藤湯藥後的反應不同，但是，有一點可以肯定的，就是那甘苦怪澀味道會令人強烈嘔吐，而且不是一般的嘔吐啊，而是是要把胃跟腸全都要翻出來清洗乾淨那種。所以儀式進行前，最好盡量少吃東西並多喝水。」金髮美女最後提醒靖樹說。

「沒錯，真的是這樣。每次我都吐得死去活來呢。」長髮青年同聲和應著。

由於靖樹明天一早便要出發到部落，聽到二人這樣說，只好放下手中的餐牌，打消了再點餐的念頭。就這樣，她空著半個肚子，度過了在秘魯的第一個晚上。

第八章　回家的路

最重要的是不要抗拒，要與它合而為一，讓它進入你的身體，深入你的血液與細胞裡。那麼，你將會看見不一樣的自己、不一樣的世界。

第二天清晨，皮魯先生的弟弟阿圖羅已經來到旅館門口等她。阿圖羅看上去是個皮膚黝黑，四十出頭，身體強壯但矮小的男人。他跟皮魯先生一樣，披著一件顏色亮麗的斗篷在身上，算是原住民衣服的一種區分。這些斗篷都是以駝羊毛作原料，一針一線地編織出各種神祕的印加圖騰，並採用了大自然中最鮮豔的顏色作圖案。當地人把斗篷稱作篷裘，不但代表了安地斯山區的傳統印加民族服飾，更是印加舞者身上的漂亮舞衣。

「你好，我是阿圖羅。」阿圖羅沒有跟靖樹握手，而是把自己的臉頰迎向前。靖樹也禮貌地把臉貼上。這是南美人的打招呼問候方式。

「你好，我是靖樹。」

「皮魯已經跟我說過你的來意，沒想到你遠道而來就是為了體驗我們薩滿的死藤儀式。你真是一個對生命充滿好奇又勇敢的東方少女。」阿圖羅說。

「人生本來就是一場大冒險嘛，要不就全力以赴，要不就是一無所有了。」靖樹笑笑地回應著。

「部落裡的原住民把每一天，都當成是生命的第一天，對世界充滿好奇，又當成是生命的最後一天，不執著地享受生活。」阿圖羅說。「這是死亡之藤所教導我們的事。」

「所以死亡之藤不只是用作治療，還像是生命中的導師。」

「死藤湯藥的最大效用其實是讓人明心見性、自我覺醒。」

「我明白了。」

「等下我會先帶你進入森林，但是妳必須通過考驗，才能進到部落看見巫醫。」阿圖羅說。

「感謝你的幫忙。」靖樹雙手合十的說。

「巫醫說過，古老的靈魂自然會懂得回家的路。」

之後，阿圖羅帶著靖樹離開小鎮。他們穿越聖谷流域，在河邊登上一艘簡陋的木製小船，小船十分狹窄，只夠兩個人一前一後對坐。阿圖羅在船尾來回撥動船槳，利用水的反作用力把船推進。他們沿著聖河 Urubambo 順流而下，駛入一片杳無人煙的沼澤樹林。

大概過了兩個小時，在一處淺水岸邊靠泊停下。登岸後，兩人繼續往森林深處走去，森林像一直無止盡的往山裡伸延進去，四周都是參天大木，把整片天空遮蔽了一大半。

阿圖羅一邊走一邊說：「在原始部落裡，每個原住民的名字都有一個特別意思。」

「那『阿圖羅』這個名字是什麼意思？」

「阿圖羅是指擁有森林中熊一般的力量。」阿圖羅解釋。「我出生時身體十分細小瘦弱，而且經常生病，大家都害怕我不能健康成長。所以父親特別給了我這個名字，希望我能像熊一樣健壯，長大後不但可以保護自己，更可以保護整個家族。」

那阿圖羅的父親真的沒有為他取錯名字。如果披起獸皮，他遠看還蠻像一頭熊的。

「那皮魯先生的名字又是什麼意思？」

「皮魯在印第安語中是『河流』的意思。因為哥哥是在河流旁邊出生的，而且出生時剛好大水來了，差點把大半個村落都淹蓋了，幸好大家最後都平安無事。父親希望哥哥像河流一樣奔流到大海，流遍世界各地後，能平安回家。

「那你的名字有什麼特別意思？」阿圖羅反問靖樹。

「我的名字是爺爺取的。靖就是平安、安定的意思，樹就當然是指大樹啊。在爺爺眼中，大樹是大自然界中最有智慧的生物，樹看透日升月落、潮汐漲退、四季更迭，生命中沒有事情是樹不懂的。所以爺爺希望我長大後，能像一棵大樹般安定有智慧。」所以靖樹小時候的夢想，就是能成為一棵大樹。

「看來妳跟大樹有特別的連繫，或許妳就是被死亡之藤引導而來的。」

大概走了一個小時左右，阿圖羅在一條小溪旁邊停下腳步。「這裡就是考驗的入口。」

靖樹看見前面有兩條人跡罕至的分岔路，像分別通往森林的左、右方向。

「前面是有名的迷幻森林，妳必須找到正確的道路，才能順利通過，到達部落的薩滿神廟。一旦選錯了路，妳可能永遠被困於迷幻森林裡，被森林所吞噬。到底要繼續前行或是往後退，妳必須作決定。」阿圖羅在旁等候她的選擇。

靖樹望著前面兩條看起來幾乎一樣的路徑，一點頭緒也沒有。然而，她並沒有半點退縮的打算。

「我選擇繼續前行。」

「希望妳能夠得到死亡之藤的允許，成功地找到回家的路。我會在神廟等妳的。」阿圖羅說完便循原路離去，不消片刻，他的身影就已經消失無蹤。

靖樹茫然地站在那裡。雖然四周看不到任何飛禽走獸，但是卻能清楚感應到有什麼東西正潛伏在叢林裡頭，像是在對她進行監視，等候機會似的。她的心裡泛起了一陣莫名的恐懼，而且恐懼的感覺越來越大、越來越近……

不行！她用手拍打一下自己的腦袋。如果繼續這樣想，在被森林吞沒之前，她首先會被害怕淹沒。她看見溪流旁邊有一塊平滑的大石，決定先在大石上坐下，冷靜下思緒。

溪水的流速十分緩慢，大概就只有及膝的深度。她索性把鞋子也脫下，將雙腳浸泡在清澈的溪水裡，冰涼的感覺從腳板傳透全身，讓她整個人精神為之一振。她閉起雙眼，將呼吸盡量放慢，讓呼吸盡量深沉。徹底地深深吸氣，一直將新鮮的空氣吸進小腹丹田位置，感到了舒適飽滿；然後再徹底地呼氣，把所有廢氣從體內吐走，感覺放鬆自在。

突然間，她感到木棉樹就在她的身旁。「我要怎樣做，才能找到回家的路啊？」她問。

「如果妳能找到大自然中最善良與純潔的東西，妳就能看見道路了。」木棉樹回答。

於是她張開雙臂，緊緊環抱著木棉樹的樹幹。她感覺整個身體都變成棉花一樣，正在吸收清澈滋養的溪水，令身體變得晶瑩剔透。身體的骨骼、肌肉、器官、細胞逐漸融化，整個身體都化成清淨透明的水。在陽光照耀下，化成水的身體不斷吸收太陽的能量，水分慢慢地開始蒸發變成氣體。頭部、身軀、雙手、雙腳同時都化成空氣，身體像水蒸氣般輕盈自在，無色、無形、無相。金黃色的太陽亮光，慢慢灌注入她化成空氣的身體，從頭到腳、由外至內，全身都被亮光所包圍，身體像太陽一樣光明溫暖，她像是擁有了無盡的力量，跟整個宇宙自然合而為一。一切回復到心如止水的寧靜。

「我看見道路了。」靖樹再次張開眼睛，「上善若水。」

爺爺曾經教導她，水是大自然中最善良的東西。老子說過上善若水。水潤澤萬物而不爭名利，樂善好施而不圖回報，就如同淡泊明志、與世無爭的聖人。水避高趨下是一種謙遜，奔流到海是一種追求，剛柔相濟是一種能力，海納百川是一種度量，滴水穿石是一種毅力，洗滌污穢是一種奉獻。

「所以妳也要有水一般的品性啊。」爺爺一邊在木棉樹下澆水、一邊教導小時候的她。

只是她當時年紀太小，根本不明白什麼是上善若水。但是，現在她開始感受到爺爺所說的話，因為這森林裡的溪水，像是有一種特別的洗滌功能，能將人的內心淨化清洗，使人回復到初心的簡單狀態。

靖樹沒有選擇面前的任何一條岔路，而是沿著小溪順流而下，走了三十分鐘後，她成功穿越迷幻森林，到達了一片寬大的翠綠草原。草原的中央，立著一座原生態小屋，屋前是一處以木柱組成的圖騰林，圖騰柱上雕刻了各種不同形態的神像，其中有動物，也有半人半獸的形象，體現了薩滿部落萬物有靈的文化觀念。阿圖羅正站在圖騰林前靜候著她。

「歡迎古老的靈魂回來。」阿圖羅以額頭輕貼著她的額頭說。

「這裡就是薩滿部落的神廟嗎？」

阿圖羅點頭說，「這裡也是進行死亡之藤儀式的地方。」

「儀式什麼時候開始？我需要準備些什麼嗎？」靖樹問。

「儀式將會在夜星到來時舉行。妳現在可在草原上稍作休息，補充體力。但是，從現在起妳都不能進食，只可以喝清水，讓身體淨化沉澱。」

「好的，我知道了。」

之後，阿圖羅先進到小屋，幫助巫醫為儀式做準備。

太陽下山後，迷幻森林變得越加陰森，除了天上微弱的星光外，基本沒有什麼可稱得上是發光的東西。雖然身處一片漆黑的環境裡，眼睛卻比平常容易適應。

「儀式就要開始了。」阿圖羅從遠處呼喚她。

靖樹朝著神廟的方向走去，看見空地上傳來了一片鮮紅的光芒，她走近後才發現那原來是一個燒得熾熱的篝火堆。篝火堆以大量枯枝及乾木堆砌而成，遠看上去彷如一個燃燒中的金字塔，不斷地發出「噼哩啪啦」的聲響。火堆的四個方向，均放有用蘆葦草編織成的圓形墊子，大小剛好能讓一個人安躺其中。

阿圖羅示意靖樹先坐在後方的草墊上，「希望妳得到死亡之藤的允許，打開妳靈性的第三眼睛。」

「怎麼樣才能打開第三眼睛？」

「最重要的是不要抗拒，要與它合而為一，讓它進入妳的身體，深入妳的血液與細胞裡。那麼，妳將會看見不一樣的自己、不一樣的世界。祝妳有一段非凡的生死旅程。」

然後，阿圖羅把另外三人也領進其餘的墊子裡。這次的死藤儀式一共有四人參與，其中兩人是患有重病的原住民，而另外一名則是家中兒子剛離世的母親。

阿圖羅在四周豎立起火把，像是把整個場地用火光包圍起來，象徵將所有邪魔惡靈驅離在外。當一切準備好後，他走進神廟請巫醫主持儀式。巫醫穿著傳統的薩滿服飾蹣跚步出。他頭戴一頂鹿角帽，脖子上掛滿一串又一串的獸骨獸牙，腰上繫著一個銅製長腰鈴，背上插滿了長長的鷹翎作裝飾。他拿著一個古老木頭大菸斗，逐一走到四人身旁做儀式前的淨化。他把一些特製菸草放進菸斗裡，以一根小木柴點燃，然後深深吸啜一口，再把煙霧吐向各人身上。濃厚的白煙把人重重鎖在裡頭，歷久不散。煙霧既不刺眼又不嗆鼻，聞起來帶有甘草及香木的味道，那種氣味聞久了是會讓人上癮的。

巫醫放下大菸斗，拿著一個以獸皮製成的抓鼓，一面擊鼓、一面圍著火堆跳起舞來。他的舞蹈交織著禱詞、咒語、吟唱和鼓聲，節奏由緩至急，舞蹈越跳越烈，鼓聲也越加急促。參加者的身體四肢，開始不自覺地跟著搖擺，逐漸進入一種恍神狀態。之後，巫醫換上薩滿的跳神儀軌，彷彿被不同的野獸輪流附體，神態舉止時而像熊、時而像虎、時而像豹，氣氛十分神祕詭異。正當儀式進入高潮時，巫醫突然把整個燃燒中的火塔一下子推倒，火舌噴射上半空，引發出「啪嘞！」的一聲爆裂巨響。所有人都瞬間愣在那裡，眼中就只有紅紅的烈焰。

如果從催眠角度分析，薩滿的跳神跟道教的破地獄，都是一種深層催眠導入技巧。跳神儀軌中的不同野獸附體，能有效將意識中「我是誰」的概念快速地模糊轉換，使人頓時進入忘我的迷離境界。而最後的烈焰巨響，就像是出神的暗示訊號。

接著，死藤湯藥終於出場了。

阿圖羅從神廟裡拿出一隻巨型牛角交給巫醫，牛角的中央被挖空，變成了一個巨大容器，裡頭裝著的正是巫醫特製的死藤湯藥。

巫醫首先把牛角遞給那位母親，要她大口大口地喝下，喝完湯藥後，母親便安靜地躺在草蓆上。巫醫再以逆時針方向，把牛角傳給另外兩位病人，兩人珍惜地把死藤湯藥喝滿一口。靖樹則是最後一個。

靖樹接過磨得光滑通透的牛角，雙手從外面也可以感到湯藥傳來的溫暖。湯藥呈現略為透明的深褐色，質感有點濃稠黏滯，並沒有什麼特別的氣味。她張大嘴巴，像一個初生嬰兒般吸啜著母親的乳汁，一小口一小口地吞進嘴裡。死亡湯藥並沒有預期中難喝，味道似是加強版的感冒中草藥，帶有黃蓮的苦澀，以及麻黃、生薑的辛辣味。溫暖濃稠的湯藥，沿喉嚨滑進食道，再緊緊黏附在胃壁上，讓整個胃部也馬上暖和起來。

靖樹躺下後，巫醫開始為各人唸誦神祕的咒文。傳說薩滿咒語其實是一種天語，以在大自然中找到的原始聲音編成。如果把人類語言當成是一種震動頻率，那麼咒語就像是最原始的集體語言，即使顯意識解讀不了，潛意識卻是完全能夠明白讀懂的。巫醫把想要傳達的訊息，直接傳輸往潛意識深處，有效地繞過意識的防火牆，使人完全無法抵抗。

火塔中的木柴已經快燃燒殆盡，現在只剩下一堆灰白色的木炭，散射著火焰的餘溫與黯淡紅光。巫醫打開香爐的鏤空蓋子，徒手將一小塊木炭放入香爐，再在炭上撒上一綑鼠尾草。鼠尾草在拉丁語中是拯救的意思，薩滿巫醫認為，燃燒鼠尾草可消除身體上的負能量，淨化靈魂，並且解救人免於疾病之苦。巫醫把香爐蓋子栓緊，再提起連接在頂上的金屬吊鏈，一面圍著四人繞圈行走，一面擺動香爐。鼠尾草受熱悶燒，產生出大量的白煙香氣，整個場地頓時蓋上了一層白色雲霧。

可能是受到了煙霧的影響，靖樹的感官變得越來越飄忽不定，眼睛像是被蒙上一層厚厚的紗布，視覺完全失去了焦點，眼前的影象也變得暗淡模糊。她索性閉起雙眼。只是其他感官的消退並沒有因此停止。她的耳朵也像是被蓋上防護耳罩，外界的聲音變得越來越小。之前，她還能聽到樹葉被風吹過時發出的沙沙響聲，但是樹葉彷彿愈飄愈遠，風變得愈來愈微弱，最後，風跟樹葉都消失了。她進入了一個漆黑寂靜的世界，那裡除了她以外，什麼人也沒有。她的身體四肢傳來一陣麻痺的輕微觸電感覺，如同無數的螞蟻在她身上緩緩爬行，那是一種既不痛，亦不癢的騷麻。騷麻過後，她的四肢及軀體逐漸變得癱瘓，不僅失去了力氣，就連肌肉與骨骼都彷彿消失褪色。

死藤湯藥正在她的身體裡開始發揮作用，她沒想到反應會來得這麼迅速，在喝下還不到五分鐘的時間裡，便已走遍全身。她的五官五感同時被切斷了，就像瞬間掉落一個意識的黑洞裡。這就是瀕死的第一個元素：意識黑洞。

過了不久，靖樹像是突然被誰喚醒了一樣，身體的感知覺再一次地回來了。她感覺到有什麼微妙的變化正在體內發生。首先，是在腳底湧泉穴的位置，彷彿有根狀的東西長出來了，而且從腳掌開始，一直伸延到身體外。那些根狀物體不斷往下生長，鑽進了草地，穿越了泥石層，一直潛入大地的心臟地帶。

這時她才恍然大悟，原來自己變成了一棵大樹，透過腳底下的樹根，跟整片大地連繫起來了。她不只能感應到自己的軀體，還可以感受到森林裡的一花一草、一樹一木，以至整個大自然世界。她跟大地之母一同在呼吸，跟自然萬物一同在心跳，這是一種極奇妙的和諧合一感覺。這就是瀕死的第二個元素。

「木棉樹，你好嗎？」靖樹在跟位於一萬八千公里以外的木棉樹打招呼。

「嘿！妳終於也加入了我們的大家庭！」木棉樹回應說。

「是啊，我終於可以變成一棵大樹了！這可是我兒時的夢想。」靖樹興奮的說。

「因為妳得到了死亡之藤的允許，所以妳才能變成大樹。怎麼樣？感覺如何？」
「感覺棒極了！我們之間的分隔界線消失了，我終於可以感覺到你的體溫、你的呼吸與心跳。」
「那是當然的啦！」木棉樹愉快地說。「我還好好地活著呢，而且我算是一棵年輕的木棉樹，可沒這麼快死掉啊。」
「那我是死掉了嗎？」靖樹問。
「妳只是在生死的邊緣，還沒有完全死掉啊。在我們這個大同世界裡，身體其實一點也不重要，我是妳的一部分，妳也是我的一部分啊。不是嗎？」
靖樹點頭。「那我接下來應該怎樣做？」
「妳忘記了嗎？只要變成大樹，就能連接到本源啊。趕快離開妳的身體，靈魂才是真正重要的東西呢。」
「我該如何做才能離開身體呢？」
「不要抗拒，接受並與死亡之藤合而為一，讓它進入妳的身體。」
「我知道了。謝謝你，木棉樹。」
這時，巫醫開始唱誦薩滿的安魂曲，召喚並撫慰一眾受傷的靈魂。安魂曲聽起來既像哄騙小孩入睡的搖籃曲，又像是教堂裡祝禱的聖詩歌賦，旋律帶點幽怨，但是歌聲極其溫柔。歌聲從靖樹的耳朵慢慢鑽進耳蝸，刺激數以千計的絨毛細胞，將液態能轉換成電能，傳輸至中樞神經。當接收到訊息後，靖樹身體裡的某個東西開始蠢動起來。她張大了嘴巴，那某個東西想要從身體深處吐出來。

她既阻止不了，也不想去阻止。她記得木棉樹說過最重要是：接受。

那東西最後真的被吐出來了，但是她吐出來的並不是嘔吐物，而是她的靈魂。這也是瀕死的第三個元素：靈魂離體。

靖樹的靈魂正站在小溪旁的草地上，巫醫、阿圖羅及其他參加者都不見了。夜色下的森林出奇地寧靜，連風聲、水聲也收斂起來了。此刻，陪伴著她的，只有漫天的星宿，漂亮得讓人感動驚嘆。爺爺曾說，每一顆星星裡都有一個動人的故事。恆河沙數，天上繁星，在浩瀚宇宙間，到底蘊藏了多少稀奇有趣的故事，當中也會有屬於她自己的故事嗎？

此時，她發現頭頂不遠處有五顆特別光亮的星星，一閃一閃地，就像是在對她微笑一樣。那些星星彷彿遠在天涯，卻又近在咫尺。如果可以，她真的想把星星摘下來，捧在自己的掌心裡。她忍不住把手伸向天際，奇妙的事就這樣發生了！她居然觸摸到其中的一顆星星，甚至真的把它從天上摘了下來。星星就像一顆發出奇異光芒的透明晶石，表面十分光滑，只有拳頭般大小，而且一點重量也沒有，甚至可以自然浮起在空氣中。

她把星星溫柔地握在手裡，慎防一鬆手，星星便會飄走遠去。她很好奇星星裡頭到底裝載了些什麼。但是當她把頭靠近，再仔細觀看時，她卻差點被嚇倒了。裡面播放的，不正是三歲時候的自己嗎？她忽然懂了，原來這不是什麼星空，而是她所屬的生命宇宙，每顆星星都蘊含著她的生命故事。她在這神祕莫測的光影世界中展開了一場奇異的生命回溯。這也許就是瀕死的第四個元素：平行時空次元。

第九章　第三眼

妳知道嗎，大家都說渴望遇見未來的自己，而我卻一直渴望遇見過去的自己，因為我過去的自己，是多麼的了不起啊！

靖樹進入了一個有趣的平行時空，她首先看到那個拖著細小身軀的自己，正跌跌盪盪地在家裡走著。她從門縫中鑽進了另一個房間，裡面一個人也沒有。房間的中央位擺放著一張彷如給巨人睡的大床，她舉起雙手拉著床沿的被褥，用盡全身氣力踮高腳尖，抬頭在床上四處尋看，確定並沒有人藏在上面。她再半爬半行走到牆邊的衣櫥，以手不停地拍打衣櫥門，可是沒有人回應她。因為沒有足夠力氣拉開衣櫥門，所以只好透過百葉門的疏氣縫隙往內窺探，可是同樣什麼也沒發現。最後，她只好放棄似地走回自己房間，不悅地把箱子裡的東西逐一翻出，一個箱子翻倒後，再翻另一個。

媽媽聽到吵雜聲，推門走進來看個究竟，「妳到底在找什麼啊？」媽媽皺著眉頭說。

「奶奶！奶奶！」小靖樹只懂得說簡單語句。她到處找奶奶不果，以為奶奶是在跟她玩捉迷藏。

媽媽聽到後鼻子一酸，蹲在她身旁緊抱著她說：「奶奶很頑皮，在跟我們玩捉迷藏。奶奶已經躲到很遠很遠的地方了，要等到妳長大、變老後，我們才能夠找到奶奶。」

小靖樹抿著嘴，根本不明白媽媽的意思，她只感到自己最心愛的娃娃像是突然跑掉了。而她最討厭的，就是這種不辭而別的感覺。

靖樹把星星放回天上，再伸手把另一顆星星摘下。那是六歲時候的自己，上小學的第一天。她換上爺爺親手縫製的校服，穿上爸爸送她的娃娃皮鞋，再戴上媽媽新買回來的蝴蝶髮夾。看看鏡子，自己正打扮得漂漂亮亮。媽媽握著她的小手，帶她到學校，但是就在校門分別的一刻，她心裡突然湧起一陣不安感覺，怎樣也不肯鬆開媽媽的手。

媽媽撫摸著她的頭說：「放學的時候，我會帶著一袋水果糖來接妳的。」

她站在校門柵欄後，看著媽媽的身影逐漸遠去、逐漸縮小，最後在彎角處徹底地消失了。媽媽離開學校後，第一時間就到糖果店買她最喜歡的水果糖，就在快到家門的路上，被一名醉酒的貨車司機撞倒了。媽媽頭骨爆裂，當場死亡。

放學的鐘聲終於響起，她焦急地跑到校門，可是並沒有看見媽媽的身影。其他的孩子都逐一被家長接走了，就只留下她一個人站在那兒等候。她不敢離開半步，害怕得身體不停地顫抖，不管老師如何安慰，也無法令她安心。她害怕再看不見媽媽，害怕一個人孤零零地被遺留在這世界上。原來她就是在這一天，學會了什麼叫「害怕」的。

第三顆星星裡裝的是九歲的自己。那一天是個陽光燦爛的初夏早上，跟任何一個初夏早上並沒有分別。她穿著整齊校服，跟爸爸、爺爺一起吃白粥及炒麵當早餐，當時鐘七時三十分，爸爸如常地拿著早報出門上班去了。她發現爸爸不小心把手錶遺留在桌上，她沿著樓梯跑下去，希望能追上爸爸。走出大樓時，爸爸已經登上一輛小巴離去了。她只好放棄，帶著爸爸的手錶回學校去。

爸爸是一名建築師，負責設計一座興建中的大樓外牆。他如常地在工地上督導工程，但是因為忘記戴手錶，不知道午飯的時間已經到了。爸爸站在工作台檢測時，支架突然因金屬疲勞，出現鬆脫並變形，結果爸爸從二十米的高台摔倒在地上，頭部及肝臟嚴重受創。送院後，爸爸昏迷了三天三夜，再也沒醒過來看她一眼、或跟她說半句話。她戴著爸爸的手錶，一直緊握著爸爸的手，想提醒爸爸起床時間已經到了。直至第三個晚上，醫生宣布爸爸腦幹已經死亡。她一直安靜地待在醫院，沒說過一句話，也沒流一滴眼淚。

爺爺輕拍著她的背說：「不用再等了，爸爸不會再醒來了。我們回家吧。」

在爸爸昏迷的那段期間，她腦海裡只想著同一件事：如果當日她趕得及把手錶交到爸爸手上，或許爸爸就會如常地去吃中飯，就能如常地下班回家了。此刻，她終於明白生命中一切都是無常的。

靖樹已猜到第四顆星星是關於爺爺的。她摘下來一看，果真回到了十二歲那年，爺爺出事的那一天。每逢星期五，她都會推掉所有課外活動，陪爺爺到茶檔喝他最愛的黑咖啡，這可算是兩人的親密約定。她在下午四時前趕回家，發現爺爺在安樂椅上睡著了，而且手上還抱著正在編織的毛衣。爺爺說過，他要在秋天前把毛衣完成，送給她做生日禮物。她於是為爺爺蓋上薄毛毯，讓爺爺可以多睡一會。但是過了一個小時，茶檔也快要關門了，她跑去叫醒爺爺。只是，爺爺這一天睡得特別深、特別沉，不管她怎樣努力叫喊，爺爺都沒有醒來。她直覺事情不對勁，哭著跑到隔壁找張伯伯，張伯伯趕緊過去查看，才發現爺爺身體已經變得僵硬，沒有呼吸及心跳了。張伯伯告訴她：「可能爺爺真的太累，爺爺不會再醒來了。」

救護員把爺爺從家裡的安樂椅搬上擔架床，再從擔架床移送到醫院太平間的冰櫃裡。她獨自兒坐在太平間的長椅上，隔著冰櫃跟爺爺無聲地告別。雖然她臉上沒留下一滴眼淚，但是內心卻疼得像淌血一樣。她已經徹底地變成一個孤兒了。

就在她感到傷心欲絕時，突然發現長椅的另一端放著一顆檸檬水果糖。她心裡想，這一定是爺爺留給她的！因為只有爺爺知道她最愛吃檸檬水果糖。她打開包裝紙把水果糖含在嘴裡，讓水果糖在口中慢慢融化成糖漿，再隨著唾液流進胃裡。爺爺的水果糖變成了另類的心藥，撫慰著她的心靈。

在爺爺過世後，她依舊遵守約定，在每個星期五去到茶檔。只是在不足一個月後，茶檔老板忽然對她說：「茶檔要拆遷了，今天是最後一天營業。」她終於明白爺爺為何沒有遵守約定。原來不管你多努力想堅持，有些約定，是不可能永遠被遵守的。

靖樹把第四顆星星放回天空。

此時，靖樹忽然聽到小溪的對岸有腳步聲。她轉頭一看，發現爸爸、媽媽、爺爺和奶奶正站在對岸的木棉樹下，所有曾經離去的家人全都來了。而且家人手上還拿著禮物，在對岸向她揮著手。奶奶帶來了她小時候最愛的布魯托玩具狗，媽媽拿著一瓶七彩水果糖，爸爸手上戴著那只趕不及送上的手錶，還有爺爺那件未完成的毛衣也都編織好了，就連木棉樹也開滿了一身艷紅的花朵。

正當她想要橫越小溪跟家人團聚時，洪水卻不知從哪裡突然湧了上來。原來的小溪現在竟變成了洪荒之流，流水既深且急，根本就無法穿越。這到底是怎麼一回事啊？她由原來的興奮喜悅，頓時變成不知所措。那看得見、卻觸不到的間距，就是世界最遠的距離。

她抬頭一看，天空上還留下有一顆最光最亮的星星，她馬上伸手把它摘下來，只是裡頭卻空白一片，什麼也沒有。怎麼會這樣的？她揉一揉眼睛，眼前突然亮起來了，她發現自己正身處在一個純白光潔的空間，沒有牆、沒有門、沒有地，只有單純的白色而已。原來，她已經走進那顆星星裡去。

她試著往星星的中心方向走去，說是往上往下、往左往右倒也沒有分別，因為在一個純白的世界裡，方向是不存在、也不需要的。走過一段白色空間後，她突然看見一道白色門在面前，那是一道浮在半空並且單獨存在的白色門。在她原來所屬的世界，門通常是為了空間而設立的東西，可以沒有門，但卻不能沒有空間。然而在這裡，次序卻像反轉過來，空間的設立，完全是為了滿足門的需要，因為門才是真正重要的東西，那才是穿越空間的唯一進出口。

靖樹推開那一道白色門，霎時間原來的白色世界不見了，換上一個熟悉的環境。她回到了醫院的心理諮詢室，有誰正坐在治療師的位置上，那個誰長得跟她一模一樣，年紀看上去已三十多歲，頭髮比她要長一些、捲一些。那個誰，並不是別人，而是她自己，正確來說，應該是未來的自己。

未來的自己，外表並沒什麼變化，而且變得更加成熟有氣質。沒想到十年後，自己的肌膚依然光滑，身材線條依舊堅實，至少胸部還沒有任何下垂的跡象呢。

「嘿，你看夠了沒有啊。」未來的自己發現被上下打量，感覺怪怪的。

「能夠有機會看到自己的未來，當然想要好好地看清楚啊。」她對未來的自己感到十分好奇。

「那妳是感到滿意還是失望呢？」未來的自己問。

「沒想到妳保養得還真不錯呢！」她十分滿意地說。這話聽起來，更像是在自己在稱讚自己。

「那也是託妳的福啊。反正妳和我是同一個人，因為妳從小就愛美，所以不管現在或未來，這一點都沒有變過。」未來的自己笑說。「妳來的目的，不是為了看自己未來的身材樣貌吧？」

「當然不是啦。我是來找妳幫忙的。」

「我已經在這裡等妳很久了。為什麼這麼晚才來？」未來的自己語帶責怪地說。

「我已經很努力了！我是好不容易才找到這裡的。」

「沒想到從前的我，原來是這麼笨的。」未來的自己搖頭感慨著說。

「嘿，妳也給我留點面子嘛。要是我的自尊心受創，變得自暴自棄，對妳也沒有好處啊。」

此時，她倆突然明白到一件重要事情，就是絕對不要跟自己過不去。這可是千真萬確的事。

她把剛才所看到的那四顆星星，還有洪流的事情告訴未來的自己。

未來的自己盯著她的臉說：「如果妳想要穿越那阻隔的距離，就必須先跨越妳的陰影。」

「妳的意思是，那距離其實是由我的陰影造成的？」

「或者說兩者其實是同樣的東西。」未來的自己解釋說，「這裡不是現實世界，一切都只是象徵意義。所以不管小溪或是急流，其實都代表著同一樣東西。」

「就像是夢境世界一樣。」

未來的自己點頭回應。「距離真正代表的是什麼？」未來的自己像在引導著她。

「所指的並那不是物理上的分隔，而是內心的隔離。這可以代表一種安全感，也可以象徵自我保護。」她回答。

「為求達到自我保護的目的，有些人會建立高牆，將自己團團圍起來；也有些人會自我隔離，設立不可跨越的安全禁區。但是，兩者底下的本質意義，都是一樣的。」

「所以那『距離』是潛意識製造出來，保護我自己的嗎？」她確認似地說。

「面對生命無常，家人一個又一個的不辭而別，年幼的妳，根本不懂得怎麼去面對那害怕與傷痛。如果想要繼續生存下法，那是妳當時唯一的方法。」

她垂下頭，用手指觸弄頸鏈上的聖甲蟲，沉默了好一會兒。然後，她輕輕嘆一口氣。「從十二歲起，我便變成了一名孤兒，一直到我考上大學的那段日子，我能想起來的，就只有我是多麼孤獨這件事情。沒有人可以讓我依靠，可以溫暖我的身體和心靈。即使有任何心事，都只能夠對木棉樹傾吐，它可算是我唯一可以掏心挖肺的閨密。整個青春期，我根本不知道自己想要做一些什麼，甚至連每天該做什麼也不知道。大部分時間，只是把自己深深封閉在書本裡而已，我也曾試過幾個星期幾乎沒有出門、沒有跟任何人說話。我的內心就像被遺棄在一個無人的孤島上，那時候最常想到的，就是死亡。」

「受傷的心如果沒有修補，不管過了多久，傷口仍會一直淌血的。圍繞著孤島四周的洪流，其實都是由你淌下來的心血所形成，而洪流的唯一作用，就是要製造距離，保護自己。」未來的自己像是在替她做心理分折。

「所以那就是我的課題、我的陰影所在？」

「不只是這樣。距離不旦封鎖妳的內心，還封閉了妳的身體……」未來的自己揭露了一個她不敢面對的真相。

靖樹突然臉色一沉，「妳想說那個問題，也是源於這陰影嗎？」

「妳不是說過，身體是最誠實的嗎？」未來的自己反問她。「生理反應是內心最真實、最直接的反映。每次只要妳一旦進入親密關係，身體的防衛機制，便會不自覺被啟動。這不正是妳解決不了的問題嗎？」

「雖然我也曾交過幾個要好的男朋友，但是身體卻不容許我跟別人發生親密的性行為似的。」她最後坦白承認。

「這一點妳比誰都清楚啊。所有醫療檢查，都說明了一個事實，那個問題根本跟身體結構或生理系統無關，而唯一能解釋的就是心理影響。」

她沉默著。

「距離是一種保護，同時也是一種隔絕，包括隔絕極親密的接觸。妳的性交疼痛並不是一般的性交障礙，而是一種心因性病症。每當男性的陰莖想要進入妳的身體時，陰道肌肉便會突然不自覺地收縮，設法阻止陰莖進入。陰道痙攣不但令陰莖難以插入，更會令性交時變得非常疼痛、甚至無法進行。有時候，陰道為進一步阻止性行為，腺體會停止分泌潤滑液，使陰道變得異常乾燥。在沒有充分地被潤滑的情況下，如果要強行進入或性交，結果同樣會令妳劇痛難當。」

「為什麼會變成這樣的？」她默默地流下眼淚。

「因為性接觸已超越了內心的安全警戒線，所以才會被身體嚴重排斥的。如果把性交疼痛看成是一種過敏反應，那麼過敏源就是零距離的親密接觸。距離只是一種治標不治本的保護方式，根本不能治好妳的心病。」未來的自己也感到鼻子一酸。

「所以那個問題也都是陰影造成。」她覺得陰影遠比她想像的恐怖。

「只是真相恐怕不止於此。」未來的自己欲言又止。「妳想還要看下去嗎？」

「還有什麼我不知道的事情嗎？」她感到更加地驚慌。

「上大學後，妳徹底地改變了生活方式，像是變成了另一個靖樹。妳知道這一切是怎樣發生的嗎？」未來的自己問。

「因為我有了新的夢想啊。我想要當一個心理醫生。」這可說是她感到最自豪的事。

「妳有否想過自己為何要當心理醫生？」未來的自己反問。

「妳到底想說什麼？」

未來的自己吞了一下口水，「你從來沒有走出過陰影，妳的改變、妳的夢想、妳所做的每件事，都是指向同一個方向，就是想要離開陰影，治好自己，並把自己從孤獨中拯救出來。妳渴望能觸摸到別人的心，同樣也渴望自己的心能被再次觸摸。所以潛意識驅使妳挑選了臨床心理科，為妳建立作為心理醫生的新夢想。」

「難道我的才能與夢想，也由我的陰影所衍生出來的嗎？」她不敢相信這個事實。

未來的自己也低頭嘆了一口氣，「妳比一般的心理醫生都優秀出色，知道是什麼原因嗎？並不是妳比別人用功或聰明，而是因為妳本身就是個嚴重的心理病患。在知己知彼的情況下，妳反而變成了一位出色的心理醫生。」

「坦白說，在精神及靈性層面上，心理醫生根本不可能由書本或經驗訓練出來，必須透過真實的病患傷痛製造而成。所以妳的才能與夢想，都是源於陰影的反作用力量。」

查看真相，就像把事情暴露於熾烈的陽光底下觀看，那是一種幾乎讓人目盲的過程。她才明白到另一個事實，看見真相，並不會為人帶來希望。相反，當希望的夢幻泡影破滅後，帶給人的可能是更深的絕望無助。

她留下了兩行眼淚，內心幾乎崩潰地說：「妳說得沒錯。也許那就是我想要當心理醫生的真正原因。我不是為了拯救別人，而是為了拯救自己，病人都只是我治療實驗中的白老鼠。我並沒有大家想像的偉大，或對心理治療有多大的熱誠，我不過是一個自私的膽小鬼，想要從自己的陰影中逃脫而已。」她實在接受不了這樣的一個真相。

「教授早說過，如果沒辦法跨越陰影，這不僅會成為跨越生死的最大障礙，更有可能引起內心的混亂恐慌，甚至是心理崩潰。所以妳一定要振作！不要害怕陰影，而是要看清楚它！」未來的自己也感到一陣心痛。

「沒想到我比我的病人更加怯懦，連面對真相的勇氣也沒有。」她低下頭沮喪地說。

「不是這樣的！在無常的生命面前，每一個人也有可能成為無助的受害者。一直以來，妳都是靠自身的努力，拚命地想要把自己拯救出去，只是還沒有看到出路而已。」未來的自己激動地說。「妳知道嗎，大家都說渴望遇見未來的自己，而我卻一直渴望遇見過去的自己，因為我過去的自己是多麼的了不起啊！」

她抬起頭看著未來的自己，疑惑地說，「我了不起？」

「妳是我所見過的病人中最勇敢的一個，甚至能從黑暗的陰影中，激發出最光明的力量。所以我一直以妳為驕傲，甚至一直害怕無法超越過去的自己。」

未來的自己給她一個深深的擁抱。「現在是時候看清陰影的真面目，陰影不能消滅，但是卻能被看破。」

她擦乾眼眶中的淚水。眼睛被淚水清洗過後，忽然變得明亮起來。「如果把陰影看成是生命中不可抗逆的可怕際遇，那麼陰影就等於是我們的人生課題，一場讓人學習及令人成長的經歷。陰影可以製造出生命中最大的害怕與囚牢，也能激發出最大的潛能與勇氣。」

未來的自己點頭同意。「就像風，妳不能阻止風的到來。但是風的本質並不在好壞，而是看妳如何看待運用。風雖然能吹倒一切，帶來可怕災害，但是如果妳懂得駕馭風，你將可以乘風破浪，變成你生命旅途中的最大推動助力。」

「所以大家總以為陰影是最黑暗、最可怕的東西，在人不自覺底下劫持著我們的人生。但是原來陰影也在不知不覺間，驅使我們尋找到人生方向，築起我們的夢想，以及建立起自己的信念。」

「妳說得沒錯。人生是一場孤單但不孤獨的旅程，妳在努力成就自己的同時，其實也是在成就別人，成就了整個世界。」

她領悟地說，「所以生命是妳中有我，我中有妳的。度人自度，自度度人，才是真正的生命循環。」

「看來妳已經成功打開妳的第三眼，看清了真相。」

「原來這就是第三眼的意思。」

「我在這裡的工作亦已經完成了。至於能否跨越陰影，就得靠妳自己了。」未來的自己跟她道別。

「謝謝妳，未來的自己。」

靖樹轉身打開進來時的那道白色門，瞬間再次回到了洪流的渡口。她的家人仍站在對岸等她，而且那裡還多了一個人，未來的自己也從第五顆星星跑來了。

「妳準備好接受最後的考驗沒有？」死亡之藤的聲音從夜空響起。

「我可以了。」靖樹自信地回答。

「這裡有一艘永不翻沉的木船，跟一座無比堅固的木橋。要如何渡過前面的洪流，妳必須作出最後的選擇。」

聲音說畢，一艘木船馬上在她的左邊出現。木船是以最上乘的木材製成，韌性強、浮力大，輕巧靈敏之餘，又堅固穩定。感覺上這是個能抵受任何風浪的可靠伙伴。另一方面，她的右邊出現了一座跨河平橋。橋柱是以粗壯的參天巨木搭建而成，中間的橋板一塊一塊牢固地以鐵鏈靠攏釘在一起，給人一份團結一致的堅實力量。這像是能渡人於危難的橋樑一樣。

到底要挑選船或是橋呢？哪一個才能讓她安全地渡過洪流？靖樹閉上了雙眼，打開內心的第三隻眼睛，看清面前的景象。木船代表了最堅固的保護，橋樑象徵著最安全的隔絕，而洪流則是陰影製造出來的距離。

在看清楚這一切以後，她抬頭對死亡之藤說：「我已經選好了。」

她沒有往左、也沒有往右，而是一直朝向面前的洪流走去。就在她跨進洪流的一剎，洪水並沒有把她吞噬，而是奇蹟地往她左右兩邊分開了。這就像聖經故事中，摩西帶領以色列人渡過紅海一樣。一條平坦大道竟然在河床出現，而且一直延伸到河的彼岸去。

未來的自己跟她說過：「陰影不能消滅，但是卻能被看破。」

如果想要克服陰影，真正需要的是相信與勇氣，而不是最鋒利的矛或最堅固的盾。因為相信與勇氣，才是生命中最大的力量。靖樹一步一步地走到彼岸，跟在她身後的還有三歲、六歲、九歲、及十二歲時候的自己。過去的自己，最終能跟家人相聚，而她也跟未來的自己重遇。就在過去、現在、未來相遇的一刻，洪流已經無聲無息地退去，變回了原來平靜的小溪。

靖樹再次張開眼睛，從草蓆上醒過來了。她感到一股熱氣團，從胃部深處急速湧上，猛然往前一仰地坐起身。由於身體的運動神經還未完全恢復，差點兒就跌倒在一旁，幸好阿圖羅及時把她攙扶著。阿圖羅知道她快要吐了，趕緊把預先準備好的盆子放到她面前。由於腹肌和橫膈肌急劇收縮，令腹腔的壓力上升，把胃中的液體擠壓排出。她開始激烈地嘔吐，吐得快喘不過氣來，再加上胃部不斷地抽搐，難受得整個人癱瘓在阿圖羅身上。

她突然想起了教授的說話，「回來的第一個感覺就是痛，痛楚彷彿提醒你依然活在這個世上。」這像在暗示，她已經從死亡邊緣回來了。

隨著死藤湯藥的藥效趨緩，不適的感覺也迅速消退。身體的感知感覺與氣力也都回復了正常。靖樹發現吐的不只她一個，其餘三名參予者也同樣激烈地嘔吐。那位身患重病的原住民，更不時地發出可怕的吼叫聲，像是一頭憤怒的野獸，想要衝出自己的身體一樣。

「妳還好嗎？可以的話，妳先躺著休息，整個儀式還沒有結束。」阿圖羅在她耳邊輕聲說。

靖樹再次地闔上眼睛躺下，一面傾聽著巫醫溫柔的歌聲，一面聞著乳香的清純香氣。她感到前所未有的放鬆與舒緩，全身的肌肉變得柔軟鬆弛，內心的煩惱與恐懼也一掃而空。她有一種從內到外徹底被掏空的感覺。

之後，巫醫從小溪取來一瓶清水，一面持咒，一面把溪水灑在眾人頭上，像是催眠的導出儀式。巫醫再點起一個火把，逐一在參與者的身上過火，火焰迅速掃過各人的身體，象徵除穢消災，與神靈同在。薩滿的死亡之藤儀式也正式結束。

阿圖羅把靖樹帶到附近的帳篷休息。第二天清早，再把靖樹帶回鎮上的旅館。

「謝謝你，阿圖羅。」靖樹跟他面貼面的道謝。

「永遠的祝福妳。」阿圖羅把手放在胸前表示衷心的祝福。

對靖樹來說，這是一次意義非凡的生死體驗。她終於明白瀕死的意義在哪裡。她相信通過瀕死體驗，人有機會窺見內心最深處的陰影，打開潛意識底下的潘朵拉盒子。那裡既埋藏了每個生命中不能承受的原罪重擔，但是亦能找到唯一的救贖與希望。只有看清陰影的真面目並成功跨越，人生課題的輪迴重複才會終止，靈魂才能得到解脫與自由。

她打開了自己的第三隻眼睛，看見生命的真相。她相信每個經歷瀕死回來的人，也是因為衝破了自己的陰影枷鎖，從而釋放出潛藏的超常能力。

第十章　老鷹與貓頭鷹

也許當你什麼也不需要，也不被世界所需要時，身體就會自然進入這種生理週期。雖然這並不是什麼好的經驗，也會為身體帶來短暫的麻煩，然而卻是再正常不過的事情。

靖樹離開之後，逸辰的生活彷彿失去了某個重心一樣，他既不用回醫院，也沒什麼急着非要他處理不可的事情。彷彿世界暫時並不需要他，把他遺忘了。同一時間，世界上也沒有他想要的東西，彼此處於一種互不相欠、各不相干的關係。原來，當人沒有需要，同樣也不被需要時，大腦的主控制台便會將身體調進一種低能源模式，全身均臨時處於極度乏力的狀態。就像電腦進入了省電模式一樣，所有非必須的系統及應用軟體都會被關掉，連底板的散熱風扇，也停止運轉，只留下細小的紅色 LED 訊號燈，每隔兩秒閃爍一次。

整整一星期，他的身體像是完全失去動力，不要說閱讀或外出，就連起床或上廁所都感到乏力。他清楚地知道這並不是因生病或疲倦所致，他的精神及情緒亦沒出現任何異常，只是體內的供力系統出現了不明故障。這種漫無目的的生活維持了差不多一星期後，在第七天身體突然回復正常，骨骼與肌肉間的張力也恢復了。

在正午時份，逸辰本來仍在床上昏睡，卻被急速響亮的電話鈴聲驚醒，起初他還以為是床頭鬧鐘，伸手按下靜音按鈕，但是鈴聲依然繼續。他才意會到那原來是家裡的電話在響。他已經記不起來家裡的電話多久沒有響過了，電話變成了家裡的一件裝飾擺設，而多於實用功能的電器。

他在想：這個時間到底有誰會打給自己？首先肯定不是為公務而打來的，因位他正處於停職休假狀態。只要排除了這個因素，其他的電話就都沒有迫切性或非要接聽不可的理用。即使是大樓發生緊急事故，以自己現在的身體狀況，也不太可能逃跑啊。

只是對方並沒有因此而放棄。這種互不妥協的膠著狀態維持了大約三分鐘，對方像突然想起什麼似的唐突地掛斷了線。雖然電話最後也並未被接聽，但是他身體裡的某個重要線路卻被重新接通了一樣，體力神奇地迅速恢復起來。說不定，那鈴聲其實是一組訊號密碼。有誰正在透過電話遠距重置他身體裡的開關。

既然體力已經開始恢復，他也不想一直像屍體般再賴在床上，索性爬起來舒展一下筋骨。屋子看上去基本仍維持在七天前回家時的模樣，東西都沒怎麼動過。可能是因為運動量大大減少了，他這幾天都沒什麼進食的胃口，肚子空了就隨便吃點餅乾和麵包，或盡量弄些不花費氣力的簡餐，所以廚房裡的爐頭一次也沒打開過，只有幾只用過尚未清洗的碗碟堆在洗碟槽裡。地板及桌子表面隱約鋪了一層薄薄的灰塵，但是還沒有到不可容忍的程度。主人去外地旅行一段間的屋子，家裡大概就是呈現這種模樣。

逸辰決定先不理會這些身外之物。他去洗了一個熱水澡，刮乾淨臉上的鬍子，換上新的白色T恤與棉長褲，再套上有帽的連身外套及運動球鞋。他想要到能夠看見鳥的地方。外出後，他一邊一邊雙手插進外套口袋，在大學繞了一個大圈，可是並沒有發現鳥的跡影。之後，他沿大學後門的連接車路，一直走上山坡，在快到避車處前轉入一條山路小徑。小徑可一直通往大學後山的山頂，由於山路陡斜，平常都沒什麼人使用，大部分的路面已被茂密的野草所覆蓋。他沿著山徑走了大約兩個小時，終於爬到山頂的觀景台。

據說老鷹都喜歡在這個山頭築巢獵捕，所以這座山又叫鷹巢山。他抬頭望向天空，四處尋找老鷹的蹤影，終於在山脊的電線塔上空發現一隻大黑鳥飛過。看到了老鷹，他多少感到心安了起來。老鷹正以穩定航速，在蔚藍的天空滑翔飛行，只有偶爾拍動一下大黑翅膀，調整飛行的角度與高度，感覺是一點都不費力的飄浮在空氣之中。

從中學時候開始，每當他感到極度迷失的時候，就會想到鳥。無論如何也想看到會飛的鳥，然後跟著鳥的飛行軌跡眺望這世界。為什麼他要這樣做？也許是因為他也想擁有像鳥一樣清晰的眼睛吧。鳥的眼睛十分厲害，尤其是老鷹，能從過千米的高空，精準地抓到地上的小老鼠，彷彿地上會走動的，都逃不過牠的雙眼，一切也在牠的掌控之中。

他曾好奇地跑去修讀眼睛的解剖課，發現老鷹除了擁有超大的眼球外，視網膜上還存有兩個中央凹槽，比人眼多出一個，而且凹槽裡的視錐細胞密度更是人眼的六至七倍。所以老鷹的視力，足足比人敏銳八倍之多，並且能不斷迅速調節視距和焦點，製造了超乎的視覺異能。

只是，老鷹的眼睛也有一個重大缺陷。當然，只是逸辰這樣認為而已。就是老鷹看東西時，殘餘影象只能極短暫的停留，暫留時間約只有三百分之一秒。相比起人眼的二十四分之一秒，簡直是短得可憐。如果在一秒鐘連續播放出二十四張照片，人便會看成是一連串動作或連貫的情景，所以電影的播放速度就是以每秒二十四格而訂立的。要是有一天，老鷹不小心飛進電影院，牠應該會把電影看成是以龜速播放的幻燈照片，呆滯沉悶得可憐。只要一想到這樣，逸辰怎麼也不能接受老鷹眼睛的缺陷。因為他從小就愛看電影，每個星期至少也要到電影院一次，隨便看點什麼也沒關係，只要是可以沉浸在電影的世界裡就行了。

忽然間，他有一股很想要看電影的衝動湧上。那一段休眠過後，身體對於現實世界東西的飢渴感重新回來了。趁著還有日光，他沿著山路走回去，走到大學附近的一間電影院。他並未查看電影的上映時間表，只是直接走到售票櫃台想要購票。

「請問你要看什麼？」售票小姐並沒有正眼看他，像是電話答錄機的錄音般發問。

「隨便一齣就可以了。」逸辰回答。「最好是馬上就要開場的。」

「色情或變態的三級電影也沒問題嗎？」售票小姐的聲音仍然像答錄機。

「色情或變態的都沒問題。」逸辰再回答。「如果可以，請妳幫我選一齣妳喜歡的電影。」

聽到這樣的回覆，售票小姐終於抬起頭。她用手托一托下滑了一半的眼鏡，把視覺焦點調回正常位置。售票小姐看上去像是剛剛中學畢業，只有十八、九歲，綁着一頭馬尾，臉頰兩旁還帶有半點嬰兒肥，樣子算是討人喜歡。只是當仔細一看，她原來並不是坐在普通的座椅上，而是坐在一張電動輪椅上。

「這家戲院放映的主要是非主流電影，雖然不是專門賣弄暴力或色情那種，但是也常以此做為電影題材。」她的聲音像從答錄機中提起了聽筒。

「即使是那種題材也沒關係。我的身體現在很需要看一齣電影。」

售票小姐像是在看稀有動物似地看著他。「你把電影說得好像是毒品一樣啊。」

「也許電影跟毒品在本質上的確是有些相似。」逸辰常把電影跟吸毒歸類為差不多的東西。「人進去電影院，並不是為了去看真實的世界，而是想要看另一個不存在的幻想世界。因為現實生活的經歷不足以讓人活下去，大家所渴望的正義、刺激與愛情，往往只能在想像的電影世界中獲得滿足。」

「所以電影的存在，就是要彌補現實世界的不足，人才能好好繼續活下去。」售票小姐重覆他的意思。

「當然這只是我個人的想法。」

「電影就像是某種精神救贖一樣。這是很有趣的想法。」

售票小姐像是被委派了一件重要差事，忽然提起了精神。她在電腦屏幕上認真地翻來覆去，然後很滿意的說：「就是這一套了。雖然我沒看過，但是不知道為什麼一直也很想看。而且再過五分鐘就開場，這一點也符合你的要求。」

售票小姐像是處理重要交易般把戲票遞給逸辰。她所挑選的電影叫《行屍人》。單看片名，很難想像這是一齣什麼吸引人的電影，但是感覺卻是一個很不錯的選擇。

「謝謝妳的推薦。」

售票小姐又像突然想起了重要事情似地說，「看電影一定要吃爆米花的，最好你也來一份。」

「爆米花？」逸辰確認地問。

「就跟吸毒時，也要有最佳的搭配音樂啊。」售票小姐很堅持地說，「看電影必須要配爆米花的，否則事情就變得不完全了。因為爆米花本來就是為了電影而存在的東西。就像電影是為了現實世界不足而存在的東西一樣。」

「這點我倒可以接受。」

「而且爆米花並不是簡單的東西。」售票小姐補充說，「爆米花的出現，最初就是因為人看到火山爆發而想出來的。爆米花最早出現在幾千年前的印加帝國，可算是最古老的玉米形式食物。」

「雖然是很古老的東西，但是跟棉花糖一樣，也算是一種分子料理。」

逸辰想像爆米花的製作過程。玉米粒的外皮本來十分堅硬又不透氣，但被高溫加熱後，裡面所含的水分和油脂被迅速氣化，在內部形成了高壓蒸汽。當到達臨界點時，外皮因無法承受高壓蒸汽而爆開，玉米中的澱粉和蛋白質一起噴湧而出，形成泡沫一樣的氣泡物質。氣泡物質接觸到外面的空氣，迅速被冷卻固定，最後形成了脆脆的爆米花，體積更比原來的增大了六倍。這跟火山爆發真的十分相似，熔岩從火山口噴射而出，最後遇冷變成了硬脆的岩石。

「嗯，沒錯，都是分子料理。」售票小姐滿意地說。

逸辰拿著一大圓桶爆米花走進了七號放映院。七號院比其他一至六號院都要小一點，而且被獨立安排在走廊的另一端。電影開場時，整個影廳就只有他一個人。但是這反而是他最希望的，他既不用擔心旁邊坐着什麼奇怪的人，也不用考慮吃爆米花的聲音會影響到別人。

電影以每秒二十四格的速度開始播放。原來這並不是什麼恐怖或變態電影，是一齣像調查報告的實地紀錄片，講述一切有關海地喪屍（Zombie）的傳聞軼事。很多人都把喪屍及殭屍搞混了，其實兩者並不一樣。喪屍一般是由活人直接轉化而成，但是殭屍則反過來是由死人轉化成的。殭屍怕光，喜歡吸活人鮮血，而且移動速度快，主要出現在中國及東南亞的傳說裡。喪屍卻可以理解成是沒有完全死掉的屍體，因為掌管思考的大腦部分嚴重受損，只保留了一般低等動物的思考能力，而且喪屍的活動行為多為動物式的本能反射。如果跟人相比，喪屍動作遲緩，缺乏邏輯及理性思考，優點是沒有了人類的疼痛感覺，恐懼及哀傷等一切情緒，也都被有效移取了。所以，喪屍更像是人因大腦嚴重退化而演變成的一種生物。

在眾多有關喪屍的研究裡，在海地發現的喪屍，算是最有科學根據的一種。影片中引述，海地喪屍不但不會吸血咬人，更能活動行走，能吃東西、甚至講說話。只是他們並沒有記憶，不知道自己是誰，也不知道身在何處。他們唯一會做的，就是乖乖聽從別人的說話及指示。所以研究人員並不把喪屍看成是活死人，而是當他們是沒有意識的活奴隸。

紀錄片報導了一位名叫納西斯的海地人，他被宣告死亡，並且已正式被埋下黃土。但在十八年後，竟然有人發現一名跟納西斯長得一模一樣的人，活生生地在街上行走。經過調查，納西斯說，他被釘上棺木時其實仍有知覺，只是無法動彈或說話，他就這樣失去了意識，並進入一種彷如假死的狀態。後來，有一位海地巫師 **Bokor** 把他變成喪屍，並且因此救活了他。他喪失了原來的記憶，一直在當地甘蔗園工作，當了幾年的活死人奴隸。他的死亡紀錄及醫療檔案，至今仍完好地保存在醫院裡。

片中另一位受訪對象，是當地村落的一位七十多歲女士。女士說自己年輕時曾有一位巫師向她求愛，但是被她拒絕了，結果巫師惱羞成怒，向著她不停地喃喃唸咒。幾天以後，她突然得了急病，並且失去知覺，村裡的醫生都判定她已經死去，並為她舉行葬禮。但是在她下葬時，有人不小心把煙頭掉落在她的右腳上，因而在她的屍體上留下一道燒傷的烙印。數月後，有村民看見原本應該已死去的少女，竟跟巫師在一起。那少女更在數年後，再次返回自己家裡。許多曾參加過少女葬禮的村民，都憑藉她腳上獨有的燒傷疤痕，確認了她的身分。調查報告說，那位巫師是先用巫術把少女毒害，令她進入假死。等家人把少女的屍體埋葬好後，巫師再將她從墓穴中挖出來，並再用巫術使她變成了喪屍。

也許，在現代人眼裡，這些喪屍傳聞一點也不可置信。但是，海地政府卻於一八三五年，通過了一條擬似針對喪屍的特別法案。按照《海地刑法》第二四六條，如果使用某種物質使人長期處於昏睡狀態，而不造成死亡，便將被控以謀殺未遂的罪名。

在片中尾段，一位當地巫師說：「只要讓喪屍吃到鹽巴，鹽巴便能使喪屍恢復知覺，令意識重新清醒過來。」

逸辰很好奇為什麼鹽巴會是解藥。但是回想起來，自己好幾次從噩夢驚醒時，也都嚐到了鹽的味道。兩者之間，好像是有什麼關聯似的。

電影放映完畢，逸辰想要跟售票小姐說聲謝謝。只是當再次走到售票處時，售票員已換成另一位中年婦人，那位輪椅少女已經不在了。

離開電影院後，逸辰到了老頭咖啡店。他坐在咖啡工作台前的位置，

「已經一段時間沒看見你了。」老頭少有地先開口說話。

「之前我的身體像是突然失去所有力氣，什麼事情也做不了。所以即使想來也來不了。」逸辰如實地回答。

「就是連想的力氣，也一併消失了。」老頭在想像那是怎樣的一種狀態。

「彷彿被巫師施了巫毒，把自己短暫地變成了一具喪屍似的。」逸辰想起紀錄片裡的喪屍個案。

「小時候，我也常因感到乏力而躲起來。可是大家卻一致認為，我是得了什麼怪病，就連醫生也是這樣堅持。雖然那跟生病是完全兩回事，但是我沒有去否認或解釋，因為就連否認或解釋的力氣都缺乏啊。」老頭回應說。

「有時候真的會是這樣，就像女生的生理期。」逸辰比喻著說

「而且你不知道它何時會來，什麼時候會完結。」老頭感同身受似地說。

「而且在過程中，力氣就像血一樣都被流光了。」

「也許，當你什麼也不需要，也不被世界所需要時，身體就會自然進入這種生理週期。雖然這並不是什麼好的經驗，也會為身體帶來短暫的麻煩，然而卻是再正常不過的事情。」老頭說。

逸辰今天忽然想換個口味，不想再喝耶加雪菲。他問老頭：「有沒有別的咖啡豆可以推薦？」

「有時候換個口味，也許會為人帶來新的刺激。」老頭像是能看穿他的心思一樣。

老頭在貨架上搜索了一下，指著上層最右側的那袋豆子。「這一款是秘魯安第斯山脈北部來的咖啡豆，應該會適合你的需要。」

秘魯？靖樹的身影快速在逸辰的腦海中閃過。「嗯，就這個吧。」

之後老頭專心為他沖泡咖啡，並把咖啡端到他的面前。老頭定眼看著他，像是在等待他對咖啡的評語。

逸辰也迫不及待地喝一口。「這跟我之前喝過的秘魯咖啡豆很不一樣啊。秘魯的豆子一般都是口感偏濃，而且甘苦味突出，但是這一款豆子卻口感圓潤，厚道適中，甘苦中還帶有豐富的黑果味道。很難想像這是產自同一地區。」逸辰想起 Soul Room 喝過的秘魯咖啡。

老頭說：「秘魯咖啡豆的甘苦味其實相當出色，所以大家一般採取深度烘焙方式，盡量將咖啡的甘苦味展現釋放。只是我覺得這樣太刺眼了，反而讓人看不見它的獨特。所以我反過來只用了淺度烘焙。」

「淺度烘焙，令甘苦隱藏在酸與甜之間，反而更能體驗到甘苦的美。」逸辰再喝一口咖啡。

老頭回應說，「在大自然世界中，真正美麗的東西從不主動求取關注。當刻意把燈光打上，反而就俗套了。」

「這種苦中帶甜的感覺，像是在訴說人生半是樂事、半是遺憾，很真實地在安撫人心。」

可能因為老頭一輩子也沒有走在大路上，所以他對世界的思惟看法並沒有所謂的應有或慣常。雖然少了參考及依靠，但是也脫下了常人的盲點及包袱。

「你是因為故意倒過來想，所以才找到突破規限的方法嗎？」逸辰好奇地問。

「倒過來想？」老頭有點聽不明白。他嘗試把頭倒轉過來，感受一下那是什麼樣的感覺。只是他的頭顱實在太笨重，看起來像是一隻貓頭鷹。

「就像一隻貓頭鷹。貓頭鷹站在地上時，真的常把頭倒過來看東西，當然那不是故意鬧著玩，而是只有把頭倒轉過來，才能看得清楚。」

「為什麼倒過來看反而會看得清楚？」老頭問。

「貓頭鷹的視覺系統雖然比人發達，但是因為在飛行時需要偵察地面情況，所以視覺細胞主要集中在視網膜上方，製造出極敏銳的下方視野能力。一旦落到地面，視野則變得十分狹窄，加上眼球不能靈活轉動，只好利用可二百七十度旋轉的頸椎，把上下方視野倒轉過來，彌補了眼睛結構上的缺陷。」逸辰解釋說。「所以在希臘神話裡，貓頭鷹被視為是智慧之神雅典娜的象徵，代表智慧與勇氣。」

「這的確是個聰明的辦法。」

「這就像是一種逆向的思考方式，把大家慣常的看法反過來看啊。」

老頭把頭顱調回正常位置。「我不知道思考也有分方向性的。」

「人的思想是具有慣性方向的，總喜歡沿着熟悉的路線去做事情。」

「例如每天採用同一款交通工具，同一條路線上班？」老頭試著比喻說。

「這就是一種慣性思惟模式。而逆向思惟是指從事物的背面去看問題，重新認識問題，對於似乎是已成定局的事情或觀點，反過來思考，讓思惟往對立方向發展，從問題的相反面深入地進行探索。」逸辰解釋說。

雖然逸辰十分欣賞這思考方式，但是卻甚少能應用在醫務工作上。因為在他所處的世界裡，車子就只容許朝單一方向行走，逆線行車，將被視為跟殺人同等的罪名。

老頭還是聽得一頭霧水。「我的方向感本來就很差，常搞不清哪個是正向、哪個是反向。所以小時候就常因坐錯巴士方向而遲到。也有試過把衣服反過來穿，但我總覺得兩面其實都是一樣的東西。」老頭一說到方向，好像很懊惱似的。

「或者我舉個例子說明。在印度，婦女都愛帶著帽子出外，即使進電影院也不習慣把帽子脫下，結果前排戴帽的女士常擋住了後排觀眾的視線。電影院曾張貼通告及多次作出呼籲叫人要把帽子摘下，只是多數婦女都不太理會，又或會因為感到不高興而沒有遵循，這彷佛是把她們應有的權利剝奪了一樣。戲院負責人放棄了從禁止戴帽的方向想，反過來從允許戴帽的方向出發，結果讓他想出一個解決辦法。每次在影片放映前，院方在銀幕上打出一段窩心通告，說為了照顧重病衰老的婦孺，戲院特別允許他們照常戴帽子，並且在觀看電影時不必摘下。通告一出，所有觀眾席上的婦女立刻自動自覺把帽子摘下來。這就是以逆向思惟找到解決辦法的好例子。」

「聽起來的確是很不錯的方法啊。」老頭衷心地稱讚。

對了，與其一直使勁去看自己看不見的東西，拚命去想怎也想不通的事情，倒不如反過來試試看。

逸辰忽然想起了鮭魚迴大遷徙。「只要拚命往出生的方向走就是了。」鮭魚彷彿在跟他說。

第十一章　海地喪屍

雖然每個人的人生旅程各有不同，但是生命體驗本來就是天下大同的，不管是悲歡離合，或是生老病死。

當面對困局或處理特殊問題時，只要從結果往回推，倒過來思考，或者能看見原來不存在的出路。突然間，燈亮起來了，逸辰對瀕死體驗，頓時有了不一樣的解讀。他彷彿看到一直隱藏在身後的那道門，之前所發生的事情，開始自動連線起來，只是一切正往著反方向走。

如果把瀕死看成是活人與死人之間存在的經歷過程，那麼要經歷瀕死，也不一定是由活著開始，亦可反過來從死亡著手。將死亡一直往回會推，令屍體從墳墓中復甦，再次變成會說話行走的活人，過程中也將必經歷瀕死。雖然逸辰不懂得利用催眠或安慰劑等心理方法進入瀕死，但是他卻可以採用如巫毒般的藥理生理方法，令自己進入如喪屍一樣的假死狀態。

逸辰聯絡了紀錄片中的海地醫療專家，說明了自己的醫生身分，並對海地專家提出自己正在對河豚毒素進行瀕死方面的藥理研究。當專家聽到教授的名字時，他的反應異常雀躍，表示教授曾對喪屍研究給予很大的幫助，所以他願意提供喪屍巫毒的化驗數據及相關資訊。逸辰把資料整理好後，打了一通電話給秦天，並把他約到醫院的毒理化驗實驗室。秦天的醫術雖然不怎麼高明，可是他在毒理及藥理方面，卻是班裡數一數二的高材生。

「你找我找得這麼急，是不是有什麼重要事啊？」秦天剛從急診室下班便馬上趕過來。

「秦天，我想請你幫忙分析一下這些毒理化驗數據。」逸辰把一疊資料交給秦天。

秦天快速翻閱了一下，皺著眉說，「這到底是什麼啊？這不是一般的神經致幻毒藥，而且製造過程相當複雜啊。」

「我在做一項十分重要的研究，但是很抱歉，詳情現在不方便跟你說。因為我現在被醫院停職了，所以什麼都做不了。你能夠依照上面的化驗數據，替我複製出同樣成分比例的藥劑嗎？」

一直以來，不論事無大小，都是秦天找逸辰幫忙，這一次可算是逸辰首次開口向他求助。秦天沒有多問，便一口答應了。「你能給我三天時間嗎？另外我需要取得足夠的河豚毒液，其他的幾種毒物及神經藥物，我可向毒理科及麻醉科申請作臨床研究。」

逸辰從口袋裡拿出一個透明的玻璃瓶，裡面裝著一些不知名的液體。「這些是從河豚內臟抽取出來的毒液，但是毒液還沒有淨化及處理過的。」

「交給我就行了。」

「十分感謝你。」逸辰道謝說。

「你之後請我喝酒就是了。」

三天後，秦天如期把藥劑交給逸辰。

「這個你一定要小心處理啊！它的毒性很奇怪，我根本摸不透它的毒性原理，也不知道它對神經系統會帶來什麼樣的反應。」秦天一臉狐疑地說。「還有如果沒有及時解毒，有可能會引致心臟麻痹或停止的。」秦天再三叮嚀說。

「我會小心處理的。」逸辰要他放心。

在逸辰離開醫院的時候，他接到了一通期待已久的電話。

「我從秘魯回來了，剛下飛機。」聽筒裡傳來靖樹的聲音。

「歡迎妳回來。」逸辰急著想要聽她的故事。「有找到妳想要的東西嗎？」

「嗯，找到了。那你也找到進入瀕死的方法嗎？」靖樹也同樣地想知道他的經歷。

「我想，我應該找到了。」逸辰說著。「雖然不是很有把握，但是卻是我相信的唯一方法。」

「你晚上有空嗎？我想跟你與無雙見面。加上我已經很久沒吃過好吃的東西了。」靖樹問。

「好的。如果你不反對，由我來安排地方好嗎？」

「當然好啦。那我們待會見。」

「我會把餐廳地址發給妳們。」

逸辰特別選了一間安靜雅緻的日式料理餐廳。他預早到達餐廳，先跟料理師傅安排了一個小房間及一桌子美味食物。時鐘晚上八時整，靖樹與無雙一起到來。靖樹看起來變得清瘦了點，卻是精神煥發，身體上的氣場更比之前強大了不少。特別是她的一雙眼睛，散發出很不一樣的神采。

「我肚子快餓扁了，你已經點好食物了嗎？」無雙一坐下便嚷嚷著。「還有清酒啊！」

「我都安排好了。」逸辰示意服務生可以上菜了。「今天我們吃懷石料理。」

「實在太棒了！」無雙眼睛也變得發亮起來。「都是托靖樹的福啦！」她故意這樣說。

「碰巧這家日式料理店的師傅是我的叔叔。」逸辰回應。「叔叔早年留學日本，在懷石料理店打工期間，認識了老板女兒。大學畢業後，他選擇留在日本，並跟老板女兒結婚了，之後便一直留在料理店幫忙。但是在幾年間，老板跟他的太太因為遺傳性腦血管病相繼離開，就只剩下叔叔一人。叔叔把料理店關了，在日本走了一大圈到處學藝。一年前，他決定搬回這裡，就一直在這間日式餐廳當料理師傅。」

此時叔叔跟一位穿著日本和服的女服務生推門進來，跟大家打了招呼後，便獨自回到料理台準備食物。

和服小姐先為他們倒酒。三人一起乾杯為靖樹接風。

「這款清酒很不錯，米香芬芳、口感醇厚，一喝就知道是以山田錦釀造的大吟釀啊。」無雙是個愛酒如命的人。

「小姐的舌頭真厲害呢！」對於無雙只喝了一口，便能猜中酒的類別，和服小姐感到十分佩服。「這款清酒採用了精米比例四十％的山田錦白米，加上以六甲山的泉水作為原料，米香特別清新濃郁，十分適合配襯魚類刺身及山珍海鮮。」

之後女服務生開始上菜。叔叔為他們安排的懷石料理共有九道菜式，第一道是開胃前菜：艾草豆腐。叔叔用艾草、芝麻和葛根做成豆腐，配上海胆，薺菜以及山葵，再澆上高湯。

「前菜都是採用當季最新鮮的食材製作的。」和服小姐逐一介紹。「接著是炸煮小魚干。將小河魚的魚乾炸透後，再用昆皮高湯燉煮。」

三人只顧著專心地吃，嘴巴根本沒空說話。

「頭盤上來了。」和服小姐先把珍珠米飯放到各人左邊面前，主湯放在右邊面前。主湯是白味噌湯煮面筋。「頭盤是瀨戶內海的野生虎河豚刺身。」她把一碟切得極薄的河豚肉放在各人前方遠處，晶瑩剔透的河豚肉整齊地鋪在碟上，連底下的碟邊花紋也清晰可見。配料是山葵和紫蘇嫩芽，加上鰹魚乾和高湯調和的土佐醬油作調味。

「河豚刺身是日本著名的高級料理，也是傳統飲食文化一種。吃的時候一定要細細咀嚼，鮮甜味道才會產生。」和服小姐說話時，特別看了無雙一眼。

三人依指示慢慢細嚼。「太好吃了！」無雙驚嘆。

「真的是十分鮮甜美味。」靖樹也忍不住應和。

接著是煮物。鱧魚起肉後用清水燙熟，放入冷的高湯中，配上松茸、土當歸，再以青柚子皮調味。

燒物是備長炭鹽燒香魚。「為了保持野生香魚的鮮味，炭火烤時只灑上小量鹽花。吃的時候由魚後脊開始，也就是腦袋和魚背交接處割開。先吃魚的正面部分，完成後請盡量保持原樣，並將整條魚骨由頭到尾移開取下，之後再吃下面的身體部分。」和服小姐提示說：「禮儀上，是不可以把魚翻轉過來的。」

「很複雜啊。真的不可用手吃嗎？」無雙像是小孩的模樣。

「如果妳用手吃，我們下次就不帶你來了。」靖樹以媽媽的語氣回應。

三人依照傳統吃法，把香魚吃得乾乾淨淨，只剩下一顆頭顱及一排雪白魚骨。

「這是雜煮。以豐富的時令食材做成，裡頭有對蝦、蒸章魚、小芋頭、南瓜、蓮藕和秋葵，並撒上柚子粉作調味。請慢用。」

吃完煮物，再來的就是下酒小菜八寸。八寸有點像小菜拼盤，以一款壽司配以七款獨特的山珍海味食材造成，每款份量只有一小口，貴精不貴多，很適合作下酒之用。「師傅特別做了炭火烤腌青花魚壽司，另外也挑選了岩梨、醃生薑芽、乾炸河蝦等山珍海味作下酒菜。」和服小姐逐一介紹每款小菜。

「這八寸真的太精采了。」無雙因愛喝酒，所以對下酒菜的要求特別高。

「懷石料理的名稱其實是出至《道德經》中的一句『是以聖人被褐懷玉』，被褐懷玉的意思是薄外、厚內，表面粗糙破落，但內心則懷抱美玉。八寸其實很有懷石料理的精神。」和服小姐解釋。

吃完八寸，三人已經感到很滿足了。「應該差不多了吧？雖然很美味，但是我的肚子快撐破了。」無雙摸摸自己的肚皮。

「菜快上完了。」和服小姐回答。之後又再端來一碗醋腌物。「這是特製的醋腌鮮瑤柱與鮑魚，當中加入了黃瓜、茗荷和梅乾肉作調味，再澆上用米醋、糖和醬油調和的醋汁。」她補充一句。「這個或許能幫助消化的。」

雖然大家都說肚子快撐破，但還是把碗中的醋腌物吃得一滴不剩。

「真的是最後一道菜了。甜品是鮮木瓜果凍。」和服小姐把做得像藝術品般精緻的木瓜果凍放在三人面前。再補充一句：「都說吃甜點是用另一個胃的。」

結果三人又把甜品吃得清光。

「謝謝你安排了這頓精采美味的晚餐。」靖樹舉杯向逸辰道謝。

「希望妳們喜歡。」逸辰也舉杯把酒喝光。

「現在我們都已經吃飽了。快說說妳在秘魯的故事。」無雙期待地說。

靖樹喝一口清酒，把在秘魯所經歷的一切，以及在薩滿死亡之藤儀式中的瀕死經驗詳細地告訴他們。

「真的很不可思議啊。如果有機會我也很想體驗一次。」無雙說。

「如同教授所說，只要把瀕死經驗有效分解，就會發現當中的重要組成元素。即使這些元素的展現方式有所不同，但是底下的本質其實都是一樣的。」靖樹解釋。

「也許正是這個原因，來自不同宗教、文化、地域、性別、年紀的瀕死者，都擁有極相似的瀕死體驗。」無雙說。

「雖然每個人的人生旅程各有不同，但是生命體驗本來就是天下大同的，不管是悲歡離合，或是生老病死。」逸辰回應。

「你不是說你已經找到了能騙過身心的瀕死安慰劑嗎？」靖樹心急地問逸辰。

「真的？到底是什麼啊？」無雙也感到十分好奇。

「是跟妳們剛才吃的料理有關的。我打算利用河豚毒素（Tetrodotoxin，TTX）。」

靖樹及無雙瞪大眼睛，一時間接不上話來，等待逸辰的進一步解釋。

「河豚體內其實含有劇毒，但是毒素只存於肝臟、魚子、卵巢及睪丸內，魚肉是絕對安全食用的。如果要毒殺一個七十公斤重的成年人，大約只需 0.5mg 的河豚毒素便可將人殺死。」

「我聽說在日本，每年也有因食用河豚而死亡的案例。」靖樹說。

「所以食用河豚必須考取河豚料理執照。而且河豚內臟必須經過嚴格處理，甚至當成是生化廢棄物處理掉，不是輕易能接觸得到。」逸辰就是從叔叔的料理店取得了河豚內臟。

「河豚毒性的作用是什麼？」無雙問。

「河豚毒素主要作用於神經末梢和神經中樞，通過與鈉離子通道受體結合，阻斷神經肌肉間的傳導，使隨意肌的運動神經麻痺，令心臟與橫隔膜運動減慢，導致外周血管擴張及動脈壓急劇降低。」逸辰嘗試解釋河豚毒素的毒理作用。

「這些外星話誰聽得懂啊。」無雙一臉問號。
「中毒後，患者的瞳孔與角膜反射會消失，而嚴重的更會出現呼吸困難、血壓下降及昏迷。如果沒有得到及時救治，最後可能死於呼吸衰竭。」
靖樹聽到後一臉憂心，「採用河豚毒素進入瀕死太危險了吧！」
「對啊，如果稍有閃失，可能真是會喪命的。」無雙也擔心地說。
「只要毒素份量控制得宜，輕微的中毒確實可令身體進入短暫的臨床死亡狀態，並不會對身體帶來任何損害。」逸辰要她們放心。「而且妳們不要忘記，我也是一個醫生，清楚知道中毒後的生理反應，絕對不會亂來的。」
「但是為什麼一定要使用河豚毒素？也有其他毒性較輕微的植物或藥物可選擇啊？」靖樹覺得當中一定有什麼原因。
「你們有沒有聽過海地的喪屍傳聞？」
「喪屍跟殭屍不同，其實是指那些被下巫術後變成了無意識的活死人。」無雙有讀過喪屍的報導。
逸辰解釋說，「研究海地喪屍的專家表示，喪屍個案所經歷的假死現象，相信是由一種特殊藥物引發造成。醫療團隊在海地各個地區收集巫師所用的喪屍藥劑，意外地發現，所有樣本都不約而同含有一種或多種河豚神經毒素。經藥物毒理化驗，喪屍藥劑能有效麻痺運動神經，直接影響心臟和中樞神經系統，造成了短暫的臨床死亡現象。之後，巫師再把受害者從假死狀態中救活，令他們變成無意識的喪屍。」

「受害者復甦後，神智為什麼一直沒有清醒？」靖樹問。

「專家相信，受害者有可能是被巫師餵食了神經致幻藥物，以致喪失了心智功能。再加上被巫師長期施以類似催眠的巫術，使他們一直活在恍神的夢境世界裡。」

「的確是有這個可能。」無雙回想起自己在破地獄儀式後，也曾出現短暫的無意識失神狀態。

「但是喪屍巫毒也並非完全不可破解，只要讓喪屍吃到鹽巴，便能令喪屍重新清醒過來。」逸辰說。

「所以你是想利用河豚毒素製造喪屍巫毒。」無雙終於明白他的意思。

逸辰輕輕地點頭。「我聯絡了那位海地醫療專家，並取得了喪屍巫毒的化驗數據。我已經成功複製出所需的巫毒藥劑。」

「但是我們可能忽略了一個重要問題。」靖樹提醒說，「巫毒的毒性如此猛烈，有可能把神經傳導系統瞬間癱瘓，令身心意識徹底關掉，這就等於跳過了瀕死，而直接進入臨床死亡。」

「我也有考慮過這點。所以我是採用逆向的瀕死方式。」

「逆向瀕死方式？」靖樹從沒想過瀕死也有正向及逆向之分。

逸辰解釋說。「瀕死過程不單只發生在往死亡的方向，亦可以出現在救亡的路上。許多的瀕死經驗其實是在搶救復甦的過程中產生的。我可以首先把自己變成喪屍，直接進到臨床死亡，然後再用方法把自己救活過來。就在臨床死亡到復甦期間經歷瀕死。」

靖樹想了一想。「你說得沒錯。即使是以逆向形式，同樣可以體驗瀕死。」

「因為我的專長是救亡，所以只好以相反的方式操作。」逸辰是以逆向思惟想出這辦法的。

「果然是一個聰明的辦法。」無雙認同地說。

「但是我有一個要求。」靖樹突然認真地說，「就是一定要讓我跟無雙參與整個過程。要是發生什麼事故，至少我們可立刻幫忙。」

「對啊。如果沒有我們在場，這頓懷石料理很可能變成你的最後晚餐啊。」無雙也堅持。

「嗯。謝謝妳們。」逸辰答應。

「時間決定了嗎？」靖樹問。

「明天午夜。在醫院太平間的解剖室。」

「午夜？還要在太平間？」無雙聽到馬上精神起來。「好像很刺激耶！」

「只有在那種地方、那個時候才不會有人騷擾。萬一發生什麼事故，樓上就是急診室了，可以立刻找秦天幫忙。」逸辰早已經計畫好了。

「那麼我們明天午夜前在急診室大門集合吧。」靖樹跟大家約好。「祝你一切順利。」三人一起碰杯把杯中的清酒喝光。

無雙深情地看著喝得一滴不剩的酒杯。「如果我的最後晚餐有這樣質素，就真的死而無憾了。我一直最憧憬的死法，就是要不死在床上，要不死在飯桌。」

「妳喝太多了，又在亂說話。」靖樹知道無雙的個性。

「什麼亂說，佛洛伊德也說過，食物與性愛是人類本性追求的最大快樂啊。」

兩人聽了簡直哭笑不得。

「這是妳說的，佛洛伊德才沒有這樣說過。如果佛洛伊德依然在世，要不給妳氣死，要不給妳笑死。」

「反正大家最後也都是死路一條，管他呢！」

第十二章　解剖

他吐了一大口水，拚命地大聲咳嗽。直到喉嚨氣管的肌肉再度適應後，他終於可以再次呼吸到新鮮的空氣，再次看見了光。與之前的解剖過程相反，他是在重新組成，他變成了一個完整無缺的靈魂。這彷彿就跟嬰孩出生的過程一樣。

時鐘午夜十二時整。急診室的人潮已變得十分疏落，只剩下三、四位病人在大堂輪候看診。今天算是一個很平靜的初夏夜晚。

靖樹跟無雙早已到達急診室大門前的空地，只是逸辰遲遲仍未出現。四周都很安靜，樹上的蟬聲比人聲、車聲還要大。在等待期間，無雙從衣袋拿出煙盒，點起一根薄荷香菸含在嘴裡。她輕輕地抽了一口，讓冰涼清爽的感覺滲進腦袋，再把濃濃的一團煙霧吐出。因為沒有風，煙霧久久沒有散去。

此時，逸辰穿著白色醫生袍在急診室的樓梯轉角處出現。「我剛跟秦天交待過了。如果有任何突發事故，妳們可以馬上去找他幫忙。」

逸辰帶她們沿著急診室旁的樓梯往下走，推門走進醫院的地庫。有別於其他樓層，地庫是由一條寬闊筆直的長走廊貫穿整個樓層，主要是方便運送屍體及床單被鋪等大型物品。走廊的牆身被漆成灰暗的水泥色，天花板上鋪了一整排雙行的白色光管。

走廊兩旁都是一些上了鎖的房間或檔案室，門外並沒有任何指示牌，地面上亦不似急診室般設有指示路線。如果不熟悉樓層設計，恐怕須要花上好些時間逐一查看門牌房號。這裡像是個不歡迎陌生人闖入的地方。

由於是在地底的關係，這裡的溫度要比地面上略低約二至三度，加上從頭頂散射下來的冰冷白色光芒，周圍瀰漫著陰森恐怖的氣氛。三人朝著走廊末端走去。每走一步，都能聽到「噠、噠、噠……」的腳步回聲。

走廊末端是兩扇厚重的大門。逸辰以職員證解開門旁的電鎖，大門隨即緩緩向外打開。

「這裡就是醫院的太平間。」逸辰說。

太平間其實就是短暫停放屍體的地方，裡面陳列著一整面牆的停屍冰櫃，有點像個大型儲存郵箱，但是每個櫃子裡存放的，並不是包裹，而是冰冷冷的屍體。為了保持室內的低溫，冷氣陣陣地從天花板吹下來，吹得人頭皮發麻，渾身起雞皮疙瘩。這種冷跟外頭的低溫寒冷並不相同，是一種讓人感到打從心底發寒的冷。

一進入到太平間，靖樹就已經聞到一陣令人反胃的防腐味道。「為什麼太平間都是設在地庫？這樣不是令人對死亡更加感到恐懼不安嗎？」靖樹問。

「妳不知道中國人也有一套獨特的醫院文化嗎？所謂生死有別，生人走的是陽關道，所以地面的大門通路只開放給活人進出行走。死人走的是陰司路，陰暗而不見光，所以太平間一定要設於地面以下地方。」無雙解釋說。

「其實，除了傳統禁忌外，這樣的安排也有實際層面的需要。一來，是方便冷藏及運送屍體，減少活人接觸到亡者的機會及造成騷擾，算是對亡靈的一份尊重。二來，是避免對其他病人及家屬造成不安，畢竟死亡是病人最害怕的內心恐懼。」逸辰從醫院的立場解釋。「平日經過這裡的人，可謂少之又少，如果非工作必要，一般員工也不願意踏足這裡。這裡可算是醫院一處最不受歡迎的禁地。」

太平間的盡頭，還有一個解剖室，是專門用作解剖屍體、查明死因之用。醫生也偶爾會來這裡受訓或作解剖練習。逸辰此時像是變成了醫院的導覽員。

「解剖室就是今晚的瀕死實驗場地。」逸辰把門關上。「我已跟醫院預定了房間作實驗研究，所以過程中絕不會被人打擾。」

無雙四處張望，「這裡比火葬場更有死亡氣息啊。」

解剖室比太平間還要寬大空曠，左右兩面牆壁是六呎高的金屬層架組合，末端是一排長長的水龍頭及不銹鋼洗水槽。層架上放了一瓶又一瓶的人體標本，也有真實比例的人體器官及肢體模型。牆壁的中央，貼有一幅李奧納多·達文西的《人體比例圖》繪作。雖然達文西不是醫生，卻可算是一位研究人體解剖的先驅。

「那些人體標本的樣貌，為什麼都被紙張覆蓋著？」無雙問。

「那也是對遺體捐贈者的一種尊敬，不希望他們的身分被辨認出來。同時，也可以減低工作人員的心理恐懼與不安。」逸辰回答。

解剖室的中央，整齊排放著四張解剖台，不銹鋼台面打磨得光滑如鏡一樣，正照射出奇異的另類光芒。解剖台上方，設有手術專用的探射照明燈，能夠三百六十度環狀調節照射角度，確保光線充足之餘，也可有效清除任何光線障礙。

靖樹忽然在想，也許只有在這種強烈的光線底下，陰影才無法躲藏起來。

「這些解剖台主要是給外科醫生及法醫做實驗研究用的。被用做解剖的屍體通常來自兩大途徑，一是自願捐贈遺體作醫學研究的善心死者，他們以自己的身體貢獻世人，所以被尊稱為『大體老師』。二是那些突然離世，但是原因不明的死者。法醫會把他們的遺體徹底剖開檢驗，以尋找真正死因。」

「為什麼解剖台的四周邊緣都布滿了圓形小孔？是為防止血液泛濫滿溢流出嗎？」無雙吃驚地

問。

「你真是看太多恐怖電影了。」靖樹插口說：「屍體裡的血液多數已經凝固不再流動，所以即使剖開，也不會像活人般血液四濺的。」

「那些小孔其實是幫助空氣流通的，以減低屍體可能發出的異味，還有就是消毒藥水與防腐劑的刺鼻味道，作用就好像廚房裡的抽油煙機一樣。」逸辰解釋。

「等一下我也會躺在其中一台上面，變成一具另類的屍體。」逸辰開玩笑地說。對於醫生來說，只有屍體才會躺在解剖台上。

「這就像無雙躺在棺材裡頭，都是一種強烈的死亡暗示。」靖樹明白逸辰為何要選擇這裡作瀕死實驗場。他在利用太平間及解剖台的環境暗示，引起潛意識對死亡作出聯想與連線。

「解剖屍體是怎麼樣的一個過程？」無雙問。

逸辰摸摸自己的身體。「首先，從身體的上半身開始剮開，將胸腔及腹腔的內臟器官取出。成功將內臟端出來後，便需要逐一剖開仔細檢查，把舌頭對切、肺臟剖半、胃部掏空翻出、心臟一圈圈切開，大小腸剪開等。檢查完畢後，再把所有內臟裝進一個塑膠袋子裡，小心地塞回原來的身體裡。另外，之前切開的肋骨也需裝嵌回去，並把剖開的皮肉重新以針線縫合。如果技術好的話，從表面看是絕對完整無缺並不易察覺的。」逸辰說得像是件很輕鬆的工作。

「光是這樣聽著也感覺到很疼啊。」無雙天不怕地不怕，就是最怕痛。

「既然已經是屍體了，應該是不會感到痛楚的。」逸辰要她放心。

之後，逸辰向她們展示解剖所需的工具。

「當完成身體內臟的解剖後，最後便是頭顱大腦。首先用手術刀在頭皮環形剖切一圈，將外露的頭皮扒開，再以骨鋸鋸開頭顱骨。鋸開後，便可看到整個大腦組織，及剖開做腦部切片檢查。如果屍體已經死去一段時間，腦袋有可能已融化成黏糊糊類似布丁的東西。」

「不用說得這麼詳細了。我的晚餐甜品剛好就是芒果布丁呢。」無雙伸伸舌頭，忍不住想要反胃一樣。

「解剖時，我倒沒有噁心的感覺。相反，我覺得人類真是很不可思議的存在物。當把人的身體徹底剖開後，只會找到一堆血肉模糊的骨頭與肉塊。但是只要將骨頭肉塊拼接起來，再加進靈魂，便是一個生命奇蹟。」

「如果我沒有猜錯，你是想利用解剖儀式作為催眠的死亡導入，就如同無雙利用破地獄一樣。透過把自己身體逐一剖開，最後將靈魂從裡頭徹底釋放出來。至於喪屍巫毒，除了可把感官意識瞬間關掉外，同時亦扮演著死亡的安慰劑，令你進入假死的身體狀態。」靖樹猜想這就是逸辰進入死亡的方法。

「接著便是救活的過程。當妳們把解剖桌上的手術燈打開，做為靈魂離體的暗示，讓我的靈魂進入瀕死體驗。只要在特定時間，再替我注射復甦的針藥，當我的心跳、血壓等生理活動再次恢復，那時候就可以把我從瀕死中喚醒了。」逸辰把餘下的部分說出。

「這聽起來確實是個可行方法，卻存在一個極大的隱憂。」無雙憂慮地說。「就是時間。」

逸辰很清楚無雙在擔心什麼，「沒錯，如果神經麻痺狀態超過三分鐘，身體器官有可能因缺氧或缺血造成永久傷害，所以整個瀕死過程必須控制在三分鐘內完成。五分鐘可以說是醫學上的極限。」

「要是三分鐘過後，你還沒有清醒過來，那怎麼辦呢？」靖樹緊張地問。

「如果到時候，我的心跳、血壓依然沒恢復過來，妳們其中一人先替我做心肺復甦急救，另一人就要跑去急診室找秦天，秦天會懂得處理的。」

逸辰把需要的針藥與器具，整齊地逐一排列在解剖台上，旁邊還附有標貼，說明藥劑的注射時間及分量，以及器具的使用方法及注意事項。他把整個瀕死過程，順序繪製成事項流程表，像是在做手術的事前預演一樣。

之後，逸辰開始將生命監察儀器跟自己身體連接，分別在自己的左、右鎖骨下方、及右胸的第四條肋骨間隙位置上，貼上探測電極片，並接上線路。再在左手手臂上帶上血壓量度儀。一切連接妥當後，他打開監察儀的開關，他的各項維生讀數清楚地呈現於監察儀的屏幕上。

逸辰把一個已設定好響鈴提示的計時器放在解剖台上。「無雙，計時及監察生命讀數的工作由妳負責。妳需要注意心跳、血壓及呼吸這三個讀數。當生命讀數在正常範圍時，數字與線條均會以綠色呈現。當跌至緊急狀態時，燈號將轉成橙色，進入危險狀態時則再轉為紅色。如果讀數不幸跌至零時，監察儀會發出警報聲響及亮起紅色閃燈。」

「我已經把瀕死過程設定為三分鐘。當按下計時器後，靖樹首先把河豚毒素注入我的體內。毒素將造成急性心臟痲痺，令心跳及血壓迅速下降、甚至短暫性停頓。如果我的計算正確，我將會在注射毒素後的一分鐘進入臨床死亡狀態，維生讀數也將會落入紅色區間。但是妳們不用擔心，河豚毒素不會對大腦或內臟器官構成損害，只會導致急性及短促的神經中毒現象。那時候，我就是一具喪屍了。

一分鐘過後，靖樹要先打開手術探射燈，引導我進入瀕死狀態。接著馬上注入復甦用的腎上腺素，瀕死復甦的過程亦會正式開始。針藥大約會在三十秒後發揮作用，開始刺激心臟及中樞神經，增加心臟收縮率及心搏速率。踏入第二分鐘，生命讀數應由紅色穩步攀升至橙色區間。在到達第三分鐘以前，讀數應回復至綠色的正常水平，瀕死亦隨之結束。如果在第四分鐘前，讀數仍未回升至正常區間，靖樹就再注射一次加強劑量的腎上腺素。如果過了五分鐘，讀數依然沒有回升，就只能做急救準備及到急診室找秦天幫忙了。」

逸辰有條不紊地講解及分配工作，完全忘記了自己才是會躺在解剖台上的病人角色。他像是變回在急診室工作時的那個模樣，眼神中充滿了自信。都說男生認真工作時是最有魅力的。

「你要記住，在瀕死世界裡一切都只是象徵意義，你必須刺穿事物的表象，才能看見答案。」

靖樹再三地提醒他。

「我會好好記著的。」

「一定要救醒自己。回頭再見。」靖樹像是在跟他做約定一樣。

「回頭再見。」逸辰應約般回答。

逸辰躺好在解剖台上，準備闔上眼睛。突然間，他像是想起了什麼重要事情似的，猛地坐起身，把靖樹及無雙嚇了一大跳。

「怎麼了？身體感到不適嗎？」靖樹緊張地問。

「如果是，就不要勉強了！」無雙也緊張了起來。

「可否幫我把枱面上的那個袋子拿來？」逸辰指一指枱上的黑色紙袋。

靖樹把袋子遞給逸辰。逸辰從裡面拿出一個神祕盒子，並把蓋子打開。本來她們還一臉神情凝重，但是當看到裡面裝著的東西時，卻差點跌倒在地上。

「這是什麼？你該不會是肚子餓吧？」無雙嚷嚷道。

盒子裡盛著的竟然是河豚肉飯。

「不是啦。河豚肉飯裡面混有少許有毒內臟，萬一真的發生不幸意外，妳們就把事情弄得像純粹誤食意外一樣。」

靖樹明白他的用意，他是害怕她們因此惹上麻煩。「如果你平安回來，就不會有任何麻煩了。」

「我明白了。」逸辰笑著回應。

之後，整個死亡解剖儀式正式開始。

無雙按下計時器，靖樹隨即將十 c.c. 稀釋處理過的喪屍巫毒，緩緩地注入逸辰右手腕上的靜脈注射導管。他閉上眼睛，安靜地感受與等待。毒素沿著手部的血管進入心臟，再游走到身體各處，擴散到每個細胞。他首先感受到一陣冰涼的寒意，從背部的光滑的不銹鋼台傳來，寒意迅速傳遍全身，造成了像是低溫症一樣的冰冷麻痺感覺。對他來說，這就是解剖手術的麻醉過程。

鋒利的手術刀，精準地插進他兩邊肩膀鎖骨下方位置，經由胸口、腹部、骨盆，在上半身剖出一個大大的 Y 字型開口。把厚厚的脂肪皮層拉開，雪白的肋骨及胸骨袒露在外頭。鋸骨刀在胸膛上來回拉動，肋骨及胸骨齊口被鋸開，心臟、肺部、肝臟等內臟器官順利被取出。像是為了徹底清除乾淨，有「誰」索性用手伸進他口腔，把整組消化系統由舌頭到直腸全拉扯出來了。

「時間過了三十秒，生命讀數下降至橙色水平，心跳三十、血壓 六十／三十。」無雙看著燈號報告著。

逸辰的身體出現了前所未有的空洞，身體的每一部分正一點一滴從洞中流走，雙手、雙腳已經完全感覺不到了，全身就只剩下發麻的頭顱。手術刀順勢跑到左、右耳朵上方，在頭皮上劃了一個完美的水平圓環，只要輕力一拉，整塊頭皮便被扒開來了。骨鋸再接力而上，用力擊退骨頭的阻擋，把覆蓋頭顱的天靈蓋打開了。裡面如核桃形狀的腦袋清晰可見。腦袋分為左右兩部分，充滿褶皺並呈現粉紅色。

「誰」的一雙手正溫柔地握住左右兩個腦袋，只要再用力一摘，一切便宣告完結。

「時間五十秒，生命讀數降至紅色水平，心跳十、血壓五十／三十。」

現在倒數三下。三、二、一……

腦袋最後也被摘下來了。不僅是五感認知，他的身體、甚至整個世界都消失無跡。他進入了意識的黑洞，這是瀕死的第一個元素。

「時間一分鐘。生命讀數已降至零。」無雙緊張地看著靖樹。

維生儀器發出一連串讓人不安的「咇、咇、咇……」警報聲響，機頂上的燈泡也不斷閃著不祥的紅色亮光。

靖樹打開解剖台上的強力白色照射燈，把逸辰的身體毫無掩蓋地照耀著。接著，她馬上為逸辰注入急救復甦用的腎上腺素。「我們現在可以做的，就只有耐心等待。」這三分鐘過得比三個鐘頭還要漫長。

逸辰的內在意識突然回來了，像是生命的開關再次被啟動了。他被一團溫暖的亮光包裹孕育著，正飄浮在什麼液體裡似的。他感到前所未有的寧靜與愉悅，這種跟天地宇宙合一的感覺，真的十分奇妙。

這是瀕死的第二元素：天人合一。

這裡到底是什麼地方？那些一條一條的螺旋狀物體又是什麼？

他才赫然發現，自己變成了像阿米巴原蟲般的單細胞原生動物，整個身體僅由單一細胞構成，並可按照自己的意願，任意改變形狀。他可在全身任何地方伸出偽足來運動或攝食，當碰到食物時就把它包圍，再分泌消化酶將它消化掉，消化不了的就通過細胞膜排出體外。如果想要呼吸，就透過細胞壁直接吸收空氣中的氧氣，再把二氧化碳排走。他以生命的最原始形態存在著，就如他在醫學課上看到的知識一樣。

只是他還不知道，他的生命正要展開驚天動地的變化。突然間，整個世界像天搖地動似的，身體裡的物質被急劇攪動翻滾，他被轉得金星亂冒。當一切再次平靜下來時，他發現原來的自己被扒成了兩半，兩個一模一樣的自己左右在對照著，兩把相同的聲音在同步迴響。他還未來得及吃驚，世界又再激烈地搖晃。這次平靜過後，他被分成了四個等份。這種搖晃與分裂不斷地重複又重複，過了好一段時間世界才真正靜止下來。

在僅僅五十次的分裂過程中，他從一個簡單細胞，衍生成為數過萬億個細胞生物。正確來說，他的身體擁有1125899906842620個細胞，數量足以比美浩瀚宇宙中的星塵。他彷彿變成了一個宇宙。這些細胞完美地在分工協調，塑造出眼、耳、口、鼻、身體四肢，及各個器官組織，數萬億個自己合而為一。

當以為一切已經完結時，突然一股不知從那裡來的吸力將他用力往下拉，他像滑進了一條濕瀝黑暗的狹窄隧道裡，被不停地用力擠壓垃扯，感到快要窒息暈倒。就在生死的一瞬間，「噗通」一聲，他被及時推出來了。他吐了一大口水，拚命地大聲咳嗽。直到喉嚨氣管的肌肉再度適應後，他終於可以再次呼吸到新鮮的空氣，再次看見了光。與之前的解剖過程相反，他是在重新組成，他變成了一個完整無缺的靈魂。這彷彿就跟嬰孩出生的過程一樣。

這是瀕死的第三元素：靈魂離體。

「時間一分三十秒，生命讀數依然是零。腎上腺素趕快發揮復甦作用吧！」無雙說。

第十三章　無聲吶喊

那些人面容扭曲，撕心裂肺地不停呼喊著。你卻不能袖手旁觀，因為只有你一個人能聽見他們。即使你想要躲避、想裝成沒聽見也不行，不管你跑到天涯海角，那些哀號都會如同影子般，一輩子跟著你。

逸辰首先回到了十二歲時候的自己。他看見自己被搶救的畫面，幼小的身體橫躺在地上，救生員正替他施行心臟按壓及人工呼吸。爸爸一臉鐵青地強作鎮定，媽媽失控地在旁哀求：「求求你，一定要救醒他！一定要救醒他！救醒他……」原來當時媽媽的聲音真的有傳進他耳朵，靈魂是聽到了媽媽的哀號與呼喚，努力地跑回身體，所以最後他才能再次醒過來了。

然後一轉眼，他又回到了醫院急診室的搶救病房，他的身體正躺在病床上一動也不動。因為出現了二度溺水，急診科醫生為他進行胸腔穿刺，把積壓的胸液引流到體外，雖然他的性命暫時是保住了，但是身體上的氣場，卻在急速消散退去。以他的經驗，死亡恐怕是唯一的必然結果，只是時間上的長短問題而已。

爸爸媽媽無法接受這個事實，在病房門外不斷地懇求醫生：「請你一定要把他救活、把他救醒！」

急診科醫生：「我們已經盡力了，他的心臟肌肉開始出現衰竭敗壞。除非能換上新的心臟，否則能不能再次醒來，只有靠他自己了。」

媽媽情緒崩潰地說：「請把我的心臟拿去救他，我願意用我的性命跟兒子交換，無論如何請你一定要救活他啊！」

靈魂也同樣聽到了媽媽在病房門外的呼喚，同樣想要努力地返回身體，只是不管怎麼努力，他還是無法返回進去。他暫時無家可歸，只能一直在急診室四處徘徊。就在身體昏迷的第七天，靈魂在地庫的太平間遇見了一個人，一個跟他差不多年紀的女孩。那女孩一個人坐在冰冷的太平間長椅上，一直盯著其中的一個冰櫃。他發現那冰櫃裡躺著的是一具老人屍體，老人的樣貌跟女孩有幾分相似，應該是她的親人。那女孩冷得身體不停地在顫抖，卻怎麼樣也不肯離開這裡。他看見女孩的心，像是穿了一個微小的洞，血液正無聲無息地從洞口滲出流走。

一看見那女孩，靈魂彷彿再次感應到自己正在死去的心臟，就好像在提示他什麼似的。他把從兒童病房偷偷拿來的一顆檸檬水果糖送給女孩，趁她不注意時靜靜放在長椅的另一端，之後便趕緊回去找自己的身體。他的身體正被推進手術室，爸爸在門外緊張地來回踱步，媽媽則把頭靠在窗邊，默默地低頭誠心禱告。他看見自己躺在手術台上，胸口被割開了一個大洞，他抓緊時機從那洞跳進自己的身體。這一次靈魂，用了七天的時間，才成功返回身體。只是那七天之中的記憶卻不知被「誰」故意刪掉了。

轉眼間，他已經十六歲了。他穿著整齊的校服來到醫院，只是這一次他不再是病人，而是病人的家屬。他站在一個兒童病房的門外，並未即時進去，房內傳來了一陣痛苦的哀叫聲。一個十歲的男童，穿著一身白色醫院病服，狀甚痛苦地躺在床上，並不時以雙手用力地拍打自己的頭。看到這個情境，他完全不知道該如何反應，不知道自己可以做些什麼、或說些什麼。

他深深地吸了一口氣，換上強打精神的笑臉，走進病房。

「哥哥！你怎麼這麼晚才來啊，不是說放學後便馬上過來看我嗎？」男童看見了哥哥，馬上表現得精神起來，並且停止了拍打頭部。

「今天放學後有補課，所以晚了一點。你覺得怎麼樣？」他看見弟弟身上的氣場顏色一次比一次薄弱，應該是生命快要走到盡頭了。他曾經看過幾次這種氣場顏色，沒幾天後，那些人便死了。

「我的腦子裡像長了一個壞東西，很疼很不舒服啊。所以我很想起它打出來。」弟弟半認真半開玩笑說。

「我小時候的心臟也試過進水壞掉，它也想要罷工不幹啊。但是只要忍耐一下，一定會好起來的。」他正說著一些連自己都不相信的話。

弟弟也開心地笑了出來，頭痛的感覺比之前減退了。

他從衣袋裡拿出一個東西給弟弟。「我買了你最愛的牛奶巧克力。快吃吧！可能腦子裡的壞東西也愛吃這個，吃了巧克力，它就不會再作怪了。」他補充：「爸媽不是每次也這樣跟你交換條件嗎？想吃巧克力就不許搗亂，要安靜下來。」弟弟想一想，好像有幾分道理。吃著吃著又再變得開心起來。

第二天，當他再到醫院時，卻發現病床上空無一人。這時一名兒科病房的年輕醫生剛好經過，看見他呆站在那裡，跟他說道：「你是逸華的哥哥嗎？逸華剛剛突然暈倒，已經被緊急送到手術室，現在仍在搶救當中。你趕快到腦外科那邊看看吧。我們還未聯絡上你的父母。」

他一直擔心的事情終於發生了。他立刻跑到腦外科手術室，門樑上正亮起了讓人極度不安的紅燈。過了大約三十分鐘，手術大門打開，主任醫生從裡頭步出。主任醫生先脫下口罩，一臉難過地看著他。

主任醫生在尋找適合的用詞，「很對不起，他已經離開了。」

「離開就是死亡的意思嗎？就像是睡著了，不會再醒來，也不會再有痛苦。」他的反應卻是出其地冷靜。

「是的，他就像是睡得很熟很熟一樣。」主任醫生嘗試著安慰他說。

「這樣也好，與其救不活，就不要弄醒他了。」

他能接受弟弟的離開，因為他相信生死有時。他卻不能接受自己能看得見，卻什麼也幫不上、什麼也做不到。看得見疾病，反而成了他最大的痛苦，尤其是眼睜睜地看著自己親人一點一滴地死去。這是他首次感到自己的異能是一種詛咒。他緊閉著眼睛，心裡想著：他需要的不只是一雙看得見的眼睛，還有一雙能救得活病人的手。

再一次張開眼睛，已經是二十歲時候的自己。他已經長大，變成一個高大的強壯青年。他清楚地記得，那是大學聯考前的一天，他站在紅綠燈前，正等候橫過馬路，他突然聽到一下急速的剎車聲響，一名老翁亂過馬路時，被貨車撞倒了。老翁不省人事地倒臥在地上，額頭與嘴角流出大量鮮血，把地上染成鮮紅一片。

他跑到對面馬路，馬上幫忙報警召喚救護車，只是老翁已經俺俺一息了。這時，一名老太太突然從旁走出，一看見老翁，馬上嚎啕大哭地跪倒在地上。「求求你救救他！快救救他！」老太太一邊哭叫、一邊拉著他的褲子說。

他替老翁檢查呼吸脈搏，發現老翁已經停止心跳及呼吸，身體上的氣場顏色亦已消失不見了。當他聽見老太太在向他苦苦哀求時，他像是突然記起什麼似的，心臟強力地抽搐了一下。他把在大學急救課上學到的所有知識使出，要老太太先按住流血的傷口，自己則對老翁施行心肺復甦。十分鐘過後，救護人員趕到現場並接手急救，但是老翁的氣場並沒有回來，他早就已經沒有了生命跡象。在場的救護主管最後宣布老翁搶救無效，證實死亡。

老太太聽到惡耗，整個人癱瘓在地上，不斷喃喃重複說：「一定要救醒他……一定要救醒他……一定要救醒他……」

他也累得倒在路旁，身體感到了一陣前所未有的無力感覺。「對不起，我已經盡了力。」他低聲地對老太太說，同時也彷彿在對自己說一樣。

「長大後，我一定要變得更有、更有能力。」

所有的聲音消失後，他眨一眨眼睛，又回到了醫院的急診室。他正在急診室裡幫忙指揮救援，那是上一個月發生嚴重車禍時的急診室情景。他看見那位垂死的男病人躺在他面前，男病人的生死就掌控在他的手裡。

「馬上進行胸腔穿刺，抽走胸液和積氣。」一個聲音在他左耳邊說。

「不可以，醫院守則規定實習醫生不能進行這種手術。再等十分鐘，外科主任醫生就到了。」另一個聲音在他右耳邊說。

「不能等，以他的狀況，再過三分鐘便會休克死亡。他的氣場正急速消散，這是可以阻止的！」左邊聲音反駁說。

「氣場的洩氣是有辦法堵住，但是萬一手術出現什麼差池，你不但會失去當醫生的資格，更可能負上刑事責任。」右邊聲音警告著。

「你當醫生不就是為了救人嗎？你明明有這個能力，卻因為害怕而見死不救。你的良心是不會放過你的，你一輩就當個抬不起頭的醫生吧。」左邊聲音大聲地指責。

「你以為自己是誰？是神嗎？能主宰別人的生死？還是你只想逞一時英雄。」右邊聲音也把聲浪加大，猛力地評批評攻擊質疑。

這時候，不知道那裡來的呼叫聲，正從四面八方傳進他的耳朵。「求求你，一定要救醒他！」「無論如何請你一定要救活他啊！」「請你一定要救他！」「一定要救醒他⋯⋯」

「夠了！不要再吵了！」他跟兩個聲音說。「我一定會救醒他的！」然後他把刺針準繩地插入男病人的胸腔，成功堵住了氣場的洩漏，成功救活了他。

逸辰剛剛經歷了瀕死時的平行宇宙時空。

「時間兩分鐘。生命讀數由零上升至紅色水平，心跳二十、血壓四十／二十。」無雙緊張地讀出數值。

「希望讀數趕快攀升至橙色水平。」靖樹心裡突然莫名泛起一種不安感覺。

逸辰一轉眼，所有的時空景象都消失了。他變回現在的自己，正穿著一件白色醫生長袍，坐在某個房間的正中央位置。頭頂上的天花裝有一圈強力照射燈，看上去有點像是手術或解剖台專用的照明裝置。

這裡到底是什麼地方？肯定不是他過去人生的任何一個時點。是未來？還是死後的世界？而唯一可以肯定的，就是這個房間並沒有門，意味這裡根本沒有所謂的出路。至少想要從裡頭走出去是不可能的。

「這裡不是天堂，也不是地獄。而是你即將面對的醫療紀律聆訊室。」一個聲音從房間的虛空中傳來，有點像是某種特別的對話裝置儀器。

「那你又是誰？」逸辰問。

「在聆訊室裡就只有兩種人，一是違犯了紀律的答辯人，二是主持審判聆訊的判官。」聲音說。以現在所處的環境配置來看，逸辰推斷自己應該是處於答辯人的角色。

「做為一個醫生，你看到了自己畢生的課題是什麼嗎？」判官開始發問。

「我總想要救醒誰，想要把人救活。」逸辰如實地回答。

「那你有能力做得到嗎？」判官再問。

「小時候，雖然我有看見傷病的能力，最後卻只能眼睜睜地看著弟弟死去，看著待救的路人死去。所以我選擇當醫生，希望除了以一雙眼睛看見疾病，也要能夠以自己的一雙手，去盡力拯救生命。」

「看看你穿著的醫生長袍，真的像在閃閃發亮，好比披著白色的光環在身上一樣。」判官表示讚賞。

奇怪的是，此時逸辰忽然感到整個身軀異常地沉重，雙肩及背部像是背負了千百斤的重擔，重得連胸膛及腰板也快要挺不起來。即使是坐著，背胛與腋窩也開始在冒汗，連呼吸也變得短促。逸辰想起了夢境中的白衣少年，還有那個黏連在他皮膚裡的背包，兩者的感覺都是一樣的。但是此刻逸辰身上並沒有背負任何東西啊，到底是哪裡來的重量？

唯一的可能，就只有他身上的白袍。

「你猜得沒錯，重量是來自於你身上的白袍。因為你選擇背負別人的生命，所以這些重擔，必須由你來承受。」

「我不明白。救人不正是醫生的職責嗎？那些病人是多麼地絕望可憐，那些家屬又多麼地無奈無助啊！你不是判官嗎？你覺得這樣公平嗎？」逸辰抗辯著說。

「這本來就是生命的一部分，不管你接不接受，結果都是一樣的。就像天會下暴雨、刮狂風，海會捲起驚濤駭浪，地會山崩地裂，大自然中的生命，可從來沒抱怨過。唯獨就只有人類，會有這麼多的情緒。」判官說。「你知道，人跟大自然裡的其他生命，分別在那裡？」判官反問。

「不管是人或是其他生命，總不能見死不救吧？」

「或許，這其實是你的陰影作祟？只是反映了你對生命感到無常與失控？雖然你不害怕死亡，卻害怕家人因為你的死亡而傷心難過，害怕聽見生者對死者的呼喚與哀號，更害怕看見別人面對垂死時的那種無能為力。」判官像是在解剖他的思想。

逸辰所看到的過去畫面，其實就是他一直害怕去接受的事情，這個才是真正屬於他的噩夢。

「你之所以選擇當醫生，不正是為了想要對抗生命的無力感嗎？你已經忘記了那些可怕的聲音？」判官把一直壓在他心底裡的哀叫、求援聲播放出來。『求求你，一定要救醒他！』『無論如何請你一定要救活他啊！』『請你一定要救他！』『一定要救醒他……』『我一定會救醒他的！』……」

逸辰掩著耳朵大聲說：「停呀！夠了！」

「你是否對這些無聲吶喊感到十分熟悉？那些人面容扭曲，撕心裂肺地不停呼喊著。你卻不能袖手旁觀，因為只有你一個人能聽見他們。即使你想躲避、想裝成沒聽見也不行，不管你跑到天涯海角，那些哀號都會如影子般，一輩子地跟著你。」

「我就是因為想要打敗這些陰影，才跑去當醫生的。我拚命地想要拯救那些吶喊者，卻發現自己根本就無能為力，誰也救不了。」他沮喪地承認。「所以是我錯了嗎？」

「這裡並不存在對或錯的事情，只有看得見及看不見的事情。」

「到底有什麼是我沒有看見的？」

「你沒有看見什麼才是真正的救醒、救活。你以為把病人的生命延長了一點，就等於拯救？你所救助的，就只有病人的身體軀殼而已。」

逸辰曾夢見過自己變成穿著醫生袍的機械維修技工。醫院變成了一所白色的人體緊急維修工場，醫生的任務就是必須在最短時間內，把所有外在檢測所查得到的毛病處理掉，重新更換線路零件，為部件加油潤滑，總之就是要令身體這台機器，回復到最佳的效能狀態。這是他的唯一工作，也是他存在人體工場的唯一價值。

判官看見了他的夢境，冷冷地說，「作為一個醫生，恐怕你連什麼是疾病也沒清楚看見。」

什麼是疾病？逸辰想起了跟靖樹一起看的戲劇當中，所謂的精神疾病，並不是人體出現了任何運作或功能問題，而是一種適應問題。身體上的疾病可不是單純是適應問題，而是有明確的生理機制，並且會產生出特定的症狀及醫學徵象。

「你有否想過，疾病其實是人類不可或缺的必需品，是不可能被消滅的。」判官說。

「必需品？」

「對，就跟每種人類體驗一樣，必定有其存在目的，生死如是，疾病亦如是。人類是因為需要疾病，疾病這東西，才得以保留下來，而且更跟隨著人類一起進化演進。這可算是生命的基本原則。」

解剖室裡，靖樹及無雙靜心地守候著逸辰。

「時間兩分三十秒。生命讀數沒有改變，心跳二十、血壓四十／二十。」無雙開始覺得情況不妙。「讀數仍在紅色水平，怎麼辦？」

「先觀察情況，再等一等。」靖樹回答說。

突然，逸辰頭頂上的環狀解剖燈「啪」的一聲全部打開了，強力耀眼的白色光束，從上空四面八方照射過來，將他團團包裹著。這是什麼光來的？驟眼一看，這跟手術用的探視燈十分相似，卻有一種說不出的穿透力。這種光所能穿透的並不只是物質，是物質以外的無形東西。這簡直就是以光束做成的另類解剖刀。

「現在是時候打開你的眼睛，看清楚疾病在人體上的存在意義。」判官說完後，逸辰的面前出現了三張解剖台，台上各躺著一具不知名的赤裸屍體。

「這個才是對你是否具備醫生資格的真正考驗。你需要做的，是把每具屍體剖開，檢視屍體裡存有的所有病變。你可以運用意念，把光束變成你需要的解剖用具，甚至借助光的穿透力分解及化驗任何組織、血液或細胞。每具屍體限時三十分鐘。」判官說。

逸辰伸出右手的食指與姆指，把從兩指之間穿過的光束變成光刀，在第一具屍體的胸椎位置輕輕切下去，胸膛的皮肉瞬間被齊口割破。他再張開左手掌握著一個光鉗，把皮肉向兩邊拉開。他以乾脆俐落的手法，很快便把第一具屍體徹底剖開。他隨手黏起一滴血液，在光束的穿透下，精準地分析出血液的組成數據。之後，他再對組織進行各種各樣的量度及毒理光析。大概過了三十分鐘，他完成了整個解剖檢驗。

「我在屍體上分別診斷出七種病患，包括痲疹、天花、黑死病、白喉、百日咳、狂犬病及肺結核。」逸辰回答。

「你果然是醫學院的高材生，一個疾病也沒有看漏啊。」判官讚許地說。

雖然他是答對了，對屍體上找到的疾病卻感到莫名其妙，這些疾病之間好像有什麼關連，他一時間說不出來。為了把握時間，他馬上對第二具屍體進行剖析。

這一次，他花了更短的時間把屍體進行解剖，屍體裡呈現的病毒徵狀，卻明顯比之前的那具屍體複雜得多，他做了多項詳細的檢驗分析，最後才診斷出一連串病變。

「時間到了。」

「屍體上出現了心臟病、糖尿病、腦中風、伊波拉病毒、非典型肺炎、愛滋病及多種癌症。」

「你依然是全答對了。」判官滿意地說。

這一次，那份奇怪的感覺更加強烈。當中究竟有哪裡不對勁呢？

逸辰已經順利完成了第三具屍體的解剖，卻只能一動不動地愣在那裡。他不禁捏一把冷汗。心裡想，這些到底是什麼病變症狀啊？所有分析數據，都如此怪異。這些病變不要說他從沒接觸過，就連在所有醫科書籍或研究期刊上都未曾提及過。他吸一口大氣，決定再一次重頭檢驗。花光了三十分鐘時限，還是一點頭緒也沒有。

「要不要我給你一點提示？這具屍體上，同樣存在著七種不同的疑難絕症。」

七種絕症？怎麼可能！他竟然一種也診斷不出來。

他索性把眼鏡也脫掉，嘗試以他的異能，逐一仔細觀察屍體上所散發的殘餘氣場。只是，他卻感到前所未有的混亂，有些氣場部分顯示出不可能出現的奇異色顏，又有一些呈現出變幻不定的明暗。

「怎麼樣？你診斷不出來嗎？」

逸辰閉上眼睛，垂下頭說，「這些到底是什麼疾病？我一點也看不出來……」

「那是當然的。因為這些疾病在你的年代，根本還未出現。」判官回答。

逸辰把頭抬起，驚訝地問：「這些都是未來的疾病嗎？」

「在下一世紀，醫院裡百分之九十的病人都是死於這七種致命絕症。」

「這些絕症的發病原理及醫學徵象十分複雜，而且對身體組織的破壞力強大又廣泛，如果想以現今的醫術應對，根本就是完全束手無策。」逸辰感到一陣心寒。

「在未來，疾病不但不會被消滅，更會跟隨人類一起成長蛻變。」

突然間，逸辰像是明白了什麼似的。「在第一具屍體上出現的，全是上個世紀最惡毒的瘟疫，而在第二具屍體裡找到的，則是本世紀最致命的危疾。」

「終於被你發現這三具屍體的關連了。這就是疾病的演進。所以疾病是不可能被外在手段根治的，不管醫學儀器發展有多先進，又或是醫療技術有多高明。」

「那麼疾病的真面目到底是什麼？難道真的是神用來懲罰人類的工具嗎？」逸辰從未感到如此迷惘。

「如果你連這個也解答不出來，你根本就沒有資格當醫生。你一輩子就只能活在那些悲慘的吶喊聲底下了。」判官不帶感情地說。

「時間三分鐘已到。生命讀數全是紅色。為什麼都沒有向上啊？」無雙變得十分焦慮。

「你要加油啊！我相信你一定可以跨越陰影的。」此刻，靖樹只能在旁為他打氣。

第十四章　分岔口

到底該如何才能做到，既不背負別人的生命責任，同時又能真正救醒、救活每一個生命？

到底要怎麼樣，才能看見疾病的真面目？

逸辰的腦海裡突然響起了靖樹的聲音。「一切都只是象徵意義，你必須刺穿事物的表象，才能看見答案。」

逸辰再次伸出右手手指，指向屍體上的其中一個變異氣場。他以意念把光束變成刺針，光錐竟把氣場也刺破了。氣場被刺穿後，就彷如一個正在洩氣的氣球，逐漸地縮小、褪色。那些流走的氣息再次回到身體，進入心臟深處後消失無蹤，心臟表面上，遺留下一個像燒焦過的黑色印記。在光的透析底下，總算發現了黑色印記的組成祕密。他再把屍體上其餘的六個變異氣場逐一刺破，同樣的情況重複發生，最後整個心臟也變成了焦黑一片。他把焦黑的心臟切開，裡頭竟是一個無底的黑洞。接著，他對第二及第三具屍體也做了同樣的另類檢驗。

「我終於看見了疾病的真面目。果然身體是最誠實的。」逸辰有感而發地說。「變異的氣場其實跟疾病一樣，都是人體一面鏡子與提示裝置，反映患者的生命，正陷於失衡失調狀態，提醒患者沒處理的壓力情緒，正損害著身心。只要把患病這個結果逆向往前推，便會看見疾病的製造過程，甚至是產生的源頭。」

「那你看見了什麼？」判官問。

「我發現疾病跟噩夢一樣，都是內在潛意識的訊息載體，隱藏著生命想要傳達的重要訊息。所以身體上出現的病變，往往只是結果與表徵而已。如果訊息沒被成功解讀，便會以千百種形式化身成不同的疾病，一直在身體裡輪迴，緊抓著患者不放。」逸辰終於明白，為什麼判官說疾病是人類的必需品了。

「你說得一點也沒錯。」判官滿意地回應。

逸辰指著屍體上幾個發病的部位。「這些內在訊息，將會呈現於身體最脆弱的位置。哪裡才是最脆弱的部位，則取決於醫學上所說的遺傳與環境因素。只是，內在訊息總會找到一個缺口，甚至是自行製造一個或多個宣洩口。對於疾病，它的存在任務就是要傳達訊息，至於是通過哪個部位、要用何種樣貌，它一點也不在乎。」

「既然這樣，你隨便挑一具屍體，告訴我，你在焦黑的心臟裡看見什麼？」判官問。

逸辰指著面前的屍體。「雖然我在他身上找到七種不同疾病，但是其實疾病的本質就只有一種，那就是『害怕』。」

逸辰把焦黑的心臟從屍體取出，並放在手掌心上。在光束的映照下，心臟裡的黑洞，竟然吐出一連串死者生前的恐怖回憶與噩夢。那全都是陰影幻化成的境象。

「患者從小就生活在各種害怕上，不敢表達自己真正的想法，不敢追尋自己的夢想，害怕失敗、害怕轉變、害怕錯失。他的內在潛意識曾透過不同渠道，向他表達這個生命訊息，只是他都選擇視而不見，一直逃避面對內心的陰影。訊息最後演變成不同的病徵病狀，迫令他的人生停頓下來，給他最後的改過機會。只是，他都沒有覺醒過來。」

逸辰這才明白到一個重要事實，許多人其實是不必要及可避免生病的，疾病的根源，是在患者的內心及生活，而不是身體。

判官同意說，「當訊息被解讀後，疾病的任務便宣告完結，存在的需要也自動消失。」

逸辰記起教授曾提及一個不藥而癒的淋巴癌症女病人，她在瀕死一刻，解讀到癌病所隱藏的生命訊息，在甦醒後，身體裡的癌細胞奇蹟般地在數天內全部消失。

「也許，對醫學界這是一個奇蹟，但於對於真實的生命來說，這卻是再正常不過的事情。」判官回應了他的思想。

「這種生命奇蹟，醫生永遠解釋不了，也無法辦到。」逸辰說。

「在看清了疾病的真面目後，什麼才是真正的治療？」判官接著問。

「真正治療靠的並非是醫生的針藥或外科手術，而是病者的自身覺醒。因為只有病人才會擁有奇蹟般的自癒力量。真正的治療必須是由病人啟動，而非醫生。」逸辰有所體悟地說。

雖然這跟他一直以來所理解、所學習的並不一樣，但是他忽然明白到，原來一直以來，大家對治療的本質意義都扭曲了。這樣導致了疾病的聲音被消滅，而人類的自癒調節能力，也逐漸地萎縮失去。病人對於醫生與藥物的依賴不斷擴大，漸漸失去自己對生命的責任與信任，最後造成因循怠惰的濫用醫藥習慣，令人再也聽不見內心的聲音，從而造就出越來越龐大的疾病需求與種類。

「從生命角度來看，治療其實是一場又一場的自我成長與學習體驗。而醫生可以做的，就是在病人掉下懸崖之前把他拉住，令病人多一個機會停下來、想一想，造就出一次又一次生命覺醒的契機。最終病人是選擇要鬆手跳下去，還是努力地爬回來，那就是病人的事情。」判官說。

「你的意思是，病人的生死，其實是由病人自己主宰，跟醫生無關。醫生也不過是病人生命中的一個穿著白色衣服的路人，並沒有比誰重要，也沒有比誰不重要，只是各人的工作崗位不同而已。」逸辰想起了那禿頭計程車司機與火化工老王師傅。

「當然身體壞掉了是要找維修員的。維修身體不就是你最擅長的工作嗎？醫生只要專心盡力做好這件事情就已經足夠了。至於生命的責任與主導權，就交還給生命的主人。每個人都是自己唯一且最好的醫生，都只能靠自己努力去救活、救醒自己。」

「我明白了。我需要做的事情其實都是一樣。在環境容許的情況下，我能力所及的範圍內，竭盡所能救活每個軀體。並不需要去帶著那救人光環，就不用背負那份重擔了。」逸辰比喻著說。

雖然醫生的光環看似一點重量也沒有，卻是一份生命中不能承受的輕。明白了這個道理之後，逸辰身上的白袍失去了原來閃耀的光芒，但是，同時他肩背的那份重量也一併消失了。

「醫生只是你在陰影底下，所選擇的存在身分，一個讓你體驗生命課題的身分。」判官說。

「不管我是什麼身分角色，一個醫生、病人、老師、計程車司機或是火化工，其實都是一樣，都是以自己的生命影響更多生命。」

「你說得很好。只是我們的醫療紀律聆訊並未就此完結。只要你能通過最後的考驗，便可以跨越你的陰影，離開這個聆訊室。」

「我已經準備好了。」

「只是你剩下的時間已經不多。」判官提醒著說。

「時間三分三十秒。生命讀數終於回升至橙色水平，心跳三十、血壓六十／三十。」無雙稍為舒一口氣說。

「但是還是比預期的復甦進度落後了很多啊！他的瀕死容許時間只剩最後三十秒。」靖樹並沒有感到半點放鬆。

突然，房間的地板開始劇烈地搖晃，地震大概持續了幾秒鐘便又突然止住了。逸辰發現房間的中央地段竟然冒升了起來，又或者是房間的前後地面都塌陷不見了，而且更是深不見底。此刻，他彷彿站在一條高聳的狹窄獨木橋中央，橋樑卻是建於房間之內。他不敢多移動一步，只能盡量穩住身子，取得平衡。

他定過神後，看見地面上有些微細的東西在緩慢地移動，他蹲下身仔細一看，才發現那原來是一群螞蟻，螞蟻正一隻接著一隻整齊地從牆角的一端出發，往橋樑的中央通道行走。當螞蟻經過他所站立的位置時，必須從左右兩邊繞過他的雙腳，才能到達牆的另一端。但是他右邊的繞道其實無法通行，末段的路面已經斷裂了，如果螞蟻一直沿著這一側走，最終只會掉落萬丈深淵。

「這些並不是普通的螞蟻，每一隻都代表了人世間的一條病人生命。螞蟻必須順利通過，病人才能活下來。」判官說。

就在這時，他看到其中的一隻螞蟻在那分岔路口走離了大隊，失散的螞蟻正沿右邊的死路走去，朝向那危險的邊垂地帶。如果他不及時阻止，那螞蟻肯定會跌死的。

「你到底應該救？還是見死不救？」判官問他。

逸辰在想，螞蟻的生命是不是應該交由牠自己負責？即使把螞蟻救回隊伍裡，甚至直接放到遠處的目的地，下一次牠可能還是會再走錯走歪的。因為牠沒有學到哪條才是正確的路，又或者連自己犯了錯誤也不知道。我只是用最快最有效的方法為牠解除了即時的生命危險，並沒有真的把牠救醒、救活過。

「如果你不及時伸出援手，牠的生命很快就會完結了，就連學習或覺醒的機會都沒有。」判官回應著他的思想。

說時遲那時快，另一隻又從那個岔口走散了，正朝著同樣的危險邊緣走去。

「因為你的猶豫，你可能只有時間救一隻，但是應該救哪一隻？」判官再問。

前面的那隻看起來年輕又強壯，如果讓牠生存下來，應該會對整個族群更有貢獻。但是，老弱的那隻已經為族群付出了一輩子努力，現在應該是牠跟兒孫安享晚年的時候，如果把牠捨棄實在是太不公平了。

要不就一起救，要不就一起見死不救，這樣對生命才算公平。他首先彎身拯救狀況比較危急的那一隻，然後馬上回去把第二隻也救回來，只是他的動作過於迅猛，自己差點兒就掉下去了。

「恭喜你，成功救回了兩位病人的生命。」

他才喘一口氣，又有一隻螞蟻走歪了，而且牠更帶著另外兩隻小的一起走向懸崖。這一次他不敢猶豫，馬上行動把三隻都救回來了。他突然明白一個事實，接下來應該還會有第五、第六，甚至更多更多的螞蟻走散。他看看那綿延不斷的蟻群，難道要花一輩子守在橋樑，才能確保所有螞蟻能安全通過嗎？

「你的時限快到了。你必須快點決定，是要無私地留在這裡拯救生命，還是自私地回去好好過活，那邊應該有人在等著你吧。」判官讓他作最後選擇。

我不能把對別人的救贖變成是對我自己的囚牢，生命不應該是如此運作的。到底該如何才能做到，既不背負別人的生命責任，同時又能真正救醒、救活每個生命？這可是他生命中的最大難題。

「只有打開你的第三隻眼，才能看見生命的出口。」判官提示說。

靖樹之前也說過同樣的話，但是到底如何才能打開第三隻眼？他閉上雙眼，想像自己是一隻正在天空飛翔的老鷹。對他來說，世界上沒有其他生物的眼睛比老鷹更厲害。他要擁有老鷹一樣的視野，以更高的維度，看得更深更遠，遠得能穿越時間、穿越因果。

「我看見了！」

他伸手到醫生袍的寬口衣袋裡，拿出一個東西放在手上。他把東西上的包裝紙撕開，利用那東西在左面的繞道上深深劃下幾道痕跡，也在那些容易走散的分岔路口劃下了迴旋路徑。

「我在這裡的工作已經完成，現在可以安心離開了。」

「那是什麼？」判官好奇地問。

「水果糖。我利用水果糖打造了一道道香甜的引導路徑。」醫生都會隨時把水果糖放在衣袋，一是用來哄小孩病人，二是給血糖過低的患者馬上補充糖分。

此時，有一隻走散的螞蟻表現得驚惶失措，當牠聞到黏附在引導路徑上的糖果味時，像是忽然想起什麼似地剎停了腳步，牠馬上轉身朝向香甜路徑走去，最後成功回到螞蟻大隊。看見了失散的同伴，螞蟻們互相交碰觸角，像是熱情的歡呼擁抱一樣。但也有幾隻走散的螞蟻一直到最後也沒有回頭，朝著崖邊的深淵衝下去了。

他總結地說：「其實我可以做的，就是在危險的岔口為螞蟻引路，而不是只執著於拯救當下的生命。作為一個醫生，或許我能把人的身體短暫的恢復健康，我卻沒有能力將治病的內在根源移除，甚或救醒、救活人的靈魂。我需要做的，是為病人多開出一條求生路徑，提供多一個覺醒契機，讓病人有機會走出自己的陰影，並且學懂生命中的課題。因為只有這樣，疾病的輪迴才會終止，真正的療癒才會出現。」

「你已經通過了最後的考驗，這個聆訊亦已經結束。你現在是一個自由的靈魂，可以離開陰影了。」判官說完後，地面瞬間回復到原來平坦的樣貌，一道門更在面前的牆壁中出現。

逸辰推開門步出聆訊房間，外面是另一條長廊通道。長廊的一端傳來一陣熟悉的光芒，那是從解剖台照射過來的燈光。

「趕快朝光明的那端走去，你的時限已到。」判官在他身後說。

咇咇、咇咇、咇咇……解剖台上的計時器發出有如警報一般的響聲，短促而明亮的鈴聲令人渾身發麻，像是在提醒在場人士危險將至，必須馬上作出緊急撤離，否則就只要等待死亡。

無雙按停了響鈴裝置，「現在時間是四分鐘。他的生命讀數開始攀升，已經回到綠色的安全水平，心跳六十、血壓一百／六十。」無雙驚呼地說。

「瀕死時間剛好三分鐘。希望逸辰趕快醒過來吧！」靖樹也鬆了一口氣。

逸辰沿著筆直的通道走向光源盡頭。突然間，他停下了腳步。他看到通道旁邊有另一個房間，門樑上掛有一個房門牌號，上面寫著「419」號。419號房？這不就是教授替他催眠時到過的那個房間嗎？白衣少年應該就是被困在裡面。

逸辰伸手握著門把，正在考慮要不要進去之際，判官的聲音再次從身後響起並警告他說：「你的時間已經到了，必須馬上朝光源盡頭離開。通道的大門一旦關上，你就再也不能離開這裡。」

「房間裡到底是誰？是那白衣少年嗎？」

「除了他，還有誰可以出現在你的瀕死潛意識裡？而且你之前不是已經跟他見過面嗎？」

逸辰除了看清楚自己的陰影外，也明白到另一件事。其實是他的陰影把原本在沉睡的白衣少年喚醒的。

「又或者說，白衣少年的無聲吶喊，被你聽到了。你們兩者本來就密不可分。」判官說

「所以我不能對他置之不理。」

逸辰決定轉動門把，門鎖「啪」的一聲打開了。如之前一樣，白衣少年低著頭背向著他，一個人獨坐在房中央的椅子上。

白衣少年並沒有把頭轉過來，卻意識到有誰進入了房間。他首先開口說話：「怎麼又是你？這次又想來幹什麼？」他知道進來的人是逸辰。這裡本來就是逸辰的內在潛意識世界，除了逸辰，根本不可能有別人能進來。此刻他感到自己更像是這裡的擅入者。

「我並沒有惡意，只是想知道為何你會被困在這裡？」

「之前不是跟你說過了嗎，是你把我強行拉進你的世界的。」白衣少年不耐煩地轉身跟他說。

逸辰只想求證一件事，「理論上我跟你是兩個毫不相干的人，我是怎樣把你拉進我的世界的？」

「直至那一天之前，你跟我，的確是完完全全的兩個陌生人。」

「那一天？」

「就是你跟我在醫院共同經歷死亡的那一天。你在醫院進行緊急心臟手術的那天，剛好也是我

墜樓喪命的同一天。」白衣少年說。

「在瀕死過程中，我跟你的靈魂有過接觸嗎？我一點也記不起來。」

「當時你拿走了屬於我靈魂的重要東西。」白衣少年用手指著逸辰的胸口。「打開你的衣裳看清楚，那東西就在你的胸口裡。」

逸辰解開上衣鈕扣。胸膛的正中央位置露出了一道長長的手術疤痕，足足有二十公分長。他看著正在跳動的心臟，再次確認似地問：「這個心臟本來是屬於你的？」

「應該說是屬於我從前的身體的。這裡其實就是你跟我的心房。在瀕死復甦的一刻，我倆的靈魂就是從胸膛那個洞口，再次被拉回身體的。」

逸辰總算是把事情拼湊完整了。原來，在心臟移植的過程中，白衣少年保留在心臟的靈魂意識，意外地被轉移到自己的身體裡。自那時起，他便一直被困在這個心房，那裡也去不了，因為他的身體早已經不再存在了。

「但是，你又是怎樣到急診室去的？那個難道是你的分身？」這是逸辰唯一想不通的地方。

「我並沒有什麼分身，也不知道你在說什麼。我的靈魂從來就沒有離開過這心房。」

白衣少年看起來並不像是在撒謊，而且他也沒撒謊的必要。然而逸辰不只一次看到幽靈般的白衣少年在急診室後長廊走過，而且他也在天台聽到白衣少年掉下的彈珠聲音。這到底又是什麼一回事？先不理會這個了，因為他有更重要的事情必須向白衣少年查問。

「那你怎麼會從天台上墜落下來的？難道你是故意跳下去的？」

白衣少年對這個問題沒有回應。

「之前，你說過這樣做，是為了贖罪，你到底犯了什麼過錯？」

「那都是我的事，與你無關。你繼續過好你的生活就是了。反正那個陰影噩夢也是屬於我的，只是無意中被你看到和聽到而已。」白衣少年一副不需要別人關心的樣子。

如果逸辰沒有猜錯，那墜樓噩夢就是他記憶中的自殺情景。但是對於一個才十來歲的小孩，到底有什麼罪，沉重到要用生命去償還？

「時間是四分三十秒。他的生命讀數怎麼又開始往下掉了！現在又跌回橙色水平。心跳四十、血壓六十／三十。」無雙再度緊張了起來。

「不好了，已超過了三分鐘的安全時限，這樣下去他的生命可能會有危險的。現在再注射 1mg 腎上腺素。」靖樹把針藥打進逸辰手腕的靜脈注射導管。

她感覺到在逸辰的身體裡，有什麼突發意外正在發生。「逸辰！逸辰！趕快醒過來啊！」靖樹再次呼喊他的名字，提示他回來的時限已到。

突然，逸辰像是從外面的走廊聽到靖樹的呼喊聲。他知道時限已過了，只是他還需要多一點點的時間。

「你趕快離開吧！通道的門快要關上。你既沒有時間，我也沒這個能力離開。我會一直安靜地待在這裡。直到你死亡為止，那封印也不會再被打開，你也不會再見到我的。」白衣少年要他安心地離開。

「在那一天以前，也許這單純是你個人的事。但是，現在不管你喜不喜歡，我倆的生命已經綑綁在一起了，你的事情已經變成我們的事，你的陰影也應該由我們共同分擔。」

「只是你救不了我的。因為我的心早已被掏空了。沒有了心，我根本沒有足夠力氣離開這個囚室。」白衣少年也把上衣鈕扣解開，他的心臟位置穿了個如拳頭般大的洞，遠遠地看進去，更像是一個無底的黑洞。

「怎麼會這樣的？我要怎樣做才可以幫助你離開？」

「除非我能找回心。只是，我並不知道如何才能找回。」白衣少年絕望地說。

「我是絕對不會放棄你的。因為有了你的心臟，我的生命才得以延續，才能成為醫生。我們的心臟遠比你想像的強大有力量，所以你千萬也不要放棄。」逸辰雙手按著自己的心臟，希望白衣少年也一同感受得到。

「你嘗試著努力站起身，步出這個囚室，跟我一起離開吧。」逸辰鼓勵著說。

白衣少年使勁地站了起來。這時逸辰才發現他的右腿原來是有缺陷的。雖然沒有很嚴重，但他的右腿要比左腿縮短了一些，而且腿部肌肉也明顯萎縮了一圈。他半拖著右腿向前蹣跚地走了好幾步，便已經累得低下頭不斷喘氣，額前流下了豆般大的汗珠。他之所以舉步為艱，並不是因為他的腿，而是他身上的背包，而且背包的肩帶已經深深地陷進他的皮膚裡。

逸辰知道背包裡裝著的是他的原罪，除非他能走出陰影，否則不管走到天涯海角，都只能一輩子背負著那份沉重。

「你不要再管我了！我已經沒有力氣了。」白衣少年勉強地抬頭對他說。「你要馬上離開！否則通道的門一關，你也會像我一樣永遠地被困在這裡的。到時候，你不但救不了我，更會浪費了我的心臟，也加重了我背上的罪。」

逸辰明白這是白衣少年的課題，必須由他來親自解開。他的原罪與救贖都在那空洞裡，所以必須幫他把心找回，填補那空洞才行。

「我明白了。請相信我，我一定會再回來的。」

逸辰說完，便轉身走出419號房間，拚命朝通道盡頭跑去。出口的光源就只剩那一點點。門已經在關閉中，只留下一道僅供一個人側身閃進的狹窄門縫。

「時間已經是五分鐘了。」無雙喊道。

兩人一直緊盯著生命讀數儀，期待著數字盡快回升，否則就要開始進行急救了。

第十五章　白衣少年

你倆的陰影，在本質上出現了巧合的重疊，彷如鑰匙與鎖的關係，所以就在無意中被開啟了。在潛意識世界裡，頻率或性質相近的東西，會相互牽引靠攏，從而產生出一份無形的吸引力。

就在逸辰趕到出口的前一刻，門「咚」的一聲完全關上了。逸辰檢查整個門身，並沒有發現門鎖或門把，門光滑得像一道不銹鋼牆一樣，看上去十分牢固。他用盡力氣以各種方法推門，只是不管他怎樣嘗試，門也絲毫沒動。他用拳頭「砰砰」捶打著門，大聲喊道：「有沒有人啊，請開門！」只是捶打了、喊了好一段時間，還是沒有任何回應或動靜。

如果再拖下去，他在外面的身體便會開始衰竭敗壞。首先壞死的會是腦部與中樞神經細胞，他有可能變成一個永遠臥床不起的植物人。

絕不能就此放棄的！他先往後退，然後再發力向前衝向門，想要借用肩膀與身體重量把門撞開。撞了好幾次，肩膀也快腫起來了，卻連一點縫隙也沒有撞開。

「靖樹！快看！」無雙指著監察儀器大喊。

逸辰的生命讀數突然有所變化，既不是上升也不是下降，而是高高低低不停地在跳動。「這是什麼一回事？他的生命讀數變得十分不穩定。」無雙一臉茫然。

「他的心臟很可能出現了心室纖維顫動。急速而混亂的心跳，會妨礙下心腔將血液和氧氣泵至腦部及身體，甚至令心臟完全停頓。這種嚴重的心律不整也是半數心臟病猝死的元兇。」靖樹的爺爺也是因心室纖維顫動而猝死的。

「那怎麼辦？要馬上進行心肺復甦嗎？」無雙顯得有點不知所措。

「一般的急救不行。必須以電擊為心臟去顫，以回復心律正常，否則他可能於數分鐘內便會死亡。」

「即使現在跑去急診室，找秦天救援、把儀器帶回來，至少也要十分鐘啊！」

靖樹冷靜地想，如果這生命讀數也是一種身體符號，代表的會是什麼？這像是一種激烈掙扎的表現，代表他的靈魂正處於一種受困狀態，想要拚命掙脫逃離。問題是如何才能逃離？必須要找到方法令他再度清醒過來。

巫毒的解藥！令喪屍清醒的解藥！靖樹想到了答案。

「無雙，快去找急救箱！快把急救箱找來！」靖樹像是回過神來大聲喊道。

無雙什麼也沒問，二話不說地跑到金屬層架那邊尋找，只是都沒有找著。她再到其他可能擺放急救箱的角落尋找，仍是徧尋不著。

「無雙！快一點啊！已經五分三十秒了！」靖樹一邊監察著逸辰的身體狀況，一邊監控著時間。

醫院的所有工作間都一定存放了急救箱的。但是急救箱到底在哪啊！無雙也焦急起來了。

「噠！噠！噠！噠……」突然一陣陣像彈珠聲掉落在地上的聲響，從太平間那邊傳來。無雙走近解剖室大門，感覺正有誰站在大門的另一端。這個感覺十分熟悉。她忽然回想起，在急診室的逃生梯間也曾聽過這聲音。

她馬上拉開解剖室大門，真的看到一顆彩光彈珠掉落在門旁的水泥地上。她彎身撿起那顆彈珠，彈珠的表面濕瀝冰涼的，就像是剛泡過冷水一樣。這是哪裡來的彈珠啊？她發現水泥地上有一條水滴的痕跡，從彈珠的位置一直延伸到長椅椅腳。她抬頭一看，忽然看見一名小男孩正坐在那木長椅上。但是她十分肯定，剛才太平間根本一個人也沒有。

那小男孩十歲左右，臉色異常蒼白，頭髮都是濕的，水珠仍不時從髮端滴下來。他的身型瘦小，正穿著一身白色的醫院病人衣服，外表看上去就跟逸辰所形容的白衣少年十分相像。只是小男孩並不是人，而是一具鬼魂。他的身體被一陣像發霉的綠色暗淡光暈所包圍著，那可以說是鬼魂的氣息。這可能說是一種肉身死後的殘餘能量，執念、怨念越大的死者，所留下的殘念就越大。但是只要一碰到太陽，殘念便會消散。

在那次破地獄儀式後，無雙的靈視能力突然再度回來了。

「你為什麼還待在這裡？」無雙問他。

「因為我的身體還在。」小男孩指著其中一個冰櫃。「姐姐，你可不可以幫我一個忙，把這顆彈珠交給我爸媽。他們一直都在找彈珠啊。」

原來小男孩就是出現在急診室裡的白衣少年。逸辰所說的事情都是真的，而不是他的幻覺。

「在醫院裡，就只有你跟醫生哥哥能看見我。」小男孩懇切地請求著她說。

「為什麼醫生哥哥也能看見你？你是不是跟他有什麼關係？」

「沒有啊。但是醫生哥哥也有死亡的記號。」小男孩回答。

「就是曾經死過或已死去的記號嗎？」無雙補充說，「身上像穿了一件綠色的衣裳。」無雙雖然看不見活人身上的氣場，但卻能看見亡魂獨有的死亡印記。

小男孩輕輕點頭。

「我知道了。我會幫你的。」無雙答應。

「急救箱就在那裡啊。」小男孩指著牆邊的木儲物櫃。

無雙第一時間跑去把櫃門打開，看見架子上放了一個外面有十字符號的急救箱。她馬上取出急救箱，轉身想跟小男孩道謝時，他已經在長椅上消失了。無雙提著急救箱趕回解剖台。「找到了！」

靖樹打開急救箱，索性把裡面的東西全倒翻在解剖台上。「是這個了！」她撿起其中的一個透明塑膠包裝袋，裡面裝著一些如水狀的液體。

「這到底是什麼？」無雙問。

「清洗傷口用的生理鹽水。」靖樹邊打開包裝袋、邊補充說：「逸辰說巫師曾經表示，只要一吃到鹽，中了巫毒的喪屍便會馬上清醒過來。」

無雙恍然大悟。

靖樹先將鹽水倒進口中，並含在自己嘴裡。她把嘴巴湊近著逸辰的嘴唇，像在做人工呼吸一樣。只是靖樹並不是要把空氣輸給逸辰，而是要把鹽水餵進他的嘴裡。為免他因失去知覺而嗆到，她利用自己的舌頭作導引，一小口、一小口的把鹽水傾注進他的口腔。溫暖的鹽水在逸辰的口腔緩緩流動，徹底地沾濕覆蓋著舌頭上每個味蕾。他舌頭的知覺首先恢復，嚐到了鹽的鹹味，還有就是另一根溫熱柔軟的舌頭。一份從未有過的強烈味覺刺激，正由舌根傳輸到大腦的中樞神經，把意識的大門再次開啟。

正當房中的逸辰無計可施，癱軟的靠在門旁之際，他突然感到門開始出現了奇異的變化。門的正中央，首先出現了一個微細洞口，白光再次從那裡照射進通道。這一點微光，為逸辰重新帶來了希望。跟著，那洞口逐漸向外擴大，越來越多的白光從外頭穿透進來了。或者說，門正被一種強力溶液慢慢地腐蝕掉一樣。只消一瞬間，整道門便已經完全被溶化殆盡。過度耀眼的白光，令他雙眼一陣發白。

過了一回，逸辰的視野再次回復清晰。他首先看見的是一雙迷人的眼睛，就在他面前不到五公分的距離。他嗅到了對方呼出來的鼻息，夾雜著秀髮上洗髮精的清新氣味。自己的嘴巴正微微張開，包裹著另一根柔軟的舌頭。

兩人正彼此凝視著對方，相互屏住了呼吸，這情景從急救變成了接吻。

「真的有效耶！生命讀數回復到穩定的正常水平了！」無雙興奮地說。當她把臉從監察屏幕轉向兩人時，卻發現逸辰原來已經張開了眼睛。只是兩人仍然維持著嘴對嘴的姿態，不知道兩人是反應不過來，或是不想反應過來。但是看到這個情景，無雙總算鬆了一口氣，而且暗自地替二人高興。她故意把聲音提高喊道：「哦，說錯了！他的生命讀數正在不斷上升，心跳得很快耶！」

兩人馬上意會到無雙的話中有話。靖樹尷尬地先把臉轉到一旁，然後滿臉緋紅地站了起來。逸辰也裝成像是剛剛才甦醒過來似的，乾咳了數聲做為掩飾。無雙故意裝做什麼也沒看見，還露出一副驚訝的表情。只是忍不住語帶雙關地說：「啊！你終於願意醒來了。你一定是做了個很甜的夢耶。」

整個瀕死過程剛好是五分鐘。

從瀕死中回來的逸辰，先躺在解剖台上休息片刻，待血液循環系統運作暢順後，才慢慢坐起身。他稍微活動一下手腳，確認運動神經與血液供應已恢復正常。之後再逐一拔掉身上的電極片與手腕上的靜脈注射導管。

「謝謝妳們把我救醒。很抱歉讓妳們擔心了。」逸辰首先開口說話。

「歡迎你回來。」靖樹笑著回答。臉頰上的紅暈還沒有完全退去。

「你回來就好了。其實我也幫不上什麼忙，倒是靖樹在最危急時想到了用鹽把你救醒。」無雙說。

「你是怎樣想到的？」逸辰問。

「你曾經說，巫師說過，只要一吃到鹽，中了巫毒的喪屍便會馬上清醒過來嗎。」靖樹回應。

「我真是大意，竟然遺漏了這一點。」逸辰拍拍自己的頭。

「妳怎麼會知道急救箱裡有鹽水的？」無雙好奇地問。

「這個好像是小學生的常識考題內容啊。」靖樹笑她。「但是幸好妳及時找到了急救箱。」

對於找到急救箱的經過，無雙決定暫時什麼都不說。

過了一會兒，逸辰終於從解剖台走下來，他走到水槽打開水龍頭，用大量清水潑向自己臉頰，讓冰涼的感覺，把大腦殘留的恍惚徹底地趕走。他的上衣被清水濺濕了一大片，長長的手術疤痕在胸口上約隱約現的顯露出來了。

「你的身體真的沒問題嗎？」靖樹再次確認的問。

「真的沒問題了。」

「剛才到底出了什麼意外？時間怎麼拖得這麼久？」無雙問。

逸辰把整個瀕死經歷說出，當中也包括了白衣少年的部分。

「所以，白衣少年只是依附在當時移植的心臟裡的殘留潛意識，他並不是醫院裡的鬼魂。」無雙想要確定自己看到的白衣少年，跟逸辰潛意識裡的白衣少年並非同一人。

逸辰點點頭，「他就是十三年前在醫院天台跳樓自殺的少年。他說自己從沒有離開過那個房間，由於已經失去了身體，他亦不可能離開。」

「這樣說來，潛意識真的是可以透過器官或任何活體移植，從一個人身上轉移到另一個人身體裡。而在被轉移的潛意識裡，有可能找到原宿主的記憶、潛能，又或是陰影。這不就是切合了教授在瀕死研究的假設及推論嗎？」靖樹回應。

「只是那些轉移過來的潛意識，都像被隔離封印了一樣，只有在某些特殊情況下，才有機會顯現或透露出來。」逸辰補充說。

「那麼，白衣少年的潛意識怎麼會被打開的？」無雙好奇地問。

「其實是我的陰影把他喚醒的。當他被喚醒後，他的陰影也一併回來了，並且重複顯現在那墜樓的噩夢裡。」

「他的陰影？」無雙問。

「就是他身上背負的原罪。他在夢裡不斷發出哀號呼救，他的無聲吶喊被我聽到了。」逸辰說。

靖樹嘗試提出解釋，「你倆的陰影在本質上，出現了巧合的重疊，彷如鑰匙與鎖的關係，所以就無意中被開啟了。在潛意識世界裡，頻率或性質相近的東西會相互牽引靠攏，從而產生出一份無形的吸引力。在同性相吸的法則下，你倆的陰影結果，產生了碰撞變化。」

「十三年前，他倆巧合地都是在這所醫院各自碰上死亡經歷。兩者的生命因為一個心臟，緊緊地連結在一起了。在十三年後，逸辰再一次被派回這裡當實習醫生，急診室工作觸發起他自身的陰影。在多重巧合的刺激下，本來已封存的白衣少年潛意識，就被再次喚醒，那道封印被意外地撕開了。」無雙像是偵探般做出了結案陳詞。

「只是有一件事情，我還沒弄明白。」逸辰疑惑地說。

「是有關於白衣少年出現在醫院的事情吧。」無雙已經知道逸辰的困惑所在。她從衣袋裡拿出那一顆彩光彈珠放在手上。「你對這個東西有印象嗎？」

逸辰搖頭表示沒有。

無雙放手，讓彈珠掉落到地面，發出了一陣清脆的「噠！噠！噠！噠……」聲響。

逸辰目瞪口呆，突然間想起了什麼，「這就是我在天台聽到的彈珠聲！」

「這也是我們在急診室後梯間聽到的聲音啊！」靖樹也驚訝地表示。

無雙從地上撿起彈珠。「這是剛才，我從一個白衣男孩鬼魂那裡得來的。他並不是出現在你噩夢中的那位墜樓少年，而是另一個同樣穿白色醫院服的十歲男孩。」

逸辰及靖樹不明白無雙的意思。

「坦白跟你們說，現在太平間的其中一個冰櫃，正躺著一具男孩屍體。我剛才看見了他的鬼魂，他親口承認自己就是在急診室及天台出現的白衣少年，而且就是他告訴我急救箱存放的位置的，否則我根本找不到急救箱。」

「是男孩鬼魂告訴你的？」靖樹驚訝地問。「你的靈視能力回來了？」

「自從上次破地獄儀式後，我跟亡靈溝通的能力就回來了。」無雙苦笑著說：「我也不知道這是否算是好事，但是我選擇相信自己所看見的東西。」

「那為何我也能看得見他？」逸辰還是不明白。

「因為那男孩也是遇溺而死的。相類似的死亡經歷，或許令你們之間產生出一種連繫，令你在某些情況下看得見他。」無雙推斷說。

「世事竟有如此巧合。我還一直誤會他是噩夢中的白衣少年。」

「我們去看一看那男孩的屍體吧。」無雙大膽地提議。

無雙帶著兩人走到太平間。「男孩剛才就是坐在這裡。」無雙指著木長椅的末端位置。長椅上還留有透明未乾透的一大片水漬，像是有誰曾不小心打翻了飲料一樣。「那些水就是來自男孩身上的，他的髮端還滴著水珠。」

靖樹看到這張長椅，忽然想起在太平間送別爺爺時的情景，變得有點呆呆的。

「靖樹妳怎麼啦？沒有嚇著妳吧？」無雙看她表情有些異樣。

「沒有。」靖樹回過神來。「我只是想起，十三年前我曾經在這裡送別爺爺。我記得那一天晚上很冷，就只有我一個人獨自坐在長椅上。突然間，我在椅子上發現了一顆水果糖。我一直覺得那是爺爺送給我的。」

逸辰聽到靖樹的描述，加上時間點的配合，他可以肯定那時在太平間見到的女孩就是靖樹。這一回，變成逸辰的表情有點呆呆的。

無雙見狀拍拍他說。「你倆到底怎麼了？是見到什麼鬼怪嗎？沒理由啊，要是有，也應該是我看見耶。」

「我只是在想事情而已。」逸辰回應。「我們先查看男孩的屍體吧，或許會找到什麼線索。」

「剛才的男孩，就是指著這個櫃門。」無雙帶兩人到冰櫃前。

逸辰拉開冰櫃，裡面真的是躺著一具十歲左右的男孩屍體。他仔細檢查屍體上留下的死因特徵。首先屍體的皮膚顯得異常蒼白，這是淹死的常見現象。由於水溫一般比體溫為低，容易令皮膚血管收縮，減少血液供應。另外，屍體兩臂和兩腿的外側皮膚呈雞皮樣，這是因受冷水刺激，使立毛肌收縮、毛囊隆起，最後引致毛根豎立起來。這就如冷風吹來時，皮膚常出現的雞皮疙瘩反應。

逸辰再翻開屍體的手掌和腳板部分，發現了俗稱的洗衣婦手皮現象。由於長時間浸泡在水中，水分進入皮膚使表皮角質層軟化、變白、膨脹，引致手腳皮均出現浸軟皺褶。逸辰嘗試活動男孩的四肢，感覺比一般屍體來得僵硬，可能是在溺死過程中，肌肉劇烈運動過後的掙扎抽搐的後果。

「屍體上的所有表徵，確實與溺斃死亡完全吻合。」

無雙嘆了一口氣說，「醫院的見鬼謎團總算偵破了！」

「只是男孩的事情還沒有完結。他希望我能把這個彈珠交給他父母。但是我連他的名字也不知道。」無雙語帶無奈地說。

「可以查看他腳上綁著的腳牌，應該會有死者的資料。」逸辰提醒說。

「腳牌？」

「在醫院裡，手牌是用來記錄病人資料，而腳牌是給死人專用的。這也是一種生死有別的醫院文化。」逸辰解釋著。

無雙果然在屍體的腳牌上找到男孩的資料。原來他是在逸辰派駐急診室的第一天被送進醫院的。只是在被送來時，已經搶救無效證實死亡。

「有了這些資料，應該就可以找到他的家人了。」無雙已經答應少年，一定會把彈珠送回他的父母。

「如果有需要，我也可以幫忙。不管怎麼說，男孩也幫忙把我救醒了。」逸辰說。

「這件事就我來處理好了。你們還有更重要的事情要做。」

「無雙說得對。」靖樹回應。「現在最重要的，是想辦法替白衣少年尋回他的心，填補他胸口的空洞，否則他永遠也無法脫離那陰影的籠牢。」

「他的心到底是指什麼？不可能真的是要找一顆心臟吧。」無雙不明白。

靖樹搖搖頭說，「應該是有什麼事情，讓他感到自己的心臟像被掏空了一樣。可能是跟他所說的原罪有關。」靖樹猜想。

「但是，即使成功找到他的心，我也沒把握可以走進他的潛意識。我所看見的白衣少年，應該只不過是他殘留在心臟的記憶影象。如果想要走進他的潛意識，恐怕一般的瀕死經驗無法做到。」逸辰說。

「我想，那就是教授所說的『生命之鑰』。我們必須要找到一把鑰匙，可以打開那接通人類集體潛意識的祕密管道。」靖樹直覺地說。

第十六章　千羽鶴

兒子，媽媽對你從來就只有愛。你並不是我的負擔。相反的，你才是讓我有勇氣繼續活下去的動力。所以，即使你已經離開了，我還是用我的方式一直愛著你。

第二天，逸辰一早就回到了大學圖書館。想要翻查白衣少年的資料，其實一點也不難，只要在新聞資料庫裡輸入搜尋關鍵字：第一醫院、二〇〇四年三月十九日、少年墜樓等字句，屏幕上馬上列出一堆當日墜樓意外的相關報導。

他被其中的一張墜樓現場照片吸引住。他把照片放大，看見醫院東座的地上有一灘鮮血，而且旁邊還留有一個以白色粉筆繪成的人形圖象。人形圖象記錄了白衣少年墜地時的屍體位置，手腳都像折斷了般扭曲擺放著。他在上次催眠回溯時曾經看過這個人形圖象，是他在小時候所畫的那幅人形素描。

另一篇報導這樣寫道：「倫常慘案，十三歲單親少年離奇於醫院墜樓，搶救無效後死亡。有目擊者表示，事發時聽到一聲巨響，見到一名男孩倒臥醫院大樓對面的空地，少年母親聞訊趕赴現場，跪地搥胸痛哭，並且暈倒在現場。少年因重傷昏迷，送往急診室搶救，延至晚上，證實身亡。」

報導中指出，「少年出生於單親家庭，跟母親二人同住於天水圍一個公寓單位內。少年母親為一名未婚媽媽，在大學唸書時意外懷孕，在兒子出生後，由於生計問題而中途輟學，不但錯失大好前途，更遭受家人唾棄。母親獨力撫養男孩，家境清貧，生活困苦。學校表示，男孩自小缺乏照顧，性格孤僻及缺乏自信，加上天生右腳有些微殘障，常常遭到同學欺凌及嘲笑。

「在意外發生的前一天，少年在校與同學因事發生爭執打架，受傷送院後留院觀察。事發當天，剛好是少年十三歲生日，少年疑因情緒困擾，獨自走離病房到達醫院天台。中午十二時許，少年突然從天台墜下，因此被懷疑是自殺。警方表示，意外並不涉及刑事或人為疏忽，正循自殺及意外失足方向調查案件。」

其他的報導內容也是大同小異。曾經有記者來到白衣少年的住所進行追訪，但是被警察阻止了。逸辰把白衣少年的住所照片也列印出來。雖然他還不知道確實的地址，但是可以依循照片上的背景資料追查下去。

逸辰離開圖書館後，上了一部計程車，只跟司機說了大概的地址。車子一面前行開著，他一面想像著與少年母親見面時的各種可能情景。他擔心這麼突然的拜訪，或許會為少年母親帶來困擾，再次揭開她已經結疤的傷口。一想到這裡，他便感到一陣心疼。

車子下了交流道後，駛進一個舊式的大型公共屋邨，一式一樣的樓房擁擠地豎立在一片細小的土地上。他在進屋邨後的第一個路口下了車，開始尋找照片中的那棟大樓。他從大樓的四周環境，鎖定了最大可能的目標樓宇。當踏進電梯大堂時，一種熟悉的感覺突然湧上心頭。他知道這些感覺並非來自他自己的記憶。

「應該就是這棟大樓了。但是到底是那一個單位？」他喃喃自語地說。

大樓共有二十多層，每一層有十四個單位，粗略估算差不多共有三百五十個住戶。總不可能逐門逐戶地查問吧？正當他感到懊惱之際，一組數字突然在他腦海中閃過——「419」。

逸辰終於明白419的真正意思了。419並不是白衣少年的屍體號碼或出生日期，而是他家的門牌號碼。他從一出生起，便一直住在那個房子裡，所以即使到死後，他依然把牢房弄成是419號。

逸辰搭乘升降機到四樓。電梯門打開後，憑感覺轉右走進一條長走廊，在其中的一個單位門外停下。他看看大門上的門牌，果然如他所料，就是419號房。少年正引領著他「回家」。

正當他想要按下門鈴時，他的心臟忽然跳得十分厲害。他呆站在大門外，腦海裡再次浮現惡夢時的情景片段。他感到一陣天旋地轉的暈眩，雙腳發麻顫抖，整個身體變得軟弱無力。那無盡的墜落感覺，再次侵襲著他。他用力按著劇跳的心臟，不支跪倒在地上，低著頭大口大口地喘氣，豆大的汗珠正從臉頰上滾下。

又是一次驚恐襲擊（Panic Attack）。上一次是在醫院天台，那是少年當時自殺的地方，而這次則是在 **419** 號房門外，他生前的家門口。好像越接近真相，身體的自我防衛機制越是強烈。這到底是對陰影的恐懼，還是陰影想要阻止他繼續前行？

逸辰暫時什麼也不想，嘗試著鎮定身體，他深深地、慢慢地呼吸。過了五分鐘左右，激烈的驚恐反應像潮水般急速退去，就如同上次一樣。他重新站了起來，擦去臉上的汗水，撫摸著自己的心臟。如果這是少年所不願看見的事情，請透過心跳再次告訴他。他也只好選擇尊重當事人的意願，馬上停止並起而轉身安靜地離開。

逸辰在感受心跳的反應，讓心臟自己做決定，像是把主導權交還予少年一樣。過了三分鐘時間，心跳的頻率及幅度均沒有出現變化，他把這視為少年的默許訊號。於是，逸辰再次伸手按下門鈴。叮噹！叮噹！他的心跳也跟隨著鈴聲在走廊徘徊響起。

門鈴按下不久，很快便有人來應門。門一打開，逸辰看見一位年約四十多歲的女士，她面容清秀和善，皮膚白皙，眼角露出兩道約隱約現的魚尾皺紋。她的衣著十分簡樸，一件素色針織上衣，薄身綿長褲，身型看起來有點過於單薄纖瘦。她看見逸辰時，先是一臉愕然。

從她的反應來看，平常應該是不太會有客人上門造訪，或者，她根本沒有認識類似逸辰這個年紀的客人。

逸辰先主動開口說話：「太太，打擾了。我叫逸辰，我是第一醫院裡的實習醫生。」逸辰簡單地介紹自己。

聽到第一醫院，女士果不其然地臉色一變。她什麼話也沒說。

「雖然這樣有點唐突，但是請您不要誤會，我不是什麼來找麻煩的人。我來的目的只有一個，就是想跟您談有關凌風的事情。」逸辰選擇直接道明來意。

女士心想，如果兒子還健在，應該就跟眼前這個年輕人差不多年紀吧？一想到這裡，她的鼻子一酸。「你到底是什麼人？怎麼會知道我兒子的名字？」

「雖然這聽起來很不可思議，但是，其實是凌風告訴我這個地址的。如果不是他，我根本不可能找到這裡。」

雖然已經事隔久遠，一聽到兒子的名字，女士身體深處的某條神經還是被牽動了。她嘴唇帶點顫抖地說：「你怎麼可能認識我的兒子？他已經不在人世很久了。」

「這需要花一點時間來解釋。」

女士低下頭，想了一想後說，「你先進來再說吧。」

多年以來，女士一直避開不去靠近第一醫院，她努力將發生在那地方的所有記憶牢牢封存起來。沒想到十三年後，一位第一醫院的實習醫生，竟突然敲開她家門，並且跟她重提兒子的事情。

逸辰進入屋內，快速地環顧四周。她的家十分窄小，全屋只有不到六坪的地方。客廳裡並沒有什麼像樣的家具，就連電視機或音響也沒有，只有在右邊靠牆的地方，擺放了一張小型餐桌及兩張椅子，其中的一張椅子上堆了好些雜物。看來她是一個人單獨居住，並且過著極其簡樸的生活。

女士把椅子上的雜物拿到一旁，「請過來這邊坐吧。」

逸辰坐在原來堆滿雜物的椅子上。女士站在他面前，看了他好一會兒，才像想起什麼似地走到廚房，她從暖水壺中倒出一杯清水，端到他面前。逸辰望著她的身影，有一種既熟悉又陌生的奇特感覺。

「太太，我現在所要說的事情，可能聽起來十分荒誕，即使您不相信，也請讓我把事情說完。」逸辰喝了一口水繼續說，「十三年前，我因為在泳池遇溺，所以被送進第一醫院搶救。我一直陷入重度昏迷，後來更出現了心臟衰竭，就在瀕死一刻，幸好我獲得一顆捐贈的心臟，及時進行了心臟移植手術，總算活過來了。我翻查過醫院紀錄，換心的當天，剛好就是凌風不幸墜樓的同一天。我相信，我所擁有的這顆心臟，其實是屬於凌風的。」逸辰按著自己的胸口。

女士臉上露出了十分複雜的表情，當中夾雜了喜悅、驚訝及悲傷。她握緊著拳頭問：「我兒子……兒子的心臟，真的是在你的身體裡嗎？」她想要再一次向逸辰確認。

「由於器官捐贈者的資料是絕對保密的，所以我並沒有確實的證據。但是，在手術昏迷的那段期間，我做了一個夢，夢見一個穿白衣的少年，從醫院天台墜下來了。隨著時間過去，漸漸地這個夢已經很久沒有再出現過，直至一個多月前，我巧合地被派回第一醫院當實習醫生，那個夢境又再出現了。我曾經在某種特殊情形下跟他對過話，所以我肯定他就是凌風。」

「凌風……他可好嗎？」這也許是這麼多年以來，最令她感受到快樂的消息。她再也忍不住思念兒子的心情，雙眼閃出了期待的淚光。

逸辰並沒有即時回應。

「當初我把兒子的心臟捐出，也是希望兒子可以遺愛人間，用他的生命照亮其他生命。這就像關一扇門，開一盞燈。但是，除此以外，我還有一個很自私的願望，就是希望兒子能以別的方式，繼續存活在這世界上。」

逸辰略帶歉意地說，「坦白說，他過得並不好。他依然是活在自己的陰影底下，怎麼樣也走不出來。」

女士默默地流下了兩行眼淚，飲泣地說：「都怪我害死了他。他的陰影都是我一手造成的……」

逸辰的心臟也突然抽搐了一下，「這是什麼意思？」

女士雙手顫抖地拿起水杯，喝了一小口水。她的喉嚨彷彿也在顫抖著，好不容易才把水順利吞進胃裡。

「在意外發生前的一天，我接到學校通知，說凌風跟班上的一名同學打架，兩人都受了傷，並且送到醫院治療。因為凌風已經不是第一次跟人打架，校長表示要把他的學籍開除。我不斷地向校長求情，又向對方的學生家長道歉，好不容易才讓他可以留在學校。當我趕到醫院，看見他滿身傷痕，我又是傷心、又是生氣。我問他為何跟同學打架，他不但沒有悔意，更說以後再也不要去上學。」

女士再喝了一小口水，繼續說：「可能是由於長期的壓抑，那一次我的情緒終於崩潰爆發了。我每天拚命地加班工作，就是為了可以給他過好一點的生活。他卻一次又一次地惹事生非，完全沒有體諒過我的心情。當時我實在感到十分地絕望難過，不但把他痛罵了一頓，還失控地打了他一個耳光。而且我還說了一些不該說的話。」女士欲言又止，像是說不下去似的。

逸辰按住她正在顫抖的雙手，感到一陣冰冷從她的手背傳來。

「我竟然對著他說：『都是因為你，我的生命才會落得如此悲慘的下場。我已經為你放棄了一切，包括我的人生。我真的已經很累、很累了，你還想要我怎樣！我一輩子最後悔的事情，就是把你生下來。』」她像是花光了身體裡的所有力氣，才能把這些話說完。之後她整個人癱軟地伏在桌上，不斷地飲泣。

逸辰什麼話也沒說，任由她把壓抑多年的情緒與眼淚流走。過了好一會兒，她才再次抬起頭，用手拭乾臉上的淚痕。

「我想，凌風根本就沒有責怪過您。至少我不曾有過這樣的感覺。」逸辰按住自己的胸口說。

「但是，做為一個母親，我竟然對自己兒子說出這種可怕的話，深深地傷害了他。所以，其實是我把他害死的，是我親手將他從高處推下來的。」

她嘆了一口氣說，「我後來才發現，那次他跟同學打架，原來不是因為別人嘲笑他，而是那個同學說了一些侮辱我的話。他其實是想要保護我，所以才動手打人的。他其實比任何孩子都要單純善良。而我說的那些話，一定傷透了他的心。」她顯得一臉懊悔。

「也許，凌風一直覺得自己是媽媽的包袱，把媽媽拖累、害慘了，所以他把自己的出生，看成是所有人痛苦的根源，才會選擇在生日當天將生命結束。他希望以死亡做為贖罪，當成是他唯一能送給媽媽的禮物。」逸辰終於能夠理解凌風當時的心情。

「這個孩子真的是太傻了！我根本從來沒有嫌棄過他。相反，他才是我生命中最珍貴的禮物。」

「事情已經發生了，誰也不能改變什麼。」逸辰停頓了一下，「但是，我們或許還有機會，幫助他走出生命的陰影。」

女士看著逸辰的臉說，「只要能夠幫助他，我什麼都願意做。」

「他的內心出現了一個空洞，如果想幫他走出陰影，就必須替他找回心。」

「必須找回心……這是什麼意思？」女士喃喃自語地說，「凌風沒有什麼朋友，也很少對我說出心裡話。這樣想想，原來我並不是很清楚，他到底真正喜歡什麼東西。」

「我想，我可以猜到答案。」逸辰開始明白心是指什麼了。「如果他可以聽到您所說的話，您會想對他說些什麼？請您把我當作是他，把您沒來得及跟他說的話說出來。」

女士看著逸辰的胸口，忍不住把手輕放在他的心臟位置上。「兒子，媽媽對你從來就只有愛。你並不是我的負擔。相反的，你才是讓我繼續有勇氣活下去的動力。所以，即使你已經離開了，我還是用我的方式一直愛著你。我知道你也是一樣。我現在唯一想要的禮物，就是你能夠勇敢走出生命中的陰影，以另一種形式，好好地過日子。我相信你一定能做得到。」

說完後，女士原來繃緊的面部表情像是突然鬆馳了一樣。她這一輩子最大的遺憾，就是沒能見到兒子的最後一面，對他說出這段心底話。

「我一定會把您的話帶給凌風的。」

「謝謝你。」女士感激地說。

逸辰站起身準備要離開，女士卻把他叫住了。她走進房間，在床頭的矮櫃裡拿出一個玻璃瓶，瓶裡裝滿了一隻隻用彩紙摺成的千羽鶴。

「這是我親手為兒子做的生日禮物。每一年到了他的生日，我都會按照他的年紀，做給他同等數量的千羽鶴，祈願他可以振翅高飛，幸福快樂。我從他一歲開始，便把這些紙鶴收存起來。即使在他離開後，我也從無間斷地為他準備生日禮物。明天就是他二十六歲生日，我已經把今年的二十六隻千羽鶴放進瓶子裡，請你也把這個帶給他。」

「我明白了。」逸辰雙手接過玻璃瓶。世上沒有什麼禮物，會比這三百五十一隻千羽鶴，更能夠撫慰凌風的內心。每一隻紙鶴都代表著母親對兒子的愛及守護。

「沒想到，凌風的離去，還可以成就了一位了不起的醫生。希望在往後的歲月，你可以帶著他善良的心，拯救更多生命。我會一直在這裡為你們禱告祈福的，兒子們。」女士有點依依不捨地對他倆說。

「在我心裡，您也是我的另一位母親。我們會再來看您的，您要好好保重。」逸辰像是在擁抱自己的母親，跟凌風母親正式道別。

回到家，時間已是下午三時十五分。逸辰趕快洗一把臉，用簇新的剃刀刮掉鬍子，整理儀容。之後換上剛洗淨的棉質襯衫與西褲，拉平襯衫上的皺紋，披上西裝夾克。一切滿意後，穿上皮鞋開門離去。

他並不是要去約會，而是要出席醫務委員會的紀律聆訊。紀律聆訊在醫院頂層的會議室舉行，由院長及兩名顧問醫生共同負責主持。然而，他內心的紀律聆訊，早在瀕死經歷時就已經完結了。

他敲門後進入到會議室，三位醫生已經坐在橢圓形會議桌的一側了。三人桌上各放了一疊厚厚的文件，氣氛有點像法院的刑事審訊一樣。

「我們已經詳細審閱過急診室的報告，亦詢問過其他當值的醫生與護士。證供顯示，你違犯了醫院的醫務守則第七章第五條，即在沒有合資格的醫生情況下，擅自替病人進行胸膛刺穿手術。對此，你有沒有異議。」坐在右邊的顧問醫生像是在宣讀判詞一樣。

「我並沒有異議。」逸辰直接了當地回答。

「你可知道擅自進行相關手術的風險與後果？」左邊的顧問醫生接著問。

「我清楚知道。」逸辰把當時的診斷評估、風險因素及手術後果一一道出。彷彿在回答口試考核一樣。

「所以，你相信自己一定能救活這個病人，而且手術一定不會出錯？」左邊的顧問醫生繼續追問。

「我相信這是當時唯一的可行方法，阻止病人即時死亡。我是在環境許可及能力範圍內盡力救人，至於是否一定能救活，或過程中會否犯錯，我並沒有考慮。」

「即使這樣做，可能會令你失去當醫生的資格，也沒關係嗎？」那醫生繼續問。

「如果今天我只是個計程車司機，看見街上躺著一位垂死的病人，我想我也會毫不遲疑，以我所相信及所懂得的方法施予救援。所以有沒有穿著醫生袍，是否擁有醫生資格，對我來說，所做的決定都是一樣的。如果因為害怕當不了醫生，而明知可救而不救，又或者延誤救援，這並不是我選擇當醫生的初衷。」逸辰態度堅定地說著。

「如果讓你再選一次，你也是會做相同的決定嗎？」院長確認地問。

「是的，我一樣會是相同的決定。」逸辰肯定地回答。

「我明白了。今天的聆訊已經結束。請你在門外稍等一下。」院長滿意地說。

「院長，還有其他的問題及科主任的供詞沒有處理啊。」兩位顧問醫生在旁細聲提醒說。

「這些已經充分足夠了。」院長把檔案簿蓋上。

過了五分鐘左右，會議室大門再次被打開，兩位顧問醫生面帶不悅地先行離開。院長把逸辰叫了進去，二人單獨地談了一會。

「無可否認，你的確是違反了醫務守則。只是這一次，我不打算對你做出紀律處罰。這個結果，並不是代表我認同你的做法。然而，考慮到這次的情況緊急及特殊，所以我才會酌情這樣處理。」院長說。

「我明白你的意思。」

「下週起，你便可以再回到急診室繼續實習的職務。」

「謝謝院長。」

「判你違規犯錯，是我身為院長所需要做的事情。」院長從對面站起來，走到他的身旁，拍拍他的肩膀說，「但是同樣身為一個醫生，我會支持你的決定。你能明白當中的分別嗎？」

「在醫院裡當醫生，你的身分不只單純是醫生，也是整個醫療團隊裡的一名團員。醫生的信念固然是最重要，只是醫院的規定也不能忽視，否則整個團隊就運作不了。而受害的最終卻是病人。」院長解釋著。

「我明白院長的意思。有時候，這並不是好壞或對錯的問題，只是兩者並不能輕易分割。如何去平衡個人信念及團隊需要，每位醫生就只有努力地適應，並且好好地面對。」逸辰回應說。

「永遠不要忘記你當醫生的初衷。如果有一天，你開始懷疑自己是不是一位真正的醫生，那你就應該趕緊離開所工作的單位。」

這是院長最後對他說的話。

第十七章　二度瀕死

事情已經走到這個地步，怎麼樣也不可能回頭。這就像不知何故，一腳踩進沙漠的浮沙堆，大半個身軀突然被拉扯進去，就只能拚命掙扎從裡頭爬出，因為回頭的路已經不存在了。

無雙根據屍體腳牌上的姓名與死亡日期，向表姐打聽到急診室當日處理過的急救個案，結果找到一宗少年遇溺搶救後死亡的紀錄。溺斃少年的名字與年齡，跟屍體上的完全吻合。無雙可以百分百肯定紀錄中的死者，就是那少年鬼魂。

紀錄上寫著，意外發生在少年所居住的屋苑游泳池裡。無雙依照死者的地址，找到了意外發生的游泳池。由於正逢周一的中午，游泳池裡就只有兩三個泳客。她跑到游泳池的管理處，跟經理查問了當日的意外經過。

「我是大學的心理輔導員，醫院通知我們上個月在這裡發生了一宗意外事故，一名十歲男孩不幸在泳池遇溺死亡。我們想了解一下事故，希望對男孩的父母提供心理輔導。」無雙隨便編個理由說，並向經理展示了大學的教職員證件。

經理馬上翻查了相關紀錄。「在上月的十八號，的確是有一名男孩在泳池遇溺。由於我不在現場，我幫你找當天當值的救生員查問一下吧！」

經理隨即把救生員叫來。

「我想問一下意外發生時，男孩的父母在現場嗎？」無雙問。

救生員想了一想。「當時他的父母都在岸上。他的媽媽在岸邊看雜誌，而爸爸則躺在太陽椅上不小心睡著了。」

「他的爸媽怎麼都這麼大意，沒有好好盯緊男孩呢？」

「其實男孩的爸媽經常帶他到泳池遊玩，一星期至少來三至四次。男孩本身很熟諳水性，時常一個人在泳池游泳，所以大家對他都特別放心。」

「那天的意外，到底是怎麼發生的？」

「那一天，男孩本來是在岸邊獨自一人玩彈珠的。但是不知道什麼時候，他突然跑到水裡，而且更潛進游泳池底去，岸上的人根本就看不到他。我是碰巧走到岸邊，赫然發現一名小孩的身影伏在池底，才知道發生了意外。雖然我立即跳進水裡把他救起，只是他已經沒有了呼吸心跳。」救生員說這話時一臉沮喪。

「所以這只是單純的一場意外，不能說是由於誰的粗心大意所造成的。」

「坦白說，有些事情不管你多麼小心地預防，不幸還是會發生的。男孩的爸媽在意外發生後十分自責，他們每天都會到泳池畔，要不就是呆呆地坐在岸邊看著水裡，要不就四處查看，像是在找什麼東西似的。」救生員搖頭嘆息地說道。

「我想，意外發生當天的男孩及他的爸媽應該都是在找這個吧。」無雙從口袋裡拿出那粒彩光彈珠。

「妳……怎會有這個的?!」救生員一臉驚訝。

「這是醫生在男孩屍體上找到的。」無雙不想嚇著他。「你知道男孩的爸媽住在哪裡嗎？或者，你有他們的聯絡方法嗎？」無雙問。

「他們才剛離開這裡不久。」救生員把地址告訴了無雙。「希望妳可以幫助到他們。」救生員說。

「其實你已經盡力了。」無雙臨走之前對救生員說。

無雙按照救生員給的地址，走到屋苑的住戶大堂，找到二十樓 A 室的住戶信箱。她打開一個預先準備好的信封，將彩光彈珠及一張心意卡放進裡頭，然後把信封投進信箱。她模仿小孩的筆跡，在卡片上寫下男孩想要她傳達的話：「爸爸媽媽，請你們不要再找我了，我要去一個很光很亮的地方。你們不要再為我難過了。謝謝你們當我的爸媽。」

無雙雙手合十，並閉上眼睛說：「希望這遲來的訊息，能為你的爸媽帶來最大的安慰。唯有生者幸福，才是對離去親人最好的禮物，所以你們一定要努力好好活著。」

這是無雙特別為他們舉行的度亡儀式。在儀式完成後，她悄悄地從屋苑裡離開，彷彿未曾在此出現過一樣。

另一邊，靖樹仍在努力尋找進入白衣少年潛意識的方法，只是她一點頭緒也沒有。她只好暫時放棄，想找一處地方清醒下腦袋。她看看手錶，已經是星期一的黃昏時間。突然間，她想到了一處合適的地方。

從大學一年級開始，靖樹每逢星期一晚上都會到大學游泳館游泳，這已經變成了她生活習慣的一部分。為什麼要特別選在星期一？這多少跟星期一症候群有關。星期一症候群是一種跟時間有關的精神心理病。從星期一醒來那一刻起，患者便覺得心裡有一種難以擺脫的壓抑鬱悶，不但思緒特別混亂、難以集中精神，身體更有疲憊乏力的感覺。在這天，做事總是常出錯，工作效率偏低，又容易與人衝突，所以大家都說星期一是個被咀咒的日子。

但在這種日子，最適合的就是做運動。靖樹跳進水裡，把游泳池變成舞池，自己則成了水中的舞者。她按照自己的節奏划動手腳，就像是男女舞伴般互相配合，一隻手進、另一隻手退，一隻腳往上、另一隻腳踢下，手划動一次的同時，腳便踢動三次。這一切都不用思考，變成是潛意識裡的牢固肌肉記憶。在忙亂的生活中，這算是她一個十分有效的自我調節方法。

所以每次游泳過後，她都像是重新調回了自己的呼吸與腳步節奏，心情也變得輕鬆起來。她很難想像自己活在一個不能游泳的地方，那該會是一件多惱人的事情。她穿著三點式泳衣，從泳池返回岸上，髮端仍滴著豆大的水珠。她用毛巾擦乾耳邊濕透的秀髮時，電話便響起來了。

電話的另一邊傳來了逸辰的聲音。「晚上有時間一起喝杯東西嗎？」

「嗯，我現在大學的游泳館，剛好準備去淋浴。」

「我現在過來接妳，三十分鐘後在游泳館門口見面。時間足夠嗎？」

「應該足夠了。」

靖樹掛上電話後到更衣室梳洗，換上新的白色襯衫與窄身短褲。步出游泳館時，逸辰已經站在大門的舊式投幣汽水機旁邊。

逸辰上前叫她。倆人一邊走路一邊聊天，朝著海旁的方向走去。

「我不知道妳也喜歡游泳的。」

「每逢星期一晚上，我都習慣在這裡游泳的。」

「是游泳習訓班之類的東西嗎？」

「有聽過星期一症候群嗎？」靖樹問。「就是一種跟時間性有關的心理毛病。」

「大概有聽說過。通常大家都很討厭星期一，因為是每星期上班、上學的第一天，好像是漫長的痛苦開端一樣。而星期五則肯定是大家的最愛。雖然面對同樣的工作時間，大家卻換了個度假心情似的。」逸辰回應說。

「如果只是單純的精神狀態不佳、工作效率降低還好，但是研究發現，星期一的自殺率和心臟病發率也是特別高的。」靖樹接著好奇地問，「在急診室也會有這個問題嗎？」

「我倒是沒有發現過這個現象。但是人真是奇怪的東西，光是透過想像與期待，就能破壞心情、弄壞身體。」逸辰有感而發地說。

「不過你好像都不太會有這類煩惱。你比較喜歡活在自己的時間與世界裡頭。」靖樹感覺他跟外在世界永遠保持一種適度的距離。

「你是在說我活得比較抽離吧。」逸辰直接點出靖樹言語背後的意義。「我並不是故意這樣的。」逸辰其實常被人這樣說。

「有這樣的一個說法，聰明人不一定討厭合群，但是肯定都愛獨處。因為社交是一件既耗神又浪費時間的事，所以聰明人寧願把時間留在真正重要的人和事情上。這些人常被他人投以側目，被貼上孤僻、自負，甚至是自私傢伙的標籤。然而，他們往往能做出不一樣的非凡成就。」

「這聽起來有點像是對病人說的安慰話。」逸辰自嘲地說。

他們沿著大馬路轉入一個舊城區，雖然已經是晚上十時多，街道的霓虹招牌依然閃亮著，感覺跟白天沒有太大分別。

「所以你也討厭星期一嗎？」

「剛好相反。我特別喜歡星期一。」

「為什麼?因為大家都比較憂鬱嗎?」

「我哪有這麼變態。」靖樹白了他一眼。「因為星期一的世界,好像比別的日子都要大及寧靜。」

逸辰想像,一個膨脹了的星期一世界,到底有什麼不一樣。

靖樹解釋說,「因為大家都像相約好似的躲起來了。不只是游泳館,就連街道、餐廳、電影院都變得比較清靜,感覺整個世界突然變大了一樣。」

「這是一種不錯的逆向思惟方式。」逸辰笑笑回應。「但是,妳為什麼喜歡游泳?」

「因為我喜歡身體泡在水中的感覺。」靖樹解釋,「水可以讓人學會平衡與節奏,只有在水裡,人才會感到平衡的重要,明白什麼才是自己的節奏。」

「說的也是。每個泳手必定擁有屬於自己的呼吸與划水節奏的。」逸辰完全明白靖樹說的那種感覺。「游泳時,需要感受水的流向與阻力變化,從而調整身體划水動作的強度、速度與方向,提醒自己盡量保持良好的流線姿勢,取得高度的浮力平衡,才可以在水中輕鬆地穿梭滑動。這既是一種對水的綜合知覺,也是極為纖細複雜的和諧協調關係。」

「你怎麼會對游泳有如此深的認識與體會?」靖樹驚訝地問。

「這多少跟我的康復過程有關。」逸辰說。

「康復過程?」

「不知道算是巧合或是諷刺,我的瀕死與康復過程,都跟水有莫大關係。心臟手術後,我的身體變得十分虛弱,負荷不了絕大部分的高強度運動,而游泳卻是少數中的例外。醫生規定我要接受長時間的游泳鍛練，以強化心肺機能及器官融合。所以只好迫於無奈去游泳。」

「你好像也沒有喜歡或不喜歡的選擇餘地。」靖樹回應。

「雖然最初我並不是打從心底裡喜歡游泳，卻在不知不覺間喜歡上了。身體康復後，我也沒有停止過練習游泳。或許你不相信，我其實是大學泳隊的選手。」

「你的外表身形也像是一個泳手。再加上游泳是少有不用跟人交流的運動，應該會是你喜歡的類型。」靖樹像是在為他做心理分析。

「我倒是沒有注意到這一點。」逸辰繼續說。「心理醫生是否都是這樣的？」

「都是怎樣？」

「都愛時刻解讀人的心理與行為。這種感覺就像是把別人的衣服脫光了一樣。」

「那也不一定。」靖樹笑說，「也得看那人脫光衣服後，會不會太難看。」

逸辰笑笑沒有回應。

大約走了二十分鐘的路程，倆人轉入一條僻靜的狹窄小巷子，在巷子盡頭看見一間隱蔽的酒吧。

「這是一間很不錯的爵士酒吧，要不要試試看？」逸辰提議。

「好像是一個不錯的選擇。」靖樹說。「特別適合藍色的星期一。」

酒吧門旁的泛黃燈箱上，寫著英文店名「Limelight」，名字有點像是爵士樂曲中常出現的歌名。酒吧看上去已有一點年紀，老松木地板的漆面，已經被磨得褪色不再光滑，好幾處還留下了略微不平的刮花痕跡。踩在上面時，可以聽到輕微的吱吱作響。

環視酒吧內的四周，空間要比想像中寬敞，天花板很高，上面垂下來一個又一個舊式的鎢絲燈泡。燈泡正散射出微醺的燈色，打在牆壁的爵士名伶黑白照片上，令人回想起那個曾經存在的爵士樂黃金時代。

酒吧並沒有現場的爵士樂演奏，但是在中央位置放了一部古舊的黃銅色留聲機，正播放著 Miles Davis 邁爾士·戴維斯的 Kind of blue《泛藍調調》專輯。雖說是酒吧，這裡卻出奇地安靜。可能由於星期一症候群的關係，全店客人加起來只有十個左右。大家都沒有怎麼交談，只是陶醉於即興調色的爵士演奏播放。

倆人在長型木吧台的靠邊位置坐下，分別點了蘇格蘭的單一麥芽威士忌。

滿臉鬍子的中年酒保把水晶玻璃杯端到倆人面前，先放進一顆雞蛋般大小的圓型冰塊，再將陳年威士忌緩緩傾注在冰塊上。威士忌散發出橙皮帶蜜味的香氣，入口時換上新鮮榛果和葡萄柚味道，口感十分圓潤，辛辣的餘韻令人印象深刻。

逸辰喝一口威士忌。「我終於找到了白衣少年的媽媽，並且知道了他自殺的原因。」逸辰把跟白衣少年媽媽會面的詳情告訴了靖樹。

「所以白衣少年覺得他的出生本身就是一種罪，亦是媽媽無盡苦痛的源頭。他希望透過自殺把一切痛苦完結。其實所有輕生的念頭，都是源於想要結束痛苦，而不是結束生命。」靖樹有所感觸地說。

「在意外發生之前，媽媽把他痛罵了一頓，這讓他以為媽媽不再愛他、不想要他了。當失去世上僅有的愛，他的心便瞬間像被掏空了。」

「他之所以選擇在生日那天自殺，其實也是一種象徵意義。他想把自殺當成是一份送給媽媽的禮物，希望可以藉此讓媽媽重獲自由，不要再拖累媽媽的人生。如果他的出生是罪，那麼自殺就變成是贖罪一樣。他真的很愛他的媽媽，他愛媽媽甚至多過於愛自己。」靖樹分析著說。

「只是，他媽媽並未因此得到解脫。相反，媽媽的心卻跟他一樣，留下了一個永遠無法彌補的空洞。」逸辰感慨地說。

「這情況有點複雜。」靖樹想了一下，「倆人心中的空洞都同時包含了最深的愛與罪。」

「愛與罪。這恐怕是一個只有神，才曉得如何解答的難題。」

倆人點了續杯的威士忌，暫時誰都沒有說話。只是一面喝著威士忌，一面傾聽著 Miles Davis 的演奏，Blue in Green、So What、All blues……

靖樹拿起手中的酒杯，一面搖晃、一面發出咔啦咔啦的聲音。她看著杯中的冰塊慢慢溶化，把原來琥珀色的威士忌漂成淡紅。她突然想起瀕死體驗中看見的血色洪流，還有死亡之藤給予她的第三眼。她閉上雙眼，嘗試打開內心的第三眼，想要看清面前的迷霧境象。

她將視線從杯中的威士忌移向逸辰。她的眼神像是忽然看見了什麼似的。「教授說過，如果要進到白衣少年的潛意識，就必須通過另類的瀕死體驗，回到潛意識轉移時的死亡時空。那既是你跟白衣少年生命的連接點，亦是你倆靈魂交滙的次元空間。潛意識轉移就是在那瀕死通道發生的。」

「但是另類的瀕死體驗到底是指什麼？如何才能打開那祕密通道？」逸辰一臉茫然。

「如果說生跟死是兩種不同的生命形態，那冰塊就好像是生存，溶化後的水分就是死亡。因為冰塊是以獨立個體存在的，所以必須溶化成水才能跟別的冰塊融合。」靖樹以杯中的威士忌作比喻。「如果我以威士忌代表白衣少年的死後形態，那你就是杯中的冰塊。因為冰塊跟威士忌是兩種並不相融的東西，所以必須先將冰塊溶化成水分，只有水分才跟威士忌處於對等的相融液態。而就在水分滲進威士忌的一剎刻，通道的大門便會打開。」

逸辰認真地想了一想。「所以當中是牽涉了兩個重要過程，首先是冰變水，然後是水進威士忌。而通道就是出現在兩者相融接通的瞬間。」

「這是『二度瀕死』體驗，意思就是從自己的瀕死世界跳進另一人的瀕死世界。」

二度瀕死。逸辰感到十分不可思議。

「其實這也並非完全不可能。」靖樹說。「教授曾以自我催眠進入潛意識，並找到他的內在醫生。之後，內在醫生在潛意識裡替他進行二度催眠，就像是在催眠世界中，再進行另一次催眠。如同在夢境世界裡建構另一個夢，即所謂的夢中夢。」靖樹試著說明。

「所以我要先瀕死變成靈魂，然後回到心臟移植的瞬間，在那裡再瀕死一次，進到白衣少年的潛意識裡。在兩個瀕死世界觸碰的瞬間，通道便會打開。」逸辰像是在複述手術流程一樣。

「這就是所謂的另類瀕死體驗。你的靈魂需要先後瀕死、蛻變兩次。」靖樹終於明白教授的意思。

「怪不得教授要我們先找出自己的瀕死安慰劑了。」逸辰也恍然大悟。「因為教授的瀕死容器只能製造一次瀕死體驗。」

「但是二度瀕死的意念太有難度，實質的操作方法，也許只有教授才知道。」

靖樹喝了一口威士忌，皺著眉頭還是顯得憂心忡忡似的。

「是不是還有什麼其他問題？」逸辰試著問。

「你還記得瀕死世界的通道大門嗎？如果門一旦關上，你的靈魂，將永遠被困在那裡。你可能再也醒不過來，或者陷入混沌不清的無意識狀態中。」靖樹說。

逸辰想起之前被困的危險經歷。「不是用鹽就能把靈魂再次喚醒嗎？」

「或許在你的瀕死世界可以。但是，現在你要進入的卻是白衣少年的潛意識，如果通道大門一旦關上了，恐怕連鹽也起不了作用。」

逸辰沉默著，閉上眼睛想了一會。

「你覺得真的值得冒這個險嗎？」靖樹想要再一次確認。

「如果放棄了白衣少年，就彷彿把我的某一部分也放棄了一樣。」逸辰把威士忌喝完。「事情已經走到這個地步，怎樣也不可能回頭。這就像不知何故一腳踩進沙漠的浮沙堆，大半個身軀突然被拉扯進去，就只能拚命掙扎從裡頭爬出，因為回頭的路已經不存在了。」

靖樹也一口把威士忌喝完。「或者出口並不在回頭的路上。恰巧相反，必須繼續往內裡深入地鑽進去。」

「謝謝妳。」逸辰感受到一份無聲的支持。

午夜過後，店裡的客人陸續離去，最後只剩下他們兩人坐在吧台前。他們再沒有談及瀕死的事情，只聊一些彼此都關心的生活瑣事。Miles Davis 退場後，馬上換上了 Nat King Cole 的磁性嗓音。

倆人一面喝酒、一面閒聊、一面聽音樂。

逸辰摸摸自己的口袋，突然發現有一顆檸檬水果糖。他想起了十三年前的靖樹。他把水果糖從口袋拿出放在靖樹面前。「送給妳的。」

靖樹看到枱上的水果糖，整個人愣住了，腦海馬上浮現一段十三年前的記憶。這只是一場巧合嗎？

「你怎麼會知道我愛吃這款水果糖的？」她好奇地追問。

小時候，靖樹最愛吃的就是檸檬水果糖，但是她從來未曾對誰提起過這件事情。自從爺爺去世以後，她就再沒吃過水果糖了。

「我其實並不知道。」逸辰坦白地說。「但是，妳還記得太平間長椅上的檸檬水果糖嗎？」

「你……怎麼會連這件事也知道的？那已經是十三年前的事，而且當時只有我一個人待在太平間裡。」靖樹由好奇變成驚訝。

「因為那天我也在，只是妳看不見我。」逸辰說。「當時我應該是正在醫院進行心臟移植手術。」

「所以，那時候你的靈魂離開了身體，曾經在太平間遇上十三年前的我。」靖樹忽然間像是明白了一切。「那顆檸檬水果糖，其實是你送給我的，並不是媽媽或爺爺。」

逸辰微微地點頭。

「真的非常謝謝你。」

靖樹感到生命真的是不可思議。早在十三年前，死亡便以不同形式，將兩人的生命牽在一起。

雖然各自走了人生一圈，最後卻又回到初次相遇的地方，再一次重聚。這就像乘坐遊樂場的迴轉木馬，跑了一圈回到終端，再次遇見。

她想起了張伯伯的話：「很多的相遇，其實都是久別重逢。」或許，張伯伯把聖甲蟲交給她，冥冥之中幫助了倆人得以再度相認。因為那本來就是一個重遇的信物。

但是，原來這顆檸檬水果糖，才是讓他倆相認的真正信物。

第十八章　這麼近，那麼遠

如果想要走出過去的傷痛，最有效的方法，是依靠新的體驗。真正的療癒，只發生在當下的每個生命體驗裡。

離開 Limelight 酒吧時，外面開始下起濛濛細雨。雨，無聲地落在街上，濡濕了四周密密麻麻的高樓。街道傳來一陣殘敗與垃圾腐壞的味道，那些高樓彷彿變成了豎立在墓園裡的碑石，整個城市變得異常地落魄死寂。在黎明前，到處都充斥著死亡的氣息。

逸辰伸出雙手，緊緊地抱著靖樹的身體。

靖樹把頭枕在他的右手臂上，手掌輕輕按在他的胸膛，感覺到他的心臟正劇烈地鼓動著。他的肌肉結實並富有彈性，這是高強度游泳訓練造成的優質肌肉，跟在健身房操練出來的僵實肌肉並不相同。

她以手指沿著他的身體邊緣，仔細地繪畫出他的身體形狀。指尖從皮膚的溫度與彈性，讀取出他的身體正處於極度興奮的狀態。

他開始脫她的衣服，一件一件慢慢地脫下……他跟她擁抱著，感受她微熱並柔軟的身體。她把臉靠近，溫暖的氣息吹在他的脖子上，節奏漸漸變得急速。

當他進入她，他像是感受到她的痛楚。「沒關係，先不要動。」他安慰著靖樹說。

「我想把身體交給你，不管有多痛，我都能接受。」她想要再試一次。

只是疼痛的感覺比剛才更加劇烈。她的手心與背全冒著冷汗。他用力抱住了她，「真的沒關係，這樣就已經很好了。」當他不再活動，她身體內部的肌肉停止了收縮，疼痛也暫時止住了。

他伸手輕摸她的秀髮，讓她鎮定下來。小時候，爺爺也常這樣哄她睡覺的，所以她感到了一份莫名的親切感。

「很對不起。」靖樹抱歉地說。「你一定很難受吧。」靖樹感到他仍處於極度興奮的狀態，沒有半點退下的跡象。

「能夠和妳在一起，我已經很滿足了。」逸辰希望的，就只是一直與她在一起。

「我以為自己已經走出陰影，性交疼痛的生理問題便會消失。但是，不知道為什麼，那道自我保護的屏障仍然在這裡。」

「你不是說過，身體是我們的保衛者，而不是敵人嗎？而且肌肉也有自己過去的記憶，你看我的心臟就是一個好例子。或者妳所需要的，只是時間，讓肌肉可以慢慢調教及適應。」

「或者，我心裡還是帶著過去的可怕記憶，所以身體的自我保護機制便不自覺地啟動起來。」

靖樹想起剛才閃過的害怕感覺。

「因為人總想要擺脫過去，結果反而一直被過去所牽拌著。」

「就像越努力不去想某個東西，腦袋就越是捉緊那東西一樣。」靖樹明白這也是一種悖論思惟。傳統的心理治療總是教人如何放下過去，或是回到過去，以不同的方法進行療癒。但是，那並不是唯一或最好的方式。她像是明白了什麼重要事情似的。「如果想要走出過去的傷痛，最有效的方法，是依靠新的體驗。真正的療癒只發生在當下的每個生命體驗裡。」靖樹說。

「因為不管如何放下或重新解讀，過去終究還是過去，是怎麼樣也不可能再次返回的人生經歷。」逸辰明白她的意思。

「與其執著過去的人生，倒不如放眼現在的當下。因為只有現在，才是生命的全部。」此時此刻，靖樹開始深切感受到逸辰在她身體裡面的感覺，她被完全徹底地填滿了。那裡根本就容不下半點的空隙距離。「只要能把心收回到當下，肌肉就沒有空回到過去了。」
這次是她首次在完全沒有疼痛的情況下做愛，她感到了前所未有的高潮快感。
之後，他們緊緊地依偎擁抱在一起，在不知不覺間昏睡過去了。

逸辰醒來的時候，床上就只剩下了他一人，靖樹已經不在身旁。
昨夜是在做夢嗎？但是身體仍留有感覺，身旁的枕頭也留有曾經睡過的凹痕。他拉起被單，深深地嗅聞一下，上面隱約還留有靖樹的體香。
他看看窗外，已經是黃昏的時候。他趕緊起床，先到浴室淋了一個熱水浴，再到廚房做了簡單的蛋沙拉三文治和美式咖啡。他在咖啡機上，發現了一張黃色字條。那是靖樹留給他的訊息。
他看完字條，心裡突然泛起一份很想要活下去的欲望。原來人在面對危難時，所產生的勇敢求生力量，遠比破釜沉舟、誓死一拼的力量來得要大。不怕死，或許能帶給人無畏無懼的拼死精神，但是，當無論如何也想要生存下去時，產生出來的，卻是奇蹟般的生命力量。
現在該是時候，把最後的事情做完結了。

晚上九時，逸辰帶著喪屍巫毒及急救用的針藥到達靈異實驗室。他輕輕地敲門。到來應門的是靖樹。兩人眼神接觸的一刻，彼此像是觸電了一樣。昨晚的情境在兩人腦海中快速閃過，一股炙熱湧進各自的胃裡，像是再次確認那並不是夢。
「你怎麼還不進來啊？」無雙在靖樹背後嚷嚷道。

逸辰進到房間後，無雙才察覺到兩人表情都有點怪怪的，她忍不住開口問：「你倆是不是發生什麼事了？」
「沒有什麼啊。」兩人異口同聲地說著。
「可能是昨晚喝多了。」靖樹想要含糊帶過。
「你倆昨晚就只是喝酒這麼簡單嗎？」無雙咪細眼睛打量著兩人。
「就……就是喝酒嘛。」靖樹開始有點臉紅起來。「妳是怪我喝酒沒叫妳吧。」
「還是……有些事情是你倆知道，而我不知道的？」無雙隱約猜到兩人的關係有些變化。
「先不要說這個啦。我們快準備等一下的實驗吧。」靖樹催促著她，想要轉移話題。
「對啊，我的性命可是交在妳的手裡的。」逸辰也開玩笑地說。
「好吧。」無雙只好先回到正事上。她把最近在大學偵查到的情況，向二人簡單地報告。「自從教授失蹤後，大學裡出現了好一些人事變動，不但社科院的高層職員被撤換了，就連大學的保安主管也被調走了。現在大學到處都是一些不知從那裡來的保安員，所以我們的行動必須低調及小心。之前，系主任想要進入教授的工作室查看，卻被三角眉警察阻止了。三角眉警察把保安員也趕離了現場，並將卡夫卡死囚室封鎖，列做犯罪現場，他更派便衣警察二十四小時守住通往地下樓層唯一的出入口，不許任何人進入。」
「那麼我們應該如何進去？」靖樹心急地問。
「我們必須趁著警察換班的時候偷偷溜進去。根據我多日觀察，他們換班的時間，剛好是在每晚的九時一刻。」無雙說。

「九時一刻？那不就是教授跟我們相約的時間嗎？」

「我也不清楚這是單純的巧合，或是當中有什麼特別原因。反正我們就趁那不足一分鐘的空檔，從側門樓梯的轉角處偷偷地溜進去。要是發生什麼特別狀況，我就藉故拖延警察，你倆先進去跟教授會合。」

「這樣會不會太冒險了？」靖樹擔心地說。

「連死都不怕了，還擔心這個幹嘛。」無雙看看手錶。「時間無多了，我們趕快動身到文學院大樓吧。」

「現在也顧不了太多，我們一切見機行事。」逸辰同意地說。

時間九時一刻。便衣警察把菸抽完，離開地面樓梯的出入口處，走向停泊在前面空地的警車。他跟前來接班的警察進行短暫的交談，之後便上了警車後離去。三人此時趕緊從樓梯背後的轉角處衝出，悄悄地溜進地下樓層，他們經過昏暗狹長的走廊，順利地到達了卡夫卡死囚室。房間門前有一條警察專用的封鎖膠帶，三人小心跨過膠帶，準備推門進去。

「推左邊的門！右邊門鉸銹蝕了，轉動時會發出刺耳巨響的。」靖樹及時提醒逸辰。

門並沒有上鎖。三人進到房間後，趕快把門再次關上。由於房間異常昏黑，幾乎什麼也看不見，三人只好先安靜站在門後，等待眼睛逐漸適應黑暗環境。突然，逸辰察覺辦公桌後好像有動靜似的，有誰正背對著他們，坐在教授的椅子上。靖樹及無雙也同樣感覺到了。

那個誰忽然劃下一根火柴。火柴末端燃起一個耀眼的小火球，空氣中充斥著濃濃的硫磺氣味。

那個誰用火柴點起含在嘴裡的雪茄，然後深深地吸啜，再吐出濃稠的白色煙霧。
「教授習慣一個人在黑暗中想事情及抽雪茄。」靖樹首先開口說。
逸辰把眼鏡摘下。「只是，你並不是教授。你倆身上的氣場並不一樣。」
「還有，教授是左撇子，習慣用左手抽雪茄的。」無雙補充說。「你到底是誰？」
那個誰慢慢轉身，然後劃下另一根火柴，讓火光打在自己的臉上。「教授果然沒有找錯人，你們三個遠比想像中聰明及有本領。」
那個誰竟然是三角眉警察！三人立刻互望了一眼，不知道自己是否是掉進了什麼陷阱之中。
「你們不是來找教授的嗎？」三角眉警察直接質問三人。「我已經在這裡等你們很久了。」
「你到底是什麼人？」靖樹反問。
「說來話長。我雖然是警察，同時也是教授的好朋友。這一切都是為了保護教授，而預先作出的安排。」
三人有點搞不清楚狀況，也不知道是否應該相信三角眉警察的話。
「如果不是我刻意安排那一分鐘的交接空檔，你們覺得自己能夠這麼輕易進得來嗎？」三角眉警察說，「當然，前提是你們可以成功解讀出教授預先留下的訊息。」
「所以教授根本沒有失蹤？」無雙問。
「在所有人的眼裡，教授的確是失蹤了。而且是從一個封死的密室裡失蹤了。」三角眉警察說。
「那麼，教授到底在哪？」靖樹問。
「如果教授沒有失蹤，他唯一可能存在的地方，就只有在這個密室裡。所以，他根本沒有離開過這裡。」無雙像是想通了什麼似的。「所以，你才派人把守這個房間，不讓外人擅進，目的是把房間維持在一個封閉的狀態。對於一個封死的地下室，裡頭的人不可能會突然消失。但是同樣地，已經離開的人也不可能突然出現。所以誰也不會猜到，教授其實就是躲在這裡。」無雙推理說。

「你果然是做偵探的材料，有著很不錯的推理能力。」三角眉警察衷心地稱讚著無雙。

這時候，靠牆的一整列書架突然有聲響發出，中間的一排架子竟被人從後推開來了。教授從看似封死的水泥牆中走了出來。

「教授！」三人都看傻了眼。

「很高興再見到你們。」教授笑說。「因為事態緊急，沒有來得及跟你們說明一切，很對不起。希望沒有把你們嚇著。」

「教授，我們必須在晚上十二時前進行轉移。你們只有兩小時的時間。我先到外面安排轉移的工作。」三角眉警察說完這話後，就先行離開。

「你們先進來再說吧。」教授要三人一起進到書架後的祕密小房間。「這個小房間是在二次世界大戰時，文學院院長偷偷建造的避難室，並沒有記錄在大學的建物藍圖內，也沒有多少人知道。」

「原來的系主任也知道這個祕密房間嗎？」靖樹問。

「其實正是系主任把這件事告訴我的。所以我們才會安排了一次畢業口試在這裡進行，以便找個藉口重開房間。沒想到那位畢業生竟然就是妳了。」教授說出事情的始末。

教授看看手錶，「我知道你們對於瀕死研究還有很多的疑問。但是我們的時間無多，如果要繼續進行瀕死實驗，我們必須馬上開始。」教授讓他們做最後的選擇。

「教授，我已經製造好所需要的瀕死安慰劑，可以隨時開始實驗。」逸辰下定決心似地回答。

「我倆也希望可以一同參與這次的瀕死實驗。」靖樹回應著。

教授點點頭，轉身向三人介紹他身後的瀕死容器。瀕死容器外表看起來像一顆超大型的藥丸膠囊，寬一米、長兩米、足有半個人的高度。膠囊的中間部分被割開成上下兩半。白色光滑的碳纖維外殼，帶著一點超現實味道，令人聯想到時間膠囊或太空救生艙之類的東西。

「這個就是瀕死容器嗎？看起來有點像是一具超現代感的棺材啊。」無雙說。

「它就是瀕死研究中的『生命之鑰』。」教授說。

「我以為生命之鑰只是研究名稱，不知道原來真的是一個儀器來的。」無雙說。

「瀕死容器裡設有最先進的生命監察儀器及低溫療法裝置，能將瀕死者的中樞體溫維持於攝氏三十二、三十四度之間，使腦部神經在心跳停止前後得到保護，並減低各器官組織因缺氧而出現的可能損害。」教授解釋。

「你是指急救用的低溫治療（Therapeutic Hypothermia）嗎？」逸辰確認似地問。

低溫治療是一種用於急救或手術後採用的康復技術。在心跳停止到恢復自發性的血液循環期間，身體各器官將處於嚴重缺氧的狀態。腦部神經細胞對於缺氧的耐受性極低，每延遲一分半鐘的供氧，神經學上的預後恢復就會下降十四%。即使經急救後成功回復心跳，只需四分鐘，腦細胞便可能出現永久性傷害。

臨床上發現，如果將患者的中樞體溫降低至攝氏三十二、三十四度，便能有效改善神經學上的預後恢復，並將死亡率降低達十五%。而體溫每下降一度，腦部的氧氣代謝率則可減少約七十九％。低體溫同時可減少大腦的電氣活動，抑制自由基反應，並減緩分解酵素活性，有效降低新陳代謝速率和氧氣消耗量。

「沒錯。我利用了臨床的低溫治療技術，延長身體進入瀕死狀態的時間，並且同時間可以保護瀕死者的腦部神經，以減低死亡機會及心跳停止後的缺氧傷害。」

「從醫學角度，這的確是一個十分聰明的方法。既簡單、又有效，而且不會有任何副作用。」逸辰同意地說。

「萬一出現了什麼突發狀況，瀕死容器有緊急供氧系統及自動心臟除顫裝置，並且可以按時預設注入所需的復甦針藥。算是一個小型的急救醫療室。」

接著，教授向三人講解進入二度瀕死的方法。「之前逸辰嘗試幫助白衣少年走出心牢，最後沒有成功，那並不是因為瀕死時間不夠，而是場所不對。在你的人生劇場裡，你誰也救不了，而唯一能改變及拯救的，只有你自己。所以你必須進入他的靈魂意識。

我們會先利用河豚神經毒素，結合上次的解剖催眠，讓你進入第一個瀕死世界。你必須帶著靈魂意識，回到心臟移植時的次元時空，並把白衣少年找出來。找到他以後，你要做的就是再瀕死一次，到時候我會給你訊號，你必須抓緊機會進入你倆重疊的瀕死管道。我會一面監控你的生命指數，一面並利用瀕死容器，帶你進入第二次的瀕死體驗。到時候你的靈魂意識將會進到白衣少年的死亡世界，並見到他真實的靈魂。」

「這一點我明白，靖樹已經跟我詳細解釋過了。」

「整個瀕死實驗必須在五分鐘內完成，那已經是加入低溫治療的安全極限。第一次瀕死體驗設定為三分鐘，之後我會給你十秒鐘的訊號，讓你進入二度瀕死世界。在最後時限前的十秒，我會再次給你訊號，你必須馬上離開，回到你的身體。否則你的靈魂意識有可能會永遠被困在白衣少年的世界裡。」

「也就是說永遠再不會醒來嗎？」靖樹擔心地問。

教授輕輕地點頭。「這有百分之五十的風險性。所以，對於時間的掌握十分重要。妳必須在這時限之前找到他，即使沒有順利完成，也還得及時回來。」

「我明白了。」

「如果大家都沒有問題了，我們就在五分鐘之後開始實驗。」

接著，教授跟無雙協力把瀕死容器的蓋子打開，開始做準備工作。這樣的安排，也在有意無意間，留了一點時間給逸辰與靖樹二人。

逸辰的心情變得有些複雜，他想要踏前去緊緊擁抱著靖樹。但是靖樹的眼神卻阻止了他。她必須要保持頭腦清醒，因為只有這樣，才能幫助逸辰完成最後的瀕死體驗。愛，雖然是生命中的最大力量，卻也能製造出最大的恐懼。

靖樹對著他會心一笑，眼神像是在對他說：如果你想要抱緊我，你一定要平安回來喔。

逸辰微微地點頭，像是在回應她說：好的，一言為定。

靖樹再看著他一眼：回來再見。

逸辰也堅定地看著她：我們一定會再見的。

「可以開始了。」教授說。

逸辰進入瀕死容器中，解開襯衫的鈕扣，平躺在裡面。教授在他身上繫上生命探測手環，再將注射用的導管連接好。打開電源開關後，逸辰的各項生命讀數馬上顯示在碳纖維外殼上。原來瀕死容器的上層外殼，是一個先進的輕觸操控屏幕。

「我現在把蓋子關上。瀕死容器內有照明、通訊及換氣裝置，所以你不用擔心。」教授說。

「等一下。」靖樹走去把逸辰剛剛帶來，放在桌上的千羽鶴玻璃瓶交給了逸辰。「你把這個也帶去吧，可能會用得上的。」

瀕死容器蓋子緩緩地合上了。

教授把逸辰的心跳讀數播放出來，讓他聽到自己的心跳聲音。砰砰、砰砰、砰砰。他的生命讀數十分穩定，心跳維持在每分鐘七十次的頻率。他闔上眼睛，開始想像自己正躺在解剖室的手術台上。他戴上手術用手套，將解剖用具整齊地排在一旁。一面調整呼吸，一面聆聽著自己的心跳聲音。他的心跳逐漸慢下來，從七十一直下降到六十，顯示他已進入放鬆狀態。

「現在開始注入十 c.c. 巫毒藥劑。」教授按下靜脈注入鍵。一個紅色跳字時鐘在外殼屏幕上呈現，出式開始瀕死計時。01、02、03……

毒素沿著血管迅速走到身體各處。麻痺沉重的感覺，像螞蟻一樣在身體裡爬行，首先侵蝕遠端的神經末梢。電鋸刀開始開動，將他的手指與腳趾一根根奪去，最去連雙手雙腳也像被齊口切去一樣。

他的心臟軟弱無力地跳動，血壓正急速下降。心跳是四十。砰砰……砰砰……砰砰。

鋒利的手術刀插進腔膛，再次在上半身剖出大大的 Y 型開口，將他的內臟逐一取出。他像是失去了身體的重量，完全感覺不到自己身體的存在。現在心跳是三十。砰砰砰……砰砰砰……砰砰砰。

螞蟻開始沿頸項爬上頭部，嘴巴、鼻子、耳朵、眼睛全部變得僵痲。他的五官五感正逐漸失去。現在就只剩下最後的腦袋，白色而充滿皺褶的腦袋就在那裡。

心跳穩定下來了，只有二十，砰砰……砰砰。中樞體溫為三十六度，瀕死時間 1:00。

接著，教授在瀕死容器內製造出一個意識黑洞，讓他順利地沉入瀕死世界裡。教授關掉艙內所有照明、聲音與換氣裝置，令艙內瞬間變成漆黑寂靜，就連他的心跳聲也突然消失了。教授把所有外在的認知刺激隔離，令身體平常九十%的神經肌活動量關閉，從而使大腦的負擔減至接近零。由於大腦不需再發送指令，邏輯思惟活動亦告停止。這時，身體和心理能量將重新導向分配，使人進入全然的精神世界。此時，逸辰的腦電波已顯示在 Theta 波的高層精神狀態區域。

逸辰突然感到最後的一刀砍下去了，把他的腦袋與意識一同砍掉。他正被吸進深深的黑洞裡去。

十秒後，教授再次把艙內照明打開，逸辰的頭頂上出現了像解剖探射燈般的白色光線。

逸辰的內在意識突然重新啟動，此刻的感覺卻像是鬼壓床一樣，眼睛張不開，全身動彈不得。更糟糕的是，他的口鼻像被誰用強力膠布封住了，完全不能呼吸，快要到達窒息的地步。他奮力地掙扎，終於成功睜開了眼睛，發現自己依舊躺在瀕死容器裡。他可以自由挪動手腳，活動能力完全回復了，就像剛從噩夢中甦醒一樣。

瀕死容器內出奇的平靜，跟進來時並沒兩樣。他拔掉身上的裝置，並按下艙內的自動開關鍵，把蓋子打開，迭迭宕宕地從裡頭爬出來了。他看見了教授、靖樹及無雙仍站在瀕死容器外，只是沒人看得見他，或聽到他。他看見瀕死容器上的時鐘仍在跳動，時間顯示為 1:40，心跳維持在二十。

原來他仍在瀕死世界裡，只是靈魂從身體跑出來而已。因為肉體與靈魂是處於兩個不同的次元時空，所以即使撞向他們，也只會徹底地穿越他們身體。現在距離進入二度瀕死只有一分多鐘時間，他一定要盡快找到凌風。但是，到底要往哪裡找？他開始有點焦急起來。

對了，靖樹曾經說過，在潛意識世界裡，門是象徵通往平行時空的通道。逸辰馬上轉身朝門的方向走去，用力地把門推開。

無雙突然抬起頭，盯著門看。「我彷彿看見逸辰的身影，剛從門穿越出去了。」無雙對二人說。

靖樹心裡想：這就對了，只要跟著門走，就可以找到凌風了。

「看來他的第一次瀕死已經成功。」教授說。

第十九章　愛與罪

如果別人對你做出了傷害，你要做的是，趕快遠離那傷害，而不是一直帶著它過日子。原諒別人，目的就是為了放過自己。你控制不了外在世界與別人，唯一能控制的只有你的心。

逸辰推開門後，走進的是醫院急診室的分流大堂。醫護人員正手忙腳亂地替大批傷者包紮治療，護士長向著他喊道：「逸辰醫生，請馬上過來四號治療室幫忙，傷者像是出現急性氣胸，呼吸不了。」

逸辰本能地走過去看個究竟，一拉開布簾，看見那位急性氣胸的傷者，正是一個月前他違反紀律拯救的那位。然後，另一個他，跟著護士長一起衝了進來，忙於對傷者檢查診斷。他看見另一個自己正在猶豫，到底要不要為傷者做穿刺手術。他焦急了起來，對著另一個自己大聲喊道：「要不趕快脫下醫生白袍離開，要不就趕快救人啊！相信自己，不要忘記初衷就是了。」

說完，他轉身離開了，繼續尋找另一道門。剛才那道門，讓他回到了過去的時空，只是時間卻不一樣。他朝著急診室的大門走去，看見胖護士就站在分流站後面。他突然停住了腳步，從胖護士的口袋拿了一個東西。他推開急診室的大門，進到了另一個時空，那是昨晚的 Limelight 酒吧。他看見昨晚的自己，正跟靖樹坐在酒吧台前，一面喝著威士忌，一面愉快地聊天。他走到另一個自己身旁，把從胖護士口袋取來的檸檬水果糖，偷偷放進自己的衣袋裡，像是在說：這才是我倆真正的相認信物。

他忽然明白了一件重要事情。原來在瀕死世界，靈魂只要起心動念，就可以通過門去到任何想要去的時空場景。雖然這裡像是一個時空迷宮，但是每一道門都是一扇任意門，能夠通往任何時間、任何地方。

時間已經無多了，他就只有最後一次機會。他要去的是十三年前的第一醫院，他接受心臟移植手術的那一天，同時亦是凌風自殺的當天。他四處張望，尋找最近的門，看見走道不遠處有個綠色燈箱正亮著，上面寫著「緊急出口」。他閉上眼睛，集中意念，推門跨步進入十三年前的瀕死時空。

他張開眼睛，看見另一個自己處於昏迷垂死狀態，正被醫護人員緊急地推進手術室，準備進行移植手術。爸爸媽媽緊跟在後面，最後被攔在手術室門外，心情又是焦急、又是擔憂。看到這樣的情境，他心裡感到一陣難過。然而，他還是沒有發現凌風的身影。

他馬上跑到醫院的東翼大樓，到達凌風墜樓的位置時，已經有好一些人圍在那裡了。他看見凌風一動不動地躺在地上，手腳已摔得扭曲變形，就如畫冊上的人型素描一樣。他的頭骨爆裂，腦漿混著鮮血沾滿地上。他來晚了一步，凌風已經死了。

「瀕死時間 2:50。最後十秒倒數，準備進入第二次瀕死。」無雙緊張地說。

教授開啟低溫系統，將艙內溫度降至二十度。「靖樹，注入二百 c.c. 低溫生理鹽水。」

教授按下操控面板的右上方按鍵，亮起艙內的紅色閃燈。之後，拿出一個奇怪的金屬碗放在瀕死容器外殼上，再用一根木棍有節奏地敲打上去。金屬碗頓時發出一陣沉穩悠揚的鐘聲。「噹……噹……噹……」

「這是什麼？」無雙低聲地問。

「這叫西藏頌缽，是用七種不同金屬鑄造而成。由於瀕死者的身體意識極度薄弱，一般的五感訊息未必能夠有效地傳遞。頌缽所發出的低頻泛音，能夠透過身體裡的水分，有效地傳進身體深處。再度加上艙內的音箱效應，低頻泛音在共鳴共振底下，甚至可以傳進逸辰的瀕死意識裡。」教授解釋著。

「滴注完成了。中樞體溫逐漸降至三十三度，心跳依然是十五。」靖樹報告說。

「現在能做的，就只有等待逸辰進一步的生理反應。」教授說。

瀕死時間為3:00。

就在這時，醫院停車場的救護車開始響起奇怪的警號聲，車頂上的紅色閃燈也亮起來了，而且不只是一台救護車輛，而是所有的救護車輛。這像是某種特別的訊號。對了，這是進入二度瀕死十秒前的訊號。

還差那麼一點點！逸辰衝進身後的東翼大門。這次他到達了大樓天台。他看見凌風已經跨出柵欄，站在天台邊緣，正準備跳下去了。他大聲喊道：「凌風！不要啊！」

凌風像是突然聽到什麼聲音似地回過頭看，只是他的眼神已經空洞得完全沒有焦點一樣。他抬頭低聲對著天空說：「媽媽再見了。這個討厭的世界永別了。」之後，他鬆開了本來抓住柵欄的手，身體慢慢往下跌出大樓外。逸辰第一時間飛撲上去，及時地抓住了他的身體，但是逸辰的手，卻從凌風的身體穿透過去了，他什麼也沒有抓著。他眼睜睜地看著凌風在自己面前掉下去。

到底該怎麼做？如果要進到凌風的死亡世界，也許唯一的辦法，就是跟著他一同死去。但是萬一估算錯誤，自己會否因此永遠消失？再也醒不過來？

凌風一直往下墜落，他極力伸手想要捉住什麼，他張大嘴巴，想要竭力嘶叫，卻發不出絲毫聲響。極度的恐懼與哀傷令他面容扭曲。冷風從他的嘴進入，像是硫酸般慢慢地侵蝕著他的身體，掏空他的五臟六腑。

這時，一隻不知名的大黑鳥突然在天空飛過，烏甸甸的羽毛將大半片天空遮蔽住。大黑鳥以不帶任何情感的凌厲眼光，緊盯著正在下墜的凌風。從大黑鳥的眼睛，逸辰終於看見了死亡世界的入口。他抓緊最後機會，不顧一切地往下一躍，以倒栽蔥方式急速墜落。他衝向凌風的嘴巴，從喉嚨的洞口進入了凌風的身體，並跟凌風徹底融合了。

他倆的意識，一同被冷風吞噬殆盡。

「教授，他的心跳突後往下掉了。」靖樹緊張地說。

逸辰的心跳像在倒數一樣。五…四……三………二………一。砰砰。最後完全停頓了。嘟……瀕死時間 3:30。

「他已經順利進入二度瀕死的大門。」教授說。教授接著在控制台按下了幾個按鍵，啟動了二度瀕死程式。

瀕死容器的邊緣四周，亮起了金黃色的燈光，形成一個黃金光環，逸辰完全地被包裹著。一盞微形探射燈正散射出一道白色光束，落在他的眉心第三眼處，就如同一條引導他的光通道一樣。瀕死容器的底部，開始注入一些透明溫暖的液體，讓他整個人都漂浮起來了。

「教授，這是什麼液體？」靖樹問。

「那並不是一般的清水，而是高濃度的鹽水。將五百公升高濃度瀉鹽，加至一千公升水中，便能製造出能抵消人體重量的獨有浮力，令人彷如在無重漂浮著。這種無重力狀態體驗，其實是我躺在死海裡所找到的靈感，現在只是借用來做另類的死亡暗示。」

「這是靈魂離開身體的暗示。」靖樹回應說。

「不只是這樣。我還故意把鹽水的溫度調教至三十五點五度。」

「三十五點五度？」無雙問。

「這正好是表面皮膚的體感溫度。」靖樹說。

「當鹽水跟皮膚的溫度相彷時，兩者間存在的邊界，便像是自動消失了一樣，會令人產生出身體與外界完全融合的和諧感覺。」教授解釋著。

「這些全都是瀕死元素的重塑再造。」靖樹恍然大悟。教授在演講時形容，瀕死一刻的感覺，就像嬰孩身處在母親的子宮裡，被溫暖的羊水包圍保護著一樣。現在瀕死容器也彷如變成了一個孕育生命的母親子宮。

「所以除了先進的生命監察及低溫系統，瀕死容器裡還設置了不同的五感刺激，以視覺、聽覺、嗅覺、味覺與觸感等，製造出各種各樣的瀕死心理暗示。」靖樹說。

「瀕死容器其實是個死亡幻象製造箱，透過生理及心理刺激，複製出各種瀕死元素。只要再加上適當的催眠暗示，受試者不必親歷死亡威脅，也能複製出瀕死時的認知體驗。這就像是一把生命鑰匙，能打開瀕死世界的精神大門。」

逸辰再次醒過來，發現自己被一片金黃的光海包裹著，他感受到前所未有的溫暖。他的身體也變成了光，彷彿比羽毛還要輕盈，可以隨著意念在天空中任意飄浮。這裡到底是什麼地方？是天堂嗎？他感到全個宇宙、所有人類，都是跟他合為一體的。如果以互聯網世界比喻，這裡像是全人類的體驗數據庫，或是一個集體潛意識的雲端網絡。但是不僅只如此，這處還充滿了生命能量與智慧，是孕育宇宙世界的母親子宮。

這是逸辰第一次驚覺到生命的無限與可能。

連接母親子宮的，是一條像光纖般的透明迴旋產道，產道的盡頭，有一道光之門，能夠引領著他到任何一個靈魂意識。他跨步出去，到達了凌風的潛意識世界。

凌風正身處在十三年前的醫院大樓天台。天台上一個人也沒有，四周都是空空蕩蕩，顯得格外荒涼冷清。雖然現在已是中午時分，太陽卻不知跑哪裡去了，留下來的只有冷風。他一個人呆坐在柵欄上。在自殺之後，他的靈魂就一直被困在這個天台，這裡就是他的投射心牢。

「凌風！」逸辰從後方呼喊著他。

這次凌風終於能夠聽得見他了。凌風轉身看著他說，「你居然能進到我的內心世界。真是令人佩服。」

「我說過我一定會再來找你的。你坐在那裡幹什麼？」

「我在這兒找風啊。」凌風說。「小時候，媽媽曾跟我這樣說過，風是世界上最厲害的東西，它發怒時，能把大樹吹倒，捲起比貨輪還要高的海浪。而且不管有多遠，風都可以把訊息吹到世界任何一個角落。所以我一直相信，風能把我的所有不幸與悲傷帶走，而且是吹到很遠很遠的地方，遠得再也不能回來找我。」所以每一次覺得不開心時，他都會獨自兒跑到大樓的天台吹風乘涼。

「我昨天跟你媽媽見過面了。」

「媽媽？她……怎樣了？她過得好嗎？」

「她過得並不好。我想，她跟你一樣，一直都無法走出生命的陰影。」

「我已經做了我所能做的一切去贖罪了，難道這還不足夠嗎！我只是一個負累，根本不應該出生的！」凌風低著頭，難過地說著。

「你知道嗎？你媽媽也以為，是她令你的人生變得如此悲慘的。她沒有給你好的生活，無法給你一個溫暖的家。如果不是她的任性，堅持要把你生出來，或許你就不需要承受這些痛苦了。而且還由於她的一時意氣，對你說那些殘酷的話。所發生的這一切，都變成了她一輩子最懊悔的事情。」逸辰把媽媽的感受告訴了他。

「不是的！我從來沒有責怪過媽媽。我一輩子唯一所感受過的愛，就是媽媽給我的愛。」

「其實，你媽媽的感受也是一樣的啊！她說她從來沒有嫌棄過你。相反的，你才是她生命中最珍貴的禮物。而且，即使在你離開以後，她也不曾把你忘記，繼續每年親手為你準備生日禮物。今天是你的二十六歲生日吧！」逸辰把從媽媽帶來的玻璃瓶交給他。「玻璃瓶裡裝滿了三百五十一隻色彩繽紛的千羽鶴。這是你從出生到二十六歲生日，她每年都為你做的祈福紙鶴。」

凌風看見那些千羽鶴，默默地留下了兩行眼淚。只是他卻一手把玻璃瓶擲在地上。玻璃瓶應聲碎裂，那些千羽鶴散落一地，隨即被風吹起四散。

「沒用的，太遲了！我早跟你說過，沒有了心，我根本離不開這裡。」那個黑洞依舊在凌風的胸口裡。

逸辰不明白為何會這樣。

凌風繼續說。「自殺那天的早上，其實我曾偷偷離開過醫院。我去找了那個人。」

「那個人？」

「就是我的生父。」

「你怎麼會知道你生父的事情？」逸辰一臉錯愕。

「之前，有一位阿姨到我們家探訪，她是媽媽及那個人的大學同學。那個人知道媽媽意外懷上我後，便拋棄了媽媽。由於媽媽決定把我生下來，所以只好放棄學業，獨立撫養我。阿姨一直在幫助我們，並且把那人的消息告訴了媽媽。我是從媽媽的抽屜裡找到那人的工作名片，偷偷地藏了起來。」

「那你有見到那個人？」

「我去到名片上的工作地址等候他。不久，我就看見那個人乘著一輛黑色豪華房車到來，他抱著一個穿整齊校服的小孩下車，而且對那小孩呵護備至。我看到他那副慈父樣子，簡直怒不可遏，在路邊隨便拾起一塊石頭，用盡全力地擲向他的車子。右邊的車窗被石子打破了。那個人馬上把小孩放在行人路旁，向我衝了過來。他一手抓著我的衣領，狠狠地怒罵我一頓，還大力打了我一記耳光。」

凌風伸出手指，指向前方的一點，一個像電影屏幕的東西在空氣中出現，正播放著當時的情境。

「臭小子，你竟敢打破我的車窗，你是否不想活了！你的父母在哪？」那個人一副想要殺人的樣子。

凌風雖然被推倒在地上，卻仍很不服氣，想要爬起來，再向他揮拳還擊似的，卻被那個人制止住了。

「你是腦袋有問題嗎？你再不停止，我便找警察來把你關到精神病院去。真是一個丟人的野孩子！」那個人用力地把凌風推倒在地上。

凌風一拐一拐地爬起來。「對啊！我就是個丟人的野孩子，因為我沒有爸爸！我爸是一個大爛人，他大學時候就把我媽拋棄了！把我丟下不管了。他根本不算一個人，可能連禽獸也不是！」凌風像瘋了一樣握著拳頭，對著那個人破口大罵。

只見那個人卻一下子愣住了。聽到凌風所說的話，他好像全身被電擊了一樣，臉色變得鐵青般難看。

「我不知道你在說什麼。我不認識你，也不要再看見你。」那個人的怒意消散了，換來的是像是見到鬼一般的害怕。他的兒子嚇得在路旁不停地哭泣。他趕快把兒子抱上車離開了。凌風被獨自留在那裡，手肘及膝蓋都擦傷流血了。他的心，傷得比之前更深更痛。

然後，畫面就這樣結束了。

「你去找那個人，是想要幹什麼？」逸辰問。

「我只是想去看清楚那個人，好好記住他的臉，等長大之後，好好找他報仇！因為那個人的存在，才為媽媽及我，帶來了如此悲慘的命運。」凌風說話時充滿了憤怒怨恨。

「你那麼地在乎那個人嗎？」

「那個人的存在，我一點都不在乎。但是他對我們的不存在，我卻很在乎！」這聽起就像一種悖論思惟。

逸辰終於明白為何他的心不見了。他一半的心，是因為失去了愛而枯萎了。而另一半的心，是因為憤怒而被燒毀殆盡。逸辰想起在第一次瀕死體驗時看見的患病屍體，屍體的心臟，同樣有著一個深不見底的黑洞。

「瀕死時間 4:30。心跳仍然停頓。」無雙說。

「靖樹，開始進行清醒程序。注入十 c.c. 腎上腺素。」教授指示說。

逸辰跟他說，「只有你才能把自己的心找回來。要找回心，你必須要放下仇恨及找回愛。」

「我怎麼可能原諒那個人啊?!」

「你知道憤怒有多大、多重嗎？」逸辰問。

凌風搖搖頭。

逸辰伸出手掌，放在自己眼前。「如果你把憤怒放在眼前，它就大得把整個天空都要蓋住了。你不但看不見太陽、星星或月亮，連所有其他美好的事物，你也都會錯過了，因為你唯一看到的，就只有憤怒。」

之後，逸辰要他伸出手，把手掌打開。一塊小石頭突然出現在他掌心裡。「同樣地，仇恨有多重，就得看你拿它有多久。如果你一直拿著它不放，即使再小的石頭、再強壯的巨人，手臂還是會斷掉的。」

凌風聽到逸辰的話，看著自己的手好一會兒後，他突然把手中的石頭輕輕放下。他善良的眼神再次回來了。「我想我明白了。原諒別人，目的只是為了放過自己。」

「如果別人對你做出了傷害，你要做的是，趕快遠離那傷害，而不是一直帶著它過日子。原諒別人，目的就是為了放過自己。你控制不了外在世界與別人，唯一能控制的只有你的心。所以，現在該是時候放下你的仇恨，不要再為那些不值得的人和事，浪費一刻的時間或半點的生命。」

「就算我願意放下仇恨，又如何能夠找回失去的愛？」

「愛一直都在。愛從來沒有離開過，只是你看不見而已。」

「愛一直都在？」

「如果不相信，試著向天空張開雙臂吧。風會告訴你答案的。」

凌風向著天空張開雙臂，一陣強風突然刮起來了。奇異的事情真的發生了。一道彩虹從天際出現，並一直伸延進凌風的身體。再仔細一看，那彩虹原來是由七彩繽紛的千羽鶴幻化而成的。每一隻千羽鶴，都像有生命般在天空中飛舞，而且一同飛向凌風。千羽鶴逐一飛進了他的胸膛，化做一點一滴的心血，傾注進那漆黑的空洞，並且把空洞再次染紅填滿了。他感覺到一股暖流，再次從心臟輸出，流遍他的全身。

「媽媽真的沒有騙我，風果然是全世界最厲害的信差。」凌風深深感受到，每一隻千羽鶴都代表了媽媽的愛與祝福，祈願他可以振翅高飛、幸福快樂。

「是的，不管相隔多遠、多久，風都能把訊息傳送給所愛的人。」逸辰回應著。

瀕死時間 4:50。「心跳開始恢復了。砰砰！五、十、二十、二十五。」無雙興奮地說。

「中樞體溫也回升至三十六度。」靖樹也鬆了一口氣。

教授按下最後一個按鈕。一些被霧化的液體，從瀕死容器艙內噴灑出來，就落在逸辰的臉上。然後教授再次敲響頌缽，做為最後的提醒訊號。

突然間，天空開始下起毛毛細雨。那不是一般的雨水，而是像眼淚般帶有鹹味的雨水。風裡夾雜著從遠處傳來的鐘響，令人聯想起小時候放學回家的鐘聲。逸辰知道，這些都是清醒的導出暗示，表示瀕死時間要結束了。

這時，一道光束從天台的出入口處照射進來，像是指引遊子回家的路燈。「我們一起離開，回家去吧。」逸辰牽著凌風的小手，一同步去光之門，進入那透明的迴旋通道。

當跨出通道的另一道門後，逸辰發現凌風已經不在身旁，只有他獨自兒回到了通往清醒意識的長廊。長廊盡頭的大門已經開啟，那也是光源的最後盡處。他趕緊沿長廊離開。在經過「419」號房間時，他又停下了腳步，他忍不住打開門往裡面探看了一下。房間裡空無一人。確認凌風已經成功走出陰影，逸辰總算放下心頭大石。噩夢也應該結束了。

穿越過瀕死大門後，逸辰再次睜開眼睛，發現自己依舊處身在瀕死容器裡，但是並不是躺著，而是像漂浮在裡頭似的。他被溫暖的液體包裹著身體，彷如置身在無重力的外太空一樣。雖然他的身體從未離開過這裡，靈魂卻已經穿越兩次死亡，再次折返人間。

瀕死時間 5:00。「心跳六十，血壓一百一／八十。所有生理讀數已回復正常。」無雙說。

「腦波也回到了清醒的意識區間。逸辰應該醒過來了。」靖樹說。

教授按動開門鍵，瀕死容器上蓋再次打開，逸辰正睜開眼睛，面帶微笑地望著所有人。大家看見逸辰安然無恙回來，總算都安心了。其中最開心的，自然是靖樹。

靖樹把乾毛巾遞給他，暖暖地對他說，「歡迎你回來。」

第二十章　唯一真相

人類接下來所要迎接的，到底是精神文明的大躍進，還是一場看不間硝煙、非物質層面可見的靈魂之戰？這一點，或許就連神也沒有答案。

逸辰逐一地把身上的線路與導管拔掉，全身濕透地從瀕死容器裡爬出來。

「為什麼我會是泡在水裡的？」逸辰好奇地問。

「你先過來喝一杯熱茶，我再跟你慢慢解釋。」教授要他先到辦公桌前坐下。

教授向逸辰解釋整個二度瀕死程序，而逸辰也把在瀕死世界所經歷的一切說出。

「有了這一次實驗的數據及經驗，我想，不只是複製瀕死精神世界的方法，連進入集體潛意識的祕密管道總算是也找到了。」教授欣慰地說。

「這樣是說已經找到了『生命之鑰』嗎？」靖樹問。

「潛意識轉移中的神祕管道，只是複製及散播鑰匙的工具，並不是真正的生命之鑰。」

「那生命之鑰到底是指什麼啊？」無雙追問。

「簡單來說，生命之鑰就是指跨越人性陰影的覺醒與智慧，亦稱為生命之瞳。」

「靈性的第三眼睛。」逸辰與靖樹異口同聲地說。

「說得沒錯。人類的終極進化，就是要打開第三眼，跨越陰影，解救被黑暗囚禁的靈魂。所有擁有生命之瞳的進化者，才能順利渡過最後的滅世浩劫，進入精神文明世界的無煙城市。」

三人這時才明白生命之鑰的真正意義。

教授繼續解釋，「人類本性中蘊含了兩極的生命潛能，分別呈現成光明與黑暗、創造與破壞，精神與物質，兩者本是一體兩面地並存著，既是相生、也是相尅。在過去幾千年中，人性的陰影力量不斷擴大，雖然創造了前所未有的物質文明，精神文明的匱乏，卻令肉體與地球出現了嚴重失衡。不論是從古籍預言或是科學計算的角度來看，這個世界都已經到達了一個不是進化、就是毀滅的臨界點。地球上至少要死掉一半的人，才能換取餘下一半人的性命及回復到美好的生活。」

「要死掉一半人?!」無雙驚訝地喊道。

「這個已經是最保守的估計了。任何的生長都會有其上限，當地球生態超出可承受的負載時，便需要進行自我淨化、自我代謝。這是萬物回復平衡的必然過程。過往的生態清洗方法，不外乎是通過戰爭、天災或疾病，但是不管是任何一種形式，人類都是處於被動及無法控制的狀態。所以多年來，中央科學研究所一直尋找更先進、更文明的自我清洗方案，以解決一次比一次嚴峻的惡性循環，並加速整個平衡及復原過程。」教授說出一個大家都難以接受的恐怖真相。「研究所扮演的角色，就是一名清道夫。」

逸辰從凌風的殘留潛意識裡，清楚感受到陰影所帶來的可怕傷害。而且在瀕死的解剖過程中，他發現那些屍體其實都是死於由陰影所造成的致命病毒。他恍然大悟似地說：「所以，科學研究所是希望利用瀕死技術，透過集體潛意識，向世人散播七種最黑暗絕望的人性陰影，令不能跨越陰影的弱者，自行毀滅瓦解，以達到人類進化及地球平衡的目的。這真的是一場看不見的戰爭。」

教授無奈地點點頭，「陰影可以徹底摧毀人的精神靈性，比任何一種武器或疾病更能殺人於無形，但是同時間又不會造成物質上的破壞，能夠有效減少對地球的損害。因為科學研究所認為，人類是造成這些災難的始作俑者，不該讓地球上的其他生命一起陪葬，所以，透過人類的集體潛意識，去消滅不適合生存的人，是必要的進化過程。」

教授於是向三人提及自己離開中央科學研究所前，曾經跟所長有過的一次談話。

「教授，世界恐怕已經走到盡頭，滅世徵兆已經逐一浮現。如果我們再不趕快行動，唯一的下場，就是全體人類與地球共同毀滅。」

「你指的是馬雅預言的六大滅世徵兆吧。沒想到科學研究所的所長也會相信這些古代傳說。」教授說。

「我只相信事實，當然也包括經得起科學驗證的古人記載。地球上的五大基本組成元素：地、水、火、風、空，已在逐步動搖瓦解，這些就是鐵一般的證據。」所長在身後的牆上打開影象顯示屏幕。他以手掌在空氣中快速掃過，一幕幕於近期出現的自然災害畫面逐一呈現。

地殼斷層出現了異常活動，造成多處強烈地震，釀成了山崩地裂。

溫室效應使南極冰川迅速融化，導致海平面不斷上升，將把全球一半陸地淹蓋。

太陽黑子活動引發了太陽風暴，地球正面臨超強電磁輻射威脅，最終勢將癱瘓人類賴以維生的電力系統及電子設施。同時間，赤道之上形成了九個超強暴風圈，剛好環繞地球一周，各地將無一幸免受風暴吹襲。

而最後顯示的是空間災難。地球資源嚴重不足，人口卻不斷膨脹，資源根本無法追趕人口漲幅。人類因為互相競逐土地、食物、清水，甚至空氣，不但導致地球過度開發、環境污染，更催生了各種戰爭及人性的醜惡罪行。

「教授，你也清楚地看了到這些滅世徵兆。現在就只剩下最後的一個兆象還未出現，那就是終極瘟疫。」所長把手掌一合，所有影象畫面於牆上消失。

「不管是古老預言或科學計算，地球必須經歷一次幾近乎毀滅性的轉化，才有望蛻變重生。而被留下來的超新人類，也將從身體層面的物質文明，進化至靈性層面的精神文明。

「我不否認世界正加速步向毀滅這個事實。所以我才努力研究及破解瀕死體驗的祕密，因為我相信，人類只有在面對死亡一刻，才會激發出最大的覺醒與最強的生命潛能，那才是人類進化的最大契機，並且是進入精神文明世界的最後鑰匙。

「教授，我倆的目標從來都是一致的，都是希望解救人類、拯救地球，這也是為什麼我一直大力支持瀕死研究的原因。只是，人類覺醒的步伐遠追不上沉淪的速度，人性光明的力量也不及黑暗的十分之一。地球已經到了不能再等的地步，如果我們再不及時行動，恐怕最後誰也救不了。」

「我已經找到製造生命之鑰的關鍵，現在距離人類集體進化就只差一步之遙。」教授希望能爭取多一點時間。

「在危難面前，你的婦人之仁，只會拖累所有人類，也會把地球耽誤到一個萬劫不復境地。萬一生命之鑰製造失敗，那麼世界就連一點退路也沒面。所以我必須趕在世界毀滅之前進行最後的淨化。」所長明確地表示。

「如果你在此刻利用瀕死技術散播陰影病毒，那麼在世界還沒到真正末日之前，人間馬上就會變成一個恐怖煉獄。依照現有的人類潛意識層次，能夠跨越陰影的進化者，可能不到全部人口的十分之一。即是說，地球將有七十億人被消失除去。人類還沒有準備好。唯有先找到生命之鑰，開啟人類的覺醒與智慧，才是根本解救人類及地球的方法。」教授堅持地說。

「進化一直都是一個殘忍與冷酷的過程，這一點，你比我更清楚。只有適者才有資格生存，這是宇宙永恆不變的定律。」所長以一種不帶情感的語氣地說。

「但是，誰有權生存下來，誰才是適者，並不應該由他人來決定。」教授反駁說。

「瘟疫的降臨，是誰也阻止不了的事實。過往歷史中所出現的瘟疫，都只是隨機性地把一部分人類滅絕，以達至生態再平衡的要求。那些僥倖逃過大災難的人類，其實在精神層面上根本未有真正覺醒，最多只有身體層面出現些微進化而已。這樣的結果，就是他們總是一再地沉淪，再度地肆意破壞，釀成一次又一次的浩劫循環。這個畫面，你不覺得有點似曾相識嗎？」所長反問說。

「你是想說希臘神話中的西西弗斯吧。人類就像活在一個無間地獄裡，因為一直沒有找到生命的意義到底為何，結果把生活變成一件無望無效的重複勞役。面對這種永劫不復的悲劇命運，既不可逃脫又毫無意義，的確比死亡更為可怕。」西西弗斯的故事是教授之前告訴所長的。

「與其把淨化的控制權交予上天，倒不如由人類自行研發出最佳的終極瘟疫配方，把能通過終極人性考驗的適者留下來。這樣才能終止不停輪迴的悲劇命運。」

「你的做法，是用人為操控的淨化，取代宇宙自然的生命進化。你想扮演的，是上帝的角色。」教授一語道破所長的野心。

「我只是把人性中本來就存在的陰影，當成是瘟疫病毒去傳播。這可算是最公平、亦是最有效徹底的清洗進化方法，因為人類的陰暗面，才是一切問題與失衡的根源。」所長堅持自己的觀點正確。「而且犧牲者也非由我們或任何人去選擇，箇中不分種族、地位或對社會的貢獻，也跟政治、金錢及權力沒有關係。而是每個人都必須盡力突破自己的陰影，以達到真正的覺醒。人類唯有覺醒，才能避免重蹈覆轍，地球也才得以淨化重生。」

「所長，我倆的觀點就像是一種悖論。獨立來看，誰都有道理，只是卻不能並存實行。但是，我所希望從事的瀕死研究，重點是在於解救人類，而非滅絕人類。」

「雖然最終是殊途同歸，但是，自古以來，道不同，不相為謀。我並不介意你怎麼看待我，卻也從未希望我們會變成彼此的敵人。」所長站起身，表示談話即將結束。

「我們真正的敵人，從來只有人性中的陰影。」教授明白所長所做的一切皆是人性使然。「既然如此，我只好選擇離開，我會以我所相信的方式去拯救人類。我不會把瀕死研究的最後數據交給你們的。」教授說。

所長嘴角一揚，滿臉不在乎地說，「即使沒有了你的參與，我們亦已經具備足夠能力，把陰影提煉成瘟疫病毒。我們已經掌握了七種最能損害人類及地球的原罪陰影：冷漠、恐懼、憤怒、嫉妒、怠惰、貪婪及色慾。從今天起，我會直接接管整個瀕死研究團隊，並且開始進行人體實驗。」

教授也站身起準備離開。「我一定會找到跨越那些陰影的生命鑰匙，並且配製出解救人類的抗體。」

「那就看誰的速度比較快吧。」所長最後悻悻然地說。

「莫非之前研究隊員的失蹤，與被尋回後所出現的噩夢，就是所長進行人體實驗而導致的結果？」無雙推測說。

「是的，我相信所長已經成功把陰影提煉成瘟疫病毒。只是，他還欠缺可以廣泛傳播病毒的有效方法。」教授語帶憂慮地說。

「那個有效方法，應該就是潛意識轉移的神祕管道。所以他們才急著想要奪取瀕死容器及最後的瀕死研究數據。」逸辰接著說。

「但是，恐怕希望得到瀕死研究的人，並不是只有科學研究所。」教授欲言又止。

「如今我們可以做的，就只有盡快找出生命之鑰，這樣七十億人才有活下來的希望，而且更可以一同進化過渡。」靖樹說。

「說得對啊。那生命之鑰及陰影抗體究竟該如何製造？」無雙問。

「從剛才逸辰的瀕死體驗中，我已經發現了製造鑰匙的方法。現在，我們需要找的是具備這些陰影的黯黑之心。」

這時，三角眉警察輕聲地推門進來。「教授，時間已經差不多了，我們必須開始動身。『組織』的人已經在外頭，準備好工作室的清理善後工作。」

「人類接下來所要迎接的，到底是精神文明的大躍進，還是一場看不間硝煙、非物質層面可見的靈魂之戰？這一點，或許就連神也沒有答案。你們三人是否願意繼續與我一同尋找解藥？」教授問。

三人同時點點頭，都以堅定的眼神回應教授。

「謝謝你們。我會再給你們留下訊息的。」教授說。

於是，三角眉警察帶著三人先行離開地下室。他藉故把守在樓梯口的警員引開，好讓三人從後面撤離。三人途經文學院大樓背面的空地時，都注意到一輛專門收集垃圾的車輛停泊在路旁，兩名穿著整齊藍色清潔服的工人正忙於處理大學裡的垃圾。兩名工人一高一矮、一瘦一胖，身形外表雖然截然不同，但是工作起來卻出奇地合拍，就像是一對天生的好拍檔一樣。一直待在大學裡工作的無雙，從來沒見過這兩個清潔工人，直覺告訴她，這兩人其實另有身分。

之後，三人回到了開心公園，並跟三角眉警察會合。

「我相信教授已經把大概的情況告訴了你們。我之前沒有跟你們說明一切，是因為希望可以保護你們，免得你們成為科學研究所的追捕目標。」三角眉警察首先開口說。

「因為無知的人根本就沒有利用價值，所以不值得花時間去追捕。」無雙自嘲地說。

「在研究所眼中，你們三個是乾淨但是沒有用處的垃圾。這樣反而令你們可以更自由地行動。」三角眉警察回應說。

「剛才的清潔工人就是『組織』裡的人嗎？」無雙說出自己的疑惑。

三角眉警察並沒有正面回應。「從這一刻起，你們最好誰也不要相信，不管是哪個派別的人。如果可以，你們最好當做什麼事也沒發生過一樣，各自回到原來的生活，安靜地等待明天的降臨。如果世界還有明天的話。」說完，三角眉警察轉身便離開了。

三人默默無語地坐在老白樺樹下的長椅上，看著天上滿盈的月光。在月光的映照下，他們的影子，卻是如此地鮮明。這就像在暗示，陰影與光明從來都是並存著。

那天晚上，逸辰做了一個奇怪的夢。

在夢中，他回到了十三歲時候遇溺的那一天，當他在泳池中被救起來時，已經昏迷失去知覺。他被送到第一醫院搶救，他的肺部功能一直無法恢復。爸媽在深切治療病房外守候了七天。醫生對逸辰的爸媽說：「很抱歉，你們兒子因肺功能衰竭，腦幹已經壞死了。」

媽媽聽到醫生的宣告，悲慟得差點昏倒過去。「這即是說不管再等多久，他永遠也不會醒來了嗎？」媽媽害怕地一再向醫生確認問。

「在醫學上來說，他已經進入了死亡，不可能再有意識。」醫生停頓了一下。「我明白你們的心情。現在對你們說這些話可能顯著十分殘忍，又或者，並不是最適當的時候。但是，現在隔壁病房有一位單親媽媽，她跟你也懷著同樣的心情。她的十三歲兒子因為意外從高處墜下，心臟受到嚴重創傷，現在正急需進行換心手術。我們檢查過逸辰的心臟，剛好跟少年完全吻合，這可算是萬中無一的機會。如果你們願意把兒子的心臟捐出，便可救回少年的性命。所以請你們務必好好考慮一下。」

聽完醫生的話，爸爸媽媽忍住傷痛，在一旁低語著，又走回到床邊，媽媽緊緊地捉住逸辰的手，低聲地說：「逸辰，你是一個聰明又仁慈的孩子。我相信你也同意爸爸媽媽這樣做的。爸爸媽媽希望那個少年能夠帶著你的心，讓你的生命繼續發光發熱，遺愛在這個人間。再見了，我的寶貝。」媽媽把兒子冰冷的小手，靠攏在自己溫暖的臉旁，眼淚不停地留下。

之後，逸辰的胸膛在手術台上被剁開一個大洞，血淋淋的心臟被取出，移植到凌風的身體裡。而他的身體則被送到地庫太平間的冷藏櫃裡。他的靈魂獨自在太平間裡徘徊，開始褪色並變得稀薄。小小年紀的他，正看著自己逐漸從世間消失，那種感覺既害怕又孤獨。這時候，一名跟他差不多大的少女，偷偷地走了進來。少女看不見他，只是一個人坐在長椅的末端。他也偷偷地坐到她的身旁。

少女低著頭喃喃地說：「你不用害怕，我會陪著你的。」

雖然他不知道少女到底在跟誰說話，他的心，卻因此而變得安定下來。坐了一會兒後，少女忽然從口袋拿出了一顆檸檬水果糖，放到他的旁邊。她同樣喃喃地說：「這是送給你的。」說完後便起身離開了。

他把水果糖放進口中。他的靈魂最後就跟水果糖一起溶化掉了。「如果有來生，我一定要找到這位少女。」這是他靈魂消失前的最後記憶。

之後，逸辰便從夢中醒過來了。他起床到廚房倒了一杯清水，一口喝下。他靠在窗旁看著街外的夜色，一時間，頭腦還沒有完全地清醒過來。他在想，自己到底是逸辰還是凌風？難道那是另一個平行宇宙正在發生的事情嗎？真相其實是他一開始便已經死掉了，遺下的只是一顆心臟和殘留的靈魂意識而已。他越想越感到混亂。

「你還好嗎？是不是發生什麼事了？」靖樹站在廚房門口從後喊他。

她醒來時發現逸辰不在身旁，所以跑出來找他。

「沒有什麼。只是剛才做了一個奇怪的夢。」

「奇怪的夢？」靖樹有點擔心地說。

「雖然是跟凌風有關的，卻不是那個噩夢。只是這個夢讓我感到有點混亂而已。」

「也許是你在瀕死時，穿越潛意識及時空次元時，所造成的混亂。」

「我也是這麼想。」逸辰要她不用擔心。

「現在離天亮還有一段時間，我們回去再睡一下吧。」靖樹說。

兩人互相緊緊擁抱著。

「也許唯一的真實，就只有當下這刻的感覺。」靖樹在他的耳邊輕聲說。

逸辰感到靖樹溫暖柔軟的身體正壓向他。她的氣息、溫度與濕濡，就是他感到的真實。他的混亂忽然間消散了。

或者，這世上有許多個平行時空同時存在著，當中彼此的身分角色亦不停地輪替更換，這都是靈魂學習的輪迴，而不是因果的輪迴。他只需要，亦只能關心眼前的這個時空，因為他的生命就是存在於現在的一呼一吸，以及他所能感受到的一切。

這一刻，他與她在一起，感到了生命無比的真實。這可能亦是他所選擇相信的唯一真相。

＊關於角色及其他

逸辰：男性，二十六歲，第一醫院急診室實習醫生。童年時的溺水意外，導致他的靈魂曾經短暫離體，並且擁有可以看見人體氣場的能力。雖然他是個醫學奇才，卻常公然違犯醫院制度，是個很有獨立個性的問題醫生。他被一個重複出現的噩夢困擾，同時間急診室也接連發生鬧鬼事件，他不惜深入潛意識，誓要揭露事件真相。

白衣少年：據聞十二年前，曾有一位少年病人在醫院天台離奇墜樓，並在急診室搶救無效後身亡。白衣少年年約十二、三歲，穿著醫院中常見的白色病服，但完全看不清臉龐。他的鬼魂跑進逸辰的噩夢裡，不斷被懲罰折磨，他只有張大嘴巴，想要發出無聲吶喊，請求救援。

靖樹：女性，二十四歲，第一醫院臨床心理治療師。她的樣子清純漂亮，善解人意，擁有一雙像會說話的亮麗眼睛。她愛穿白色襯衫，胸前顯露出優美豐滿的形狀。她擁有超強的讀心能力，是專門研究身體語言符號的專家。只是，她的家族就像被死神所詛咒了一樣，自她小時候起，親人便一個接一個地不幸死去。在一次交通意外中，她發現了瀕死的祕密，若想要破解死亡預言，唯一的方法就是以死相應。

無雙：女性，二十四歲，大學心理研究所的研究員，也是靖樹最親近的閨蜜。她長得一臉帥氣、五官分明，並留有一頭清爽的短直髮，身型高挑偏瘦，是很受女同志喜歡的類型。她是個心直口快的人，有個不喜歡扭捏做作的急性子。她對於一般的學術研究並不感興趣，只醉心於調查超心理現象及靈異事件，被大家笑稱為科學神婆。

老頭：男性，真實年齡不詳，老頭咖啡店店主，也是逸辰少數願意傾談的對象。他的身高大概只有一百五十公分高，體型及四肢纖瘦，最大特徵是擁有一顆大得不合比例的頭顱。他一出生，便患有提早衰老的遺傳怪病，同一時間就只能專注做好一件事情。由於自小被排擠於大眾所認同的正路之外，他的觀點反而比一般人都要清晰獨到。

Guru：男性，年約八十歲，一位被受尊崇的智者與預言家。他是一名包著白色頭巾、滿臉灰白鬍子的印度老人，帶有一把沙啞的磁性聲音，走路時步履蹣跚。在整個印度，就只留下十八位在世的納迪葉占卜師，而他就是其中的一位。他從靖樹身上看到一股濃烈的死亡氣息，並給靖樹留下死亡預言。

張老伯：男性，七十多歲，是靖樹爺爺的好朋友與老鄰居，可說是看著靖樹長大。他從前是遠洋船員，年輕時熱愛自由不羈的生活，走遍世界各地，直到遇見了太太，才願意安定下來。他沒有子女，太太在兩年前因病過世。他厭倦獨自生活，身體裡的癌細胞已經擴散至多個器官，並已放棄治療。他在餐廳休克暈倒，卻被逸辰搶救回來。

教授：男性，四十出頭，蓄著一頭短髮，外表似一位游泳選手。他曾遇上奪命的墜機意外，並從瀕死體驗及自癒過程中，成功研究出如何透過瀕死，開啟人類潛意識的超常能力。他是唯一集瀕死經驗者、認知心理學博士及死亡調查官於一身的專家，負責中央科學院的「生命之鑰」瀕死研究。只是，他的研究隊員都分別離奇失蹤，神祕組織更對瀕死研究虎視眈眈。他避走到大學的鬧鬼地下室，趕在死線前展開最後一場瀕死人體實驗。

靴子先生：男性，大約五十歲，是個身形強壯的中年男子。他眉髮濃密、皮膚黝黑，眼角細密的皺紋無言地訴說著他豐富的經歷故事。他在大學附近開設 Soul Room 咖啡店，並在咖啡店的大門上方，倒掛著一雙泥黃色的破舊旅行靴。他是一個嚮往自由的旅遊家，喜歡到世界各地冒險歷奇，尤其酷愛神祕的遠古文明。

胖護士：女性，三十歲，第一醫院急診室的女護士。她的外型略為肥胖圓渾，不但體型、臉型圓潤豐滿，還配上一副圓框黑膠眼鏡。她是逸辰的女助護，也是無雙的表姐，雖然為人膽小但卻充滿好奇心。她曾目睹逸辰在醫院天台撞鬼暈倒，遂邀無雙到急診室進行靈異調查。

三角眉警察：男性，大約四十多歲，是專門負責失蹤調查的警察。他的眉毛略帶三角形狀，臉上的鬍子常沒有完全刮乾淨，膚色黝黑，體格強壯結實，眼神帶有某種壓迫人的氣勢。他曾參予調查教授研究隊員的離奇失蹤案件，並相信瀕死研究背後隱藏著重大陰謀。

秦天：男性，二十五歲，第一醫院急診室實習醫生，也是逸辰的醫科班同學。他的性格外向愛玩，愛逗留女護士間，流連夜店。雖然他的醫術不怎麼高明，可是在毒理及藥理方面，卻是班裡數一數二的高材生，最後更協助逸辰破解喪屍巫毒。

陳曉曼：女性，二十八歲，之前是一位中文科教師，也是靖樹的第一位治療個案。三年前，她跟未婚夫出外旅遊時遇上交通事故，未婚夫不幸當場身亡，而她則幸運獲救。康復後她開始每天不停地書寫，除了必要的日常活動外，其餘時間都是拿著紙和筆拚命地寫。她外表跟正常人無異，但卻拒絕開口跟人說話，精神科醫生診斷她患有神經官能強迫症，藥物治療對她完全失效。

黑衫男人：男性，大約六十歲，穿著一身黑色唐裝長衫及黑布鞋，是個體形單薄消瘦的男人。他是安樂火葬場的火化主官，負責殯儀館的殯葬送別儀式。因為職業上的需要與習慣，他一般不主動跟人握手，也很少笑。客人需要他，同時卻很避諱他。他是個愛茶之人，於茶道儀式中流露著佛心禪機。

老王師傅：男性，七十多歲，從前是專門主持度亡法事的道士，現在卻是安樂火葬場的火化鍋爐操控員。他頭戴道冠，身穿黃色道袍，手持一柄桃木劍，為無雙重演當年的破地獄度亡儀式。雖然他身患絕症，但仍堅持每天當個火化工，好好送別每位逝者的最後一程。

皮魯先生：男性，中年，是秘魯當地的原住民。他是靴子先生在印弟安部落認識的好朋友，也是阿圖羅的哥哥。他曾多次到訪 Soul Room 咖啡店，每次都是披著一件漂亮的駝羊毛斗篷，所以靖樹稱他為斗篷先生。他已離開了原始部落，現於秘魯山區種植咖啡豆。

阿圖羅：男性，四十出頭，身體強壯但矮小的男人。他跟皮魯先生一樣，都是披著帶有鮮艷印加圖騰的斗篷。在印地安語中，阿圖羅是指擁有森林中熊一般的力量。他是原始部落的領袖，負責協助巫醫舉行死藤水儀式。

靖樹爺爺：男性，六十多歲，是一名舊式上海老裁縫，於靖樹十二歲時過世。在靖樹印象中，爺爺總是穿戴整齊、衣履合身地出現。他的臉上架著一副小圓框老花眼鏡，因為眼鏡不合臉型尺寸，總是會向下滑落，卡在鼻梁上，使得眼睛一半在鏡片內，一半在鏡片外。他縫製的白襯衫是行內有名，亦是最後留給靖樹的遺物。

系主任：男性，六十多歲，大學心理系主任。他習慣戴著厚厚的方形老花眼鏡，每次上課都是穿著同款同顏色的寬身西裝。他對學生非常照顧，明年即將退休。

高矮兄弟：兄弟二人隸屬一個神祕組織，是專門收集情報及發放訊息的跑腿。高個子身型瘦削，眼窩深深陷進臉頰裡，他的眼神深邃銳利，感覺上是個十分謹慎、深藏不露的人。而矮個子則圓頭圓臉、體型略胖，他的面部表情豐富十足，似是一個善於表達交際的傢伙。兩人除了外表看上去極為不同外，行為表現也恰好相反，但卻是親生兄弟。兄弟二人在溝通上具有某種獨特的分工模式，並透過心靈感應互相溝通。

白皙男人：男性，四十出頭，曾是中央科學院的高級心理研究員，現是大學新接任的心理系主任。他的五官標緻，個子不算高大，皮膚非常白皙。他戴著一副玳瑁框眼鏡，穿著筆直熨貼的白色襯袖，外加深灰色的山羊絨毛衣，典型的學者模樣。雖然他的外表斯文有禮，卻給人深沉冷漠，不容易親近的感覺。

凌風：十三歲少年，出生於單親家庭，跟母親二人同住於天水圍一個公寓單位內。他母親為一名未婚媽媽，在大學唸書時意外懷孕，在他出生後，由於生計問題而中途輟學，不但錯失大好前途，更受家人唾棄。母親獨力撫養他，家境清貧，生活困苦。他自小缺乏照顧，性格孤僻及缺乏自信，加上天生右腳有些微殘障，常常遭到同學欺凌及嘲笑。他離奇於醫院天台墜樓，搶救無效後死亡。警方表示，事件並不涉及刑事或人為疏忽，懷疑是自殺或意外失足引致。

卡夫卡死囚室：文學院大樓一〇一號房，房間位於一條地下走廊的盡頭。幾年前，一位專門研究卡夫卡（Kafka）作品的外籍教授，把這個像被封死的地下房間用作為閱讀研究室，但他卻被發現倒斃在上鎖的閱讀室裡，死因成謎。自那以後，房間便一直被棄置，再也無人使用。房間之後出現了各種各樣的鬧鬼傳聞，既是全校最猛鬼的地方，也被稱為消失的密室。

老頭咖啡店：咖啡店座落在一條不甚起眼的小巷子裡，店門外並沒有掛上招牌。店內的裝潢十分原始簡陋，有點像是從學校教室所改裝而成的感覺。整個店內，唯一能稱得上裝飾的物品，就是工作台層架上的各種咖啡沖泡器皿與用具，以及貨架上排列整齊的不同種類咖啡豆子。全店只放了六張單座的木書桌，是鮮有專為單身客人而設的寧靜咖啡店。

聖甲蟲：在古埃及，聖甲蟲常用作陪葬之物，除了有復生的象徵，也是古時候的護身符。埃及人認為佩戴聖甲蟲飾物，能夠得到幸運、健康、也能避免疾病和痛苦上身。也有人深信聖甲蟲首飾可以祝福戀人們白頭偕老。張老伯把掛有聖甲蟲吊飾的頸鏈送給張太太，作為二人的定情信物，也是死後相認的憑證。

死藤水儀式：在薩滿印弟安部落，巫師會利用一種生長在南美亞馬遜河流域中的藤蔓，製成特殊的湯藥，用做治邪袪病，原始印第安人稱那藤蔓為森林的臍帶或死亡之藤（Ayahuasca）。湯藥在採集及製作時，必須通過特定的宗教儀式，只有部落的巫師才懂得如何製作。雖然死藤湯藥味道異常苦澀，但服用後，有些人說看見了奇怪亮光、甚至是前世幻象，也有些說靈魂像突然飄離了身體，遇見了神靈。薩滿巫師就是利用死藤水儀式來達至通靈境界，穿越生死，甚至是預知未來。

Pisac 小鎮：位於秘魯庫斯科附近的一個小鎮，小鎮被安第斯山脈環繞，相傳是古老印加帝國的搖籃。Pisac 是通往聖域馬丘比丘的重要古道，四周都是翠綠山巒，空氣特別清新乾淨。因為地處聖谷流域，所以吸引了很多靈修人士前來打坐冥想或練習瑜伽。

瀕死容器：瀕死容器外表看起來像一顆超大型的藥丸膠囊，寬一米、長兩米、足有半個人的高度。膠囊的中間部分被割開成上下兩半。白色光滑的碳纖維外殼，帶著一點超現實味道，令人聯想到時間膠囊或太空救生艙之類的東西。瀕死容器裡設有先進精密的維生儀器及設備，可以讓人瞬間進入瀕死的精神狀態。

納迪葉占卜術：可算是世界上極其神祕的一種算命術，發源地是在南印度坦米爾那都（Tamil Nadu）地區的瓦迪什瓦蘭村（Vaidheeshvaran Koil）。據說二、三千年前曾有一位印度超凡聖哲 Agathiyar，他能觀透所有人類的過去、現在和未來，他把他所遇見的人生都記錄在狹長的納迪葉上，並預言這些人將有一天回來尋找他們的葉子。他帶領數位聖哲，以特殊方法把一片片寫滿了坦米爾古文的納迪葉分類，並集結集成卷軸，收藏在地下書庫裡。村落裡的幾位長老後來意外地發現了這批古卷，決定把這些寫著關於個人命運預言的納迪葉抄寫下來，並各自一代一代的傳承下去。

破地獄：道教重要的度亡儀式，從南宋時代開始已經存在，是道教獨有的科儀法事。有說法事起源於一民間故事「目連救母」，目連羅漢因見亡母於地獄受苦，請求佛祖幫助，目連以佛祖法仗打破地獄之門，進入地獄並救出母親亡魂。破地獄的意思是超拔地獄裡的亡靈，脫離痛苦。破就是指破穢，在法事中道士需打破九幽地獄中的穢氣，令穢氣不能阻礙死者亡靈超升，以幫助亡者得到超度醒悟。在儀式過程中，道士會以魚貫躡步及穿走花紋步法，遊走通往地獄，引導及超拔亡者。道士更需逐一擊破地上九塊瓦片，象徵打破九幽地獄之門。

國家圖書館出版品預行編目 (CIP) 資料

瀕死 . II：真相 / 鍾灼輝著 . -- 初版 . -- 臺北市：商周出版：家庭傳媒城邦分公司發行 , 2019.01
面；　公分
ISBN 978-986-477-590-3(平裝)

857.7　　107021046

瀕死 II：真相

作　　者　鍾灼輝
企劃選書
責任編輯　徐藍萍
編輯協力　賴曉玲、林宥晴

版　　權　黃淑敏、翁靜如
行銷業務　王瑜、闕睿甫
總 編 輯　徐藍萍
總 經 理　彭之琬
發 行 人　何飛鵬
法律顧問　元禾法律事務所 王子文律師
出　　版　商周出版　台北市 104 民生東路二段 141 號 9 樓
電話：(02) 25007008　傳真：(02)25007759
E-mail：ct-bwp@cite.com.tw　Blog：http://bwp25007008.pixnet.net/blog
發　　行　英屬蓋曼群島商家庭傳媒股份有限公司城邦分公司
台北市中山區民生東路二段 141 號 2 樓
書虫客服服務專線：02-25007718　02-25007719
24 小時傳真服務：02-25001990　02-25001991
服務時間：週一至週五 9:30-12:00　13:30-17:00
劃撥帳號：19863813　戶名：書虫股份有限公司
讀者服務信箱 E-mail：service@readingclub.com.tw
香港發行所　城邦（香港）出版集團有限公司　香港灣仔駱克道 193 號東超商業中心 1 樓
E-mail: hkcite@biznetvigator.com　電話：(852)25086231　傳真：(852)25789337
馬新發行所　城邦（馬新）出版集團 Cite (M) Sdn Bhd
41, Jalan Radin Anum, Bandar Baru Sri Petaling, 57000 Kuala Lumpur, Malaysia.
Tel: (603) 90578822　Fax: (603) 90576622　Email: cite@cite.com.my

封面設計　張福海
印　　刷　卡樂彩色製版印刷有限公司
總 經 銷　聯合發行股份有限公司　新北市 231 新店區寶橋路 235 巷 6 弄 6 號 2 樓
電話：(02) 2917-8022　傳真：(02) 2911-0053

■2019 年 1 月 28 日初版
定價 280 元

城邦讀書花園
www.cite.com.tw

Printed in Taiwan

　ISBN 978-986-477-590-3